信·荆楚

湖北儿女笔下的红色追寻

宋沅泊　刘小燕　汤慧珍◎主编

长江出版传媒
湖北科学技术出版社

图书在版编目（CIP）数据

信·荆楚：湖北儿女笔下的红色追寻 / 宋沅泊，刘小燕，汤慧珍主编．—武汉：湖北科学技术出版社，2023.11

ISBN 978-7-5706-2942-8

Ⅰ．①信…　Ⅱ．①宋…　②刘…　③汤…　Ⅲ．①书信集—中国—现代　Ⅳ．①I266.5

中国国家版本馆 CIP 数据核字（2023）第 199914 号

信·荆楚：湖北儿女笔下的红色追寻

XIN JINGCHU HUBEI ERNV BIXIA DE HONGSE ZHUIXUN

责任编辑：魏　珩

责任校对：陈横宇　　封面设计：曾雅明

出版发行：湖北科学技术出版社

地　　址：武汉市雄楚大街 268 号（湖北出版文化城 B 座 13—14 层）

电　　话：027-87679468　　邮　　编：430070

印　　刷：荆州市翔羚印刷有限公司　　邮　　编：434000

710×1000　1/16　21 印张　305 千字

2023 年 11 月第 1 版　2023 年 11 月第 1 次印刷

定　　价：58.00 元

编 委 会

序

XU

湖北是中国近现代革命的重要策源地，在这块英雄辈出的土地上，一代代共产党人和革命英烈胸怀崇高理想，与人民同呼吸共命运，为民族独立解放做出重大牺牲，为国家建设发展做出突出贡献，谱写了一曲曲感天动地的奋斗赞歌，铸就了伟大建党精神、抗战精神、大别山精神、抗洪精神、抗疫精神、脱贫攻坚精神等宝贵精神。

红色书信是革命烈士与亲友之间沟通思想、交流情感的重要媒介。它凝结着革命烈士们对理想的坚定信仰、对党的无限忠诚、对事业的不懈追求、对同志的深情厚谊、对亲人的眷恋挚爱，彰显着视死如归的革命精神、不屈不挠的凛然斗志、律己正身的道德操守，再现着一段段波澜壮阔的生动历史、一个个鲜活真实的高尚灵魂，是党在湖北各个历史时期，为人民谋幸福、为中华民族谋复兴的初心和使命的光辉写照。

本书辑录闻一多、恽代英、董必武等五十多位湖北英烈具有典型代表意义的书信，辅以烈士生平简介和感人事例介绍，展现了不同历史时期每位烈士个体的人生经历和心路历程。翻开一封封书信，我们仿佛穿越时空，见证了他们坚毅面孔下丰富的内在情感和个性表达。那些今天看来模糊漫漶的文字，或炽热，或温柔，或浓烈，或缱绻，或平实，或蕴藉。无论是简单的互报平安、遥寄问候，还是远大的政治抱负、郑重的人生抉择，都潜藏着笔者心底最真实的瞬间，字里行间，触手可及。近200封书信中，有仁厚父亲对子女的谆谆教诲，有远方游子对父母的感恩挂念，有爱人伴侣间的相濡以沫，还有兄弟挚友间的思想碰撞……他们有着普通人的悲欢喜乐，但又有着超越普通人的理想信念和责任担当。

“慰牺牲者之灵，遂幸存者之愿。”新时代新征程，希望青年一代认真品读这些红色书信，铭记英烈功勋，传承红色基因，厚植爱国情怀，以奔跑的姿态接续奋斗，在强国建设和民族复兴伟业中展现新作为，作出新贡献！

丁俊萍

2023年9月27日于武汉大学

自序

ZIXU

文化同步“先行”，文化保障“先行”

习近平总书记曾深刻告诫我们：“党员、干部要经常重温党章，重温自己的入党誓词，重温革命烈士的家书”，“要把革命烈士那些感人至深的文章、诗文、家书编辑成册，用于干部教育，让各级干部常常看、常常思、常常反求己身”。

湖北在党的百年历史上的地位举足轻重。仅在新民主主义革命时期，全国有名可考的370万余烈士中，湖北就有70万人，可谓山山埋忠骨、岭岭皆丰碑。因此，开发与利用荆楚红色书信资源，对于教育引导广大党员干部群众，尤其是年轻一代赓续红色基因有着重要意义。

长江大学是湖北省委省政府重点建设的4所省属高水平大学之一。近年来，学校组建研究团队，遍访全省，收集整理散落各地如同璀璨“珍珠”般的红色书信，以期将它们串成精美的“项链”。目前已觅得50多名革命烈士及英雄模范的红色书信约200封，形成近30万字的研究书稿，致力于从“小切口”反映“大主题”和“主旋律”。同时，团队积极将书信成果应用于思政课教学，打造湖北高校特色思政金课《信·荆楚》。应用于全省党政干部党性教育课堂，打造特色信仰教育课《书信中的湖北精神》。应用于融媒体，打造创新理论宣讲类栏目《信·荆楚》。在“寻信”“拆信”“读信”“解信”“传信”“回信”中助推党史学习教育常态化长效化。通过人物读懂历史，透过书信品味荆楚，在成果应用中实现“传信”和“回信”。

习近平总书记在今年全国宣传思想文化工作会议上强调，要“不断开创新时代宣传思想文化工作新局面”，吹响了新时代新征程“以文化人”的集结号。为深入践行习近平文化思想，我们公开出版《信·荆楚——湖北儿女笔下的红色追寻》。在全党深入开展学习贯彻习近平新时代中国特色社会主义思想主题教育、大兴调查研究之际，我们谨以此书展现主题教育成效。同时，为湖北建设全国构建新发展格局先行区和荆州建设江汉平原高质量发展示范区赋能添彩，贡献绵薄力量。以期让文化同步“先行”、文化保障“先行”。

刘小燕

2023 年 10 月

前言

QIANYAN

寻笺叙史觅初心，做新时代的回信人

着手从事红色书信的收集整理，得益于我高中同学的启发，科研热情瞬时涌上心头，想要弥补湖北在这方面的研究空白。深入研究的过程中，我逐渐发现，这项工作除了具有学术意义，似乎还承载着责任与使命。转眼间，两年匆匆而过矣。回首艰辛却充实的寻访之旅，翻看品读精心整理的书信，不觉泪湿了眼眶，感慨系之。

湖北是一片红色的热土，涌现出一大批优秀的英雄儿女，他们有的家喻户晓，有的默默无名。岁月如歌，英雄远去，遗留的书信成为我们与其对话的载体。红色书信是国家发展与革命烈士人生历程的纸质纪录片。在整理研究这些书信的过程中，我们有幸参与他们生命的一程，通过寻信、拆信、读信、解信等活动走近历史，对话英烈。从中读懂家与国、忠与孝、理想与信仰、爱情与友情，读懂生命。本书收录的部分书信由于创作年代较久远，存在部分文字、标点符号不规范的问题。为了让读者更好地理解书信内容，笔者在整理时对有碍阅读的标点符号进行了修改，对书信原件中的错别字以“[ ]”标注，对明显漏字处以“〈 〉”标注，对模糊不清处以“□”标注，以利阅读。

仰观宇宙之大，俯察品类之盛，人的生命渺小如沧海一粟。红色书信重构写信人的精神世界与社会环境，蕴含信仰、信念、信守、信心、自信等内核，通过笔墨传递给我们以生命价值、生命伦理、生命智慧、生命精神。

红色书信的整理研究还有很长的路要走，这条路，是对烈士的追寻，对历史的亲近，也是对生命价值的探问。

宋沅泊

2023 年 5 月

决策参考

第 3 期

荆州市社会科学联合会
湖北省社科院荆州分院　主办　　　　2023 年 3 月 10 日

学习贯彻党的二十大精神研究成果精选 3（加强理想信念教育专题）

“信·荆楚”

——荆州共产党员英雄模范书信整理研究

长江大学马克思主义学院课题组

领导批示

切入口很好，很有研究价值和意义。要深入耐心做好寻信、读信、解读、传信等工作。

[illegible] 4.15

2023 年 4 月 15 日，长江大学马克思主义学院课题组提交的决策咨询报告受到荆州市委书记肯定性签批

目录

MULU

忠孝二途，本非相悖，尽忠即所以尽孝也

——闻一多

（一）人物简介

闻一多，本名闻家骅，号友三，1899 年 11 月 24 日生于湖北省浠水县巴河镇，中国现代诗人、学者、民主战士。自幼爱好古典诗词和美术。1912 年考入北京清华学校，喜读中国古代诗集、诗话、史书、笔记等。1916 年开始在《清华周刊》上发表系列读书笔记，总称《二月庐漫记》，同时创作旧体诗。1919 年，五四运动中，积极参加学生运动，被选为清华学生代表，出席在上海召开的全国学生联合会。1920 年 4 月，发表第一篇白话文《旅客式的学生》；同年 9 月，发表第一首新诗《西岸》。1921 年 11 月，与梁实秋等人发起成立清华文学社，次年 3 月，写成《律诗底研究》，开始系统地研究新诗格律化理论。1922 年 7 月赴美留学，年底出版与梁实秋合著的《冬夜草儿评论》。1923 年 9 月，出版第一本新诗集《红烛》，具有唯美倾向。1925 年 5 月回国，任北京艺术专科学校教务长。1926 年参与创办《晨报·诗镌》，发表了著名论文《诗的格律》。1928 年任武汉国民革命军政治部艺术股长。同年秋任南京第四中山大学外文系主任。1928 年 1 月出版第二本诗集《死水》。1928 年 3 月在《新月》杂志任编辑，次年因观点不合辞职。1928 年秋，任国立武汉大学文学

院院长兼中文系主任，从此致力于研究中国古典文学。1930 年深秋去山东任青岛大学文学院院长兼国文系主任。1932 年 8 月，回北平任国立清华大学国文系教授。抗日战争全面爆发后，随校南迁，同学生一起从长沙步行到昆明，此后在国立西南联合大学（简称“西南联大”）任教 8 年，积极投身于抗日运动和反独裁、争民主的斗争。1943 年，与西南联大同仁组织“十一学会”。1944 年加入中国民主同盟。抗战胜利后出任民盟中央执行委员，经常参加进步的集会和游行。1945 年 3 月，联名发表昆明文化界《关于挽救当前危局的主张》；8 月 15 日，出席“从胜利到和平”时事晚会；9 月，主持“从胜利到和平”晚会。1946 年 2 月，担任“庆祝政治协商会议成功、抗议重庆‘二一〇’惨案、坚持严惩‘一二·一’昆明惨案祸首大会”主席；3 月，参加为“一二·一”4 位烈士举行的葬礼和游行；7 月 15 日，在悼念李公朴先生大会上，愤怒斥责国民党暗杀李公朴的罪行，发表了著名的《最后一次讲演》，当天下午于西南联大宿舍门口被国民党特务杀害。2009 年，闻一多被评为 100 位为新中国成立作出贡献的英雄模范人物之一。

（二）书信原文

忠孝二途，本非相悖，尽忠即所以尽孝也。[1]

——致父 / 母亲

父 / 母亲大人膝下：

近来家内清吉否？念念。连接二哥、五哥来函，人事俱好，祈勿垂虑。山东交涉及北京学界之举动，迪纯兄归[2]，当知原委。殴国贼时，清华不在内，

[1] 书信资料来源：闻一多．闻一多书信集 [M]. 北京：群言出版社 ,2014:12-14.

[2] 闻一多的远房堂兄。

三十二人被捕后始加入，北京学界联合会要求释放被捕学生，此事目的达到后各校仍逐日讨论进行，各省团体来电响应者纷纷不绝，目下声势甚盛，但傅总长[1]、蔡校长[2]之去亦颇受影响。现每日有游行演讲，有救国日刊，各举动积极进行，但取不越轨范以外，以稳健二字为宗旨。此次北京二十七校中，大学虽为首领，而一切进行之完密、敏捷，终推清华。国家至此地步，神人交怨，有强权，无公理，全国瞢然如梦，或则敢怒而不敢言。卖国贼罪大恶极，横行无忌，国人明知其恶，而视若无睹，独一般学生敢冒不韪，起而抗之，虽于事无大济，然而其心可悲，其志可嘉，其勇可佩！所以北京学界为全国所景仰，不亦宜乎？清华作［做］事，有秩序，有精神，此次成效卓著，亦素所习练使然也。现校内办事机关曰学生代表团，分外务、推行、秘书、会计、干事、纠察六部，现定代表团暑假留校办事。男与八哥均在秘书部，而男责任尤重，万难分身[3]。又新剧社拟于假中编辑新剧，亦男之职务，该社并可津贴膳费十余元，今年暑假可以留堂住宿，费用二十六元，新剧社大约可出半数（前校中拟办暑假补习学校仅中等科，男拟谋一教习，于经费颇有补助。现此事未经外交部批准，所以作罢论），尚须洋十余元，男拟如二哥、五哥可以接济更好，不能，可在友人处通挪，不知两位大人以为何如？本年又拟稍有著作，校中图书馆可以参览，亦一便也。男每年辄有此意，非有他故，无非欲多读书，多作［做］事，且得与朋友共处，稍得切磋之益也。一年未归家，且此年中家内又多变故，二哥久在外，非独二大人愿男等回家一集［聚］，即在男等亦何尝不愿回家稍尽温省之责。远客思家人之情也，虽曰求学求名，特不得已耳。此年中与八哥共处，时谈家务未尝不太息悲哽，不知忧来何自也。又男每岁回家一次，必得

[1] 傅总长：即傅增湘，当时之教育总长。

[2] 蔡校长：即蔡元培先生。

[3] 万难分身：五四运动爆发的第二天，清华同学推选出“清华学生代表团”领导运动。闻一多被推选为代表团成员，担任文书工作。6月，闻一多被选为清华学生代表，出席在上海召开的全国学生联合会成立大会。

一番感想，因平日在学校与在家中景况大不同，在校中间或失于惰逸，一回想象中景况，必警心惕虑，益自发愤，故每归家，实无一日敢懈怠，非仅为家计问题，即乡村生计之难，风俗之坏，自治之不发达，何莫非作［做］学生者之责任哉！今年不幸，有国家大事，责任所在，势有难逃，不得已也。五哥回家，自不待言，二哥如有福建之行，亦可回家，男在此多暇，时时奉禀述叙［叙述］情况，又时时作诗歌奉上，以娱尊怀，两大人虽不见男犹见男也。男在此为国作［做］事，非谓有男国即不亡，乃国家育养学生，岁縻巨万，一旦有事，学生尚不出力，更待谁人？忠孝二途，本非相悖，尽忠即所以尽孝也，且男在校中，颇深明大义，今遇此事，犹不能牺牲，岂足以谈爱国？男昧于世故人情，不善与俗人交接，独知读书，每至古人忠义之事，辄为神往，尝自诩吕端大事不糊涂，不在此乎？或者人以为男此议论为大言空谈，如俗语曰“不落实”，或则曰“狂妄”，此诚不然。今日无人作［做］爱国之事，亦无人出爱国之言，相习成风，至不知爱国为何物。有人稍言爱国，必私相惊异，以为不落实与狂妄，岂不可悲！此番议论，原为驯弟发，感于日寇欺忤中国，愤懑填膺，不觉累牍。驯弟年少，当知二十世纪少年当有二十世纪人之思想，即爱国思想也。前托十哥转禀两大人，新剧社赴汉演戏男或可乘机回家，现此问题已打消，男必不能回家也。或者下年经济充足，寒假可回家一看。寒假正在阴历年，男未在家度岁已六七年，时常思想团年乐趣，下年必设法回家，即请假在家多住数日亦不惜也。区区苦衷，务祈鉴宥，不胜惶恐之至！肃此敬请。

福安。

此次各界佩服北京学生者，以其作事稳健，男在此帮忙决不至有何危险，两大人务放心。

男　骅　叩

五月十七日下午

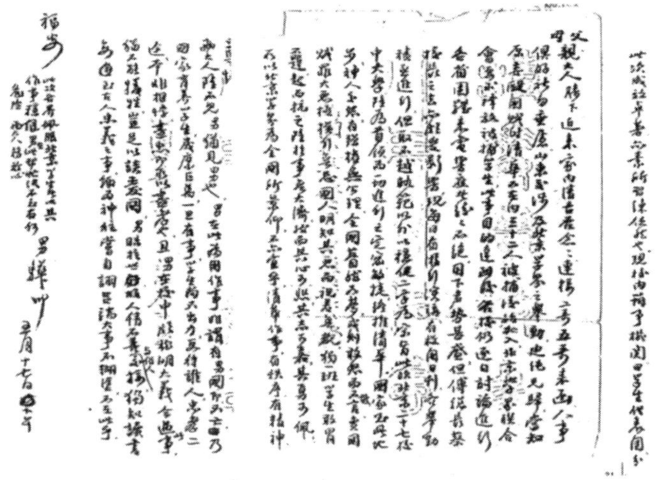

1919 年 5 月 17 日，闻一多给父母写的信

图片来源：闻一多 . 闻一多书信集 [M]. 北京 : 群言出版社 ,2014:14.

（三）书信解读

本节收录的这封书信是闻一多于1919年5月17日写给父母的一封家书。闻一多的书信大多收录在《闻一多书信集》中，是闻一多从诗人到学者再到民主斗士转变的思想史，也反映了中国波澜壮阔的革命史。

1919 年 4 月 29 日，第一次世界大战后帝国主义列强公然在巴黎和会上将德国在我国山东强占的权益移交给日本，而北洋政府软弱无能准备签字。消息传到国内，举国震怒。同年 5 月 4 日，北京大学等大专院校 3000 多名学生举行游行示威，高呼“外争主权，内除国贼”“废除二十一条”“还我青岛”等口号，要求政府拒签合约，严惩卖国贼，并火烧了卖国贼曹汝霖居住的赵家楼，痛打了卖国贼章宗祥。北洋政府不但不支持学生运动反而派出大批军警镇压并逮捕了 30 多名爱国学生。北京学生的爱国行动激发了全国民众的爱国热情，伟大的五四运动由此拉开序幕。

五四运动爆发的那天恰逢周日，闻一多就读的清华大学地处远郊，且通信并不发达，所以他未能赶上城里学生的游行示威与火烧赵家楼活动。当他从返校学生口中得知这件事时，年轻火热的心剧烈地跳动着，心潮澎湃久久不能入睡，于是半夜偷偷在食堂门口贴了张未署名的手书《满江红》。这首惊天地泣鬼神、气壮山河的悲歌，瞬时让清华学子热血沸腾，纷纷加入五四运动的大潮之中。

文笔犀利、思维敏捷的闻一多在清华学子的爱国运动中担任中文书记工作，负责起草各种文书。1919 年 5 月 17 日，由于革命形势需要，闻一多决定留校继续参加斗争，因此给父母写下了这封家书，一是向父母报平安，二是希望自己的爱国之举能够得到父母的理解与支持。他在信中写道："男在此为国作［做］事，非谓有男国即不亡，乃国家育养学生，岁糜巨万，一旦有事，学生尚不出力，更待谁人？忠孝二途，本非相悖，尽忠即所以尽孝也。"足见其忧国之深、爱国之切。

在以后的时间，国运兴衰始终牵挂着闻一多的心，在美留学期间他也一心只想尽快回国。虽然闻一多最初并不赞同中国共产党的政治主张，并与京派人士一起攻击过鲁迅等人，但他的心里始终对祖国爱得深沉。后来，在中国共产党的引导与帮助下，闻一多转变成了一名斗士，他用诗词文学的力量诉说自己红烛般的爱国热情。当李公朴惨遭国民党反动派暗杀时，他为正义发声，作《最后一次讲演》，最终也不幸惨死于反动派的枪口之下。斯人犹在，英名永存！

少扎空架子，多做切实事

——恽代英

（一）人物简介

恽代英，又名遽轩，字子毅，1895 年 8 月 12 日出生于湖北武昌，中国共产党早期青年运动领导人。五四运动时，恽代英在武汉领导学生运动并创办利群书社，传播革命思想。1920 年，与萧楚女等在武汉发起组织中国社会主义青年团。1921 年加入中国共产党。1923 年任团中央宣传部主任、《中国青年》主编。1926 年任黄埔军校政治主任教官、广州农民运动讲习所教员。1927 年主持武汉中央军事政治学校。1927 年 4 月，在中国共产党第五次全国代表大会上当选为中央委员；8 月，参加领导南昌起义，任中共中央前敌委员会委员、起义军政治部代主任；12 月，参与领导广州起义，任广州苏维埃政府秘书长；后转移到香港，做党的秘密工作。1928 年，调到上海工作，先后任中共中央宣传部秘书长、中共中央组织部秘书长，主编党中央机关刊物《红旗》。在中共第六届二中全会上被增补为中央委员。1930 年，任中共上海沪东区委书记；5 月 6 日，在上海被捕。1931 年 4 月 29 日在南京狱中被害，时年 36 岁。

柳亚子，1887年5月28日出生于江苏吴江黎里镇，原名慰高，字安如，南社创始人之一。曾任孙中山总统府秘书、中国国民党中央常委兼监察委员会主席、上海通志馆馆长。“四一二”反革命政变后，被通缉，逃往日本。1928年回国，进行反蒋活动。抗日战争时期，与宋庆龄、何香凝等从事抗日民主活动。1949年，出席中国人民政治协商会议第一届全体会议。新中国成立后，柳亚子历任中央人民政府委员、全国人大常委会委员之职。柳亚子是著名的爱国人士，有“亚洲卢梭”“今屈原”之美誉。郭沫若评价柳亚子：“是一位典型的诗人，有热烈的感情、豪华的才气、卓越的器识，随着时代的进步而进步。”他的诗感慨豪宕、沉郁深婉、热情奔放、独树一帜，开一代革命诗风。

（二）书信原文

恽代英给少年中国学会全体同志的书信[1]

建设一个健全的、互助的、社会活动的团体。

——致少年中国学会全体同志

全体同志：

我自入会以来，因自己事务同时间所限，不能与同志人人通信。每念虽为同会会员，然情感隔阂，意见亦无交换机会，常用[感]怅然。此次因读书方便，由武昌到北京，得见北京诸会员，都质直热心会务，很喜欢会务前途很有希望，

[1] 书信资料来源：中央文献研究室，中央档案馆，《党的文献》杂志社．红色书信 革命英烈卷[M]．贵阳：贵州人民出版社，2012:42-49.

亦便是于少年中国创造的前途很有希望，这是恰合我所盼望的事。

但是我回想我以前为自己、为社会做的事，亦觉得我所知道的同志为自己、为社会做的事，虽大家原都是为向上心所驱使，顺着良心以奋斗，然而就行为的效果看，我们不能不反省一番。我们应将我们一切活动的目标与方法，大家交换意见。自然这种交换意见，不是有甚［什］么约束的力量，不过总可以供大家参考，这便是我写这封信的意思。

我们学会的宗旨，原说“本科学的精神，为社会的活动，以创造少年中国”。所以我们不仅仅是讲学的团体，亦不仅仅是做事的团体，且不仅仅是讲局部的学、做局部的事的团体。我们的目的，在于创造适应少年世界的少年中国。社会活动，一方是以创造少年中国为目标。一方亦以本科学的精神为条件。所以我的意见，我亦知道许多同志的意见。总盼望我们学会成就一个健全的、互助的、社会活动的团体。就我们学会的宗旨而论，这自是当然的盼望。

要成个健全的、互助的、社会活动的团体，第一，我们不应忘记我们迟早是做事的人，不是永远读书的人。那便要知道：

（一）我们的事业，不永远仅是讲学。

（二）我们的事业，不永远仅是靠文字的鼓吹。

我并不蔑视讲学与文字鼓吹的功效，不过我信读书的人，若非自身投入实际社会生活。那便讲学与文字鼓吹，亦每易不能合于实际社会生活。我们中国二千年的业儒，便是中这个毛病。我们离八股的时代不远，而且重文轻实的风气，还遍满国中［中国］。许多人并不知道文学、哲学的真价值，只因为一则认他［它］们是风雅玄虚，因感觉些肤浅的趣味；一则认他［它］们不比别的科学太要精密的研究，故曰以喜学他。你看他们若仅将文学、哲学认做［作］这样的东西，这岂能盼望他的讲学与文字鼓吹，有甚［什］么功效？我自然不疑惑我们的同志亦会是这样的人。但谬误心理的因袭，社会风习的熏染，每有贤者不免陷溺其中。所以我以为我们同志总不要忘了社会的实际生活。社会的实际改造运动。

讲学与文字鼓吹，有这种色彩，对于创造少年中国，才有切实效益。今天不至于是无目的的书痴，将来亦不至于是图哺啜的业儒。

第二，我们固然应该注意今天是预备做事的时候，亦同时应该注意今天仅仅是预备做事的时候。所以我以为：

（三）我们不应该敷衍的［地］做社会事业，做我们不愿做的。

（四）我们不应该虚伪的［地］做社会事业，做我们不能做的。

我信社会事业，是当做的。但我们一定要认清我们是为社会福利做社会事业,不是为自己的面子,乃至敷衍大家的面子,做社会事业。所以我们明知不应做，或我们做不下的事，我们不应该强勉的［地］去做。闹到过后，变成一个新式政客。即如这次学潮及文化运动,自然是很应做的事,然而因为我们实力不充分，到得后来，只好陪着些爱国家一同乱混。这里要出风头，便罢课；那里要顾面子，便游行。你看风色，我争权利。起初原说爱国，到现在把国家利害反丢在脑后，只顾一地方一学校的名誉去了。这样的事业，我们同志还不少人奔走其中，我很以为不划算。不是说国不应爱，这种事业不应做，只是明明知道不是我们做得好的，我们很不必消耗太多的精神同时光，糟蹋在不生产的地方。我们尽可以找我们愿做、能做、于社会有实益的事做。不过即就这些事说，应做的事太多了，无论选哪件事，我们真肯切实的［地］做下去，都还会感能力不足。我们今天原多半在求学的时代，其实与其明知能力不足，去自欺的［地］做事；不如趁今天看清能力不足的地方，去用一番切实的功。否则亦只该选那比较有能力一点的事做，不能揽一切好名声的事，不管愿不愿、能不能的都去做。

上面说的两桩，盼望大家合起来看。我决［绝］不是主张不讲学，不用文字鼓吹；更不是不主张我们应尽力于一切社会活动。只是我觉得我们应该看清我们的目标，知道我们最大的任务在甚［什］么地方，我们今天为这最大的任务应该下怎样的预备功夫。这样我们才是有力的社会活动团体。

第三，我们要盼望靠学会的力量，真能够创造少年中国，我们不能不注意学会的健全比会员加增、学务扩张都要紧。所以：

（五）不可轻于［易］介绍会员。

其实我自然知道会员的加增、会务的扩张，亦是对于创造少年中国为必要之事。我亦承认果然会外有些同志，我们自然应该介绍他加入学会，与大家做朋友。只是我们原定新会员的加入，要得五人的介绍，便是防轻率介绍的弊病。所以要防轻率介绍的，因为我们原不是政党，不取人多，只取人有真心实力，而且亦能为社会做事。下半年北京会员出国的多论说急于要新加入些会员才好。我亦很盼望能得些新同志。不过我仍然觉得要慎重。若说会务的进行，我们的会务好在不多，而且学会本部不必定要设在北京，或者亦可以不要这本部、支部的名目，一切事务由各处的少年中国学会分任。若说为月刊供给材料，我想现在两种月刊，虽说未必尽满人意，至少亦可以说是有希望的事业，我们自然盼望他永远存在而发展；不过这亦不拘定等待新加的会员。我们已有的同志，能做文的亦不少，果然肯量力担任选述，亦不十分愁材料缺乏。不过润玙从前总限一个人每月交一万字左右，那是做不到的事情。我们不如听大家自己担任，或每月若干字，或每两月、三月乃至每半年若干字，自然那不愿预先答应担任的，亦各随其便。其实我们只愁同志不肯，或不能读书。守常说："不是没时间做文，只因没时间读书，所以没有文做。"这话我实在很有同感。所以我们大家只要肯下一番系统的研究功夫，再把月刊认做［作］大家的事，便预先自己担任若干数目的文字，发表自己的心得，亦不是无把握的事。若用这种办法，文稿还一定不够，那便是证明我们学会没有办两种月刊的力量；不如把两种的材料，合成一种，把《少年世界》在最近时间，宣布停刊，亦是一个切实的法子。

关于介绍会员一事，我想与其由欲入会的找五个会员介绍，还不如就会员认其可以入会的，提出再找四个人的同意，请其加入。那便是说，新会员都是由我们同志请进来的。这可以免那些有入会癖的人（这种人实在常看见），找着几个会员，要他们介绍，他们不便于推托他；再亦可以免那些太慎重了的会外同志，他虽然对我们表同情，然而不愿自己找介绍人，因而总不加入。我的意思，还想凡同志认为可以入会的人，若同会没有四五个人知道他，必先要介绍他与四五个人通信。通信的结果，本不拘定这几个人一定要同意介绍他，再即令我们肯介绍他，亦不拘定他定要承认入会。不过即令不介绍、不加入，大家多几个好些的朋友，于大家亦都有些益处。又我对于介绍会员，还有两层问题：（一）不能讲学，然而很热心切实做社会事业的人，可否介绍入会？（二）真有志向上的少年，但学问能力都未充实，所以不能讲学亦不能做事，这种人可否介绍入会？依我的意思，若我们承认讲学不过是做事的手段，那便只要那人肯实心做事，或迟早能实心做事，似乎该让他加入。不过我这仍指那实心做事的而说，那敷衍虚伪的[地]做事的，自然不在此例。

第四，我们要盼望学会的力量，真能够创造少年中国，我们不能不注意学会的团结。所以：

（六）不可忘了会员的联络融洽。

我们已有的会员，虽只七八十人，然而这七八十人，彼此还有许多毫不相知的。这样下去，说甚[什]么意见的一致、事业的互助，岂非笑话。黄仲苏君说我们学会，是没有中心的，这说[话]我很赞同。所以甚[什]么职员、本部、支部，都不过是办事上的便利，并非哪一处哪一人，是我们学会的中心。既然如此，那便联络融洽的事，是我们每个同志的责任。不是说是每个同志，对于学会的责任；乃是说是大家对于创造少年中国的责任。我以为求会员的联络融洽，有两个方法：（一）规定每月每个同志至少对于素来通信的别的同志四人，须各通信一次。此种的信，能为讲学的更好；不然，便告诉自身现状，该处学会现状，乃至讨论学会事务都好。因为这样不久，便大家都会成为朋友。（二）在月刊中多容纳关于会务讨论的文字；其实不仅会务应该讨论，便同志对于造学求业、服务社会，都有许多可以彼此讨论的地方。常能如此，同志彼此渐渐都会了解团体精神，一天天便会团结起来。再把以前我所有的意思，总括起来：

1. 在目前应量力做事，不可虚伪敷衍；故如时行的爱国运动，不必糟蹋了太多的力量于其中。

2. 因想切实能力，而做事不够的，便该速急多用力求学、立德、交友。但这一切事，都要不忘以预备切实做事为目的。

3. 自然我们欢迎会员人数增加，然而介绍会员，总宜慎重。

4. 若北京人数太少，可将本部移到别处，或取消本部名目。

5. 两种月刊，由会员量力自认文字。若文稿不够，便将两种的材料合成一种，宣布《少年世界》在最近期间暂时停刊。

6. 介绍会员，改为由会员提出，得五人赞同后，再求〈得〉被介绍人的同意。再凡欲介绍入会的，可先介绍他与会员通信。

7. 凡迟早切实为社会做事的，虽不能讲学。或目前不能讲学，仍可请其入会。

8. 会员每月每人应对于素未通信的同志至少四人，各通信一次。

9. 会务要大家讨论，乃至会员自身求学、就业，服务社会的问题，亦要大家讨论，月刊中当略多容纳此项文字。

以上所说，都不过个人意见。我盼望能引起大家研究的兴味来，无论是赞成反对，人人都发表些他的意见。黄日葵君说，他不赞成因团体活动，甚至于牺牲个性，这句话我很表同情［意］。我想我们学会，可以各信其主张，不求一致。亦是这个意思。但是若能彼此多研究多交换意见，亦许步趣渐渐趋于一致。这件事自然不宜强求；然若有法求他自然到这样，我们的力量岂不更大么？

关于学会将来的发展，有许多同志，都主张留学求更大的能力，而且亦注意国民外交。这个意见，我自然很敬佩。但我却不十分这样想。我知道我的学问是太不成了，然我不急于盼望留学，因在国内亦尽有可供至少一两年读的书。我预料我迟早总要出国一趟的，但我若出国，不十分想注意国民外交：完全的力量，还会用在预备我所预备的学业上面。我死心塌地在教育上做功夫，我总盼望力量越早些完成越好。我亦以为学会的前途，应该靠教育运动。因为这样我们才不仅找我们需要的同志，我们有力量造我们需要的同志。自然我这所说的教育，不仅指一个形式的学校而言。

话太多了，恕我的烦渎。但我不能不盼望每个同志。记得他原发起的意思，记得他原加入的意思。中国若盼望他有救，一定是要盼望一班有能力的青年，一班有能力的青年的团体。这个任务，我们同志应该肩负起来，我们学会应该肩负起来。无论甚［什］么救国活动，没有〈比〉改造我们自己、改造我们团体更切实、更有效力。盼望大家不要让他败坏了，却在背后指摘议论他。若这样向上的人的团体，仍然做不出好事，那是证明中华民国没有一点希望，轩辕黄帝的子孙没有一点力量。咳！我不忍这样说，我亦不信有这样的事。

少年意大利党，既已经技［救］了意大利，少年中国学会一定可以救中华民国。我不是说我们要教中华民国，做昔日的普鲁士、今日的日本；我们是要创造适应于少年世界的少年中国。盼望每个同志，都向这一点努力。

恽代英

九·四·二二

恽代英给沈泽民、高语罕的书信（节选）[1]

盼望在那里为人类真做一点事。

——致沈泽民、高语罕

……我在此本可说一切圆满；但我敏锐的感觉、深刻的观察，已令我感到无量的痛苦。上次给信你们后，即决定下半年两种办法：（一）若可成功，与

[1] 书信资料来源：中央文献研究室，中央档案馆，《党的文献》杂志社．红色书信 革命英烈卷 [M]. 贵阳：贵州人民出版社，2012:50−51.

同志办自己学校去；（二）无自己学校办，找个乡里与新旧同志组织自修会去。

近接武昌同志所刊《我们的》，知所说自己学校大可望成。真令我距跃三百！我义无反顾了！暑假到南京〈参加〉大会后一定去，与别的朋友筹办一切。此校教师，均决用这几年交纳理想最相同的朋友，拼命的［地］试办去。大家均各取所需，而尽量俭刻。盼望在那里为人类真做一点事。前寄《我们的》一张，这是我们在武昌效死运动的写真。所云柳林学校前途固不易言，不过我们一切布置很严密精勇。或者不至失败。无论如何，总值得丢弃一切去试验一番啊！

至此校大家既同取不要薪俸主义，所以我为家用仍靠做文。我很想下半年多读书，即多做些初期师范教育科书。若所入有余，仍以奉之团体，如此和皮滚下去，必然比如此飘零好。

自然，在此一天，竭尽一天的力。“力恶其不出于身，不必为己。”我是不努力不快活的人。

代英

四月二十九日

恽代英给和含学会的书信[1]

少扎空架子，多做切实事。

——致和含学会

和含学会，是和县同含山同志的青年，为乡土运动而团结起来的。凡同乡同学的团体，都是无意的结合，每不能靠他真地［的］为社会怎样效力。所以

[1] 书信资料来源：中央文献研究室，中央档案馆，《党的文献》杂志社．红色书信 革命英烈卷 [M]. 贵阳：贵州人民出版社，2012:52–53.

同乡会、同学会，除了联络感情，营谋私利以外，是没有用处的。但是和含学会却不当是这样。为什么呢？因为别的同乡会、同学会虽则嘴里说什么改良地方，然而他［它］所以结合，全是由于私心［人］感情。所以改良地方，只成了他们装门面的口头禅。和含学会却全不是这样。他们以［之］结合，全是由于为讲学做事。所以这样联络同乡，只是为他们讲学做事的一种切实便利的方法。所以和含学会是有希望的，是为社会正当的结合，在结合之后，是可保证他［它］不至流为普通同乡会、同学会的丑态的。

在结合了之后，用什么法子可以对社会多生些功效呢？我可以说，少做场面上的事，多做骨子里的事；少做扎空架子的事，多做切实的事；少做与人捣蛋的事，多做改进自己、改进团体的事。这样和含学会，可成为中国乡土运动一个模范团体。

学会的个人修养圆满了，团体实力充实了，三五年后，自然可以改造乡土，人只怕不想好，人只怕团结不起来，团结起来只怕中途变坏了；不然我们年纪一天天长大，学问一天天进步，声望、地位一天天继长增高，为什么愁不能改进乡土，乃至改造中国呢？和含学会的同志努力了！

恽代英给葛季膺的书信[1]

我视家如旅舍，然正好助弟妹建立幸福家庭。

——致葛季膺

季膺妹：

五月廿日信由强弟转来，不觉回环读了几遍，心胸中自然充满了快感。我

[1] 书信资料来源：中央文献研究室，中央档案馆，《党的文献》杂志社．红色书信 革命英烈卷 [M]. 贵阳：贵州人民出版社，2012:54−56.

初虑强弟或仍不免于结旧式婚姻，又虑强弟交游太狭，或不能得理想的配偶。今读妹此函，吾诚不自觉的［地］以手加额为我强弟庆。以我知强弟之深，亦复不自觉的为妹庆也。

来函云在杨效春房间得一相见，我犹能忆之。对我奖辞，容有过当。所谈志愿性行，我实无任敬佩。强弟能得如此良友，如此畏友，终身作［做］伴，料应朋辈当妒杀耳！迟婚实有利益。我辈老父既因我决于独身，诚不能无早望强弟成婚之念，但为人慈和通达，终不十分相强。我已将妹函附于家禀转寄老父，我意读此函后，当能感恍然如见佳儿妇之乐，更可以不复念念于怀也。

人家说："结婚是爱情的坟墓。"我料强弟及妹，能均葆［保］持今日志行，必可免于此状。普通结婚后所生的坏影响，一是男女性情不平和谅让；二是每因经济上彼此计较发生意见；三是只知恋爱别无正当志愿，及彼此间尊重人格的思想。这均非强弟及妹所有的情形。我因此不能不视你们的"爱"的前途无量。

我因颇欲以一日之长谋社会的根本改造，故不欲以儿女之事自累。然近来以个人债累（由于以前经营书社工厂失败的结果），仍不能不稍为金钱束缚行动。本年以到成都之便，遂任高师教育学一席，我极无意模仿学者，纵偶有独见，此终觉非分也。现友人约到上海大学任总务长一席，我已以支款了结宿债为条件，决定承诺与否。但八月间总须到沪一行，下半年事现仍不能自决。不过据友人来函，上海大学任教多一时畏友，苟稍经营可为一般改造同志驻足讲学储能之处，故颇重视之也。我约十日后离此。

我亦欲与强弟协力担负，使老父稍息仔肩。但年来偏责强弟的稍多，即将来遇艰危转徙之际，或仍不能免此。惟［唯］愿机会较佳时，我终可分任苦干也。我们终久［究］当移家江南，若能以将来弟妹结婚的小家庭为基础，然后移家，则自可免于许多旧家庭恶习也。好在家父既不守旧，一庶母年幼而无恶性质，将来可使以工艺自给，一妹则强弟抚视教化之，可信家庭中亦无难处事也。

我视家如旅舍，然正好助弟妹等建立自然而有幸福的家庭。我决不欲吾弟吾妹为家庭而损害恋爱的幸福。我将来可以为你们的高等顾问也。一笑！

我能与我的弟妇如此絮［叙］谈，殊为有味。然吾妹实不仅我的弟妇，一方实系我的朋友，我们仍愿在品行学业上，互相切磋敦励。我望吾妹无论何时，均不因我为夫兄而有许多委曲［屈］隐讳。吾妹为吾辈爱之强弟的爱人，在吾心胸中比之视吾康妹（在南高附小的）还十分亲切。所以我很不愿无论何时，吾弟或吾妹有因家庭而忍受委曲［屈］隐讳的痛苦的地方。果有此等地方，我去尽力为之救［纠］正。此皆出于至诚，强弟必深信我，而预料吾妹亦必深信我也。

代英

1923 年 6 月 19 日

恽代英给杨立生的书信[1]

此殆中国时局变化之佳兆耶。

——致杨立生

立生先生：

楚女来沪，得知襄樊有如先生之学识而热心的人，且捐赠二十元以表赞助我辈活动之至意，令代英无任钦慰。代英久信中国不乏无心人，惟［唯］以大家对国事无诚意、无方法，遂致互相疏远、隔阂、颓唐、沮丧，竟若国事已无可为。吾辈只可束手待毙者。影响所及，后起青年遂置存亡理乱于度外，在校至多做到洁身自好，一入社会便相率从风而靡，绝少以力挽颓流自任之人。

[1] 书信资料来源：中央文献研究室，中央档案馆，《党的文献》杂志社．红色书信 革命英烈卷 [M]. 贵阳：贵州人民出版社，2012:57–58.

幸近数年来思想激变。先进之士既揭破中国扰乱之病源，而认定国际压迫使经济窘乏、人民失业，实为一切兵匪发生的原因。一般天性尚厚之青年，亦渐认定真正的仇敌，而革命之方略乃渐有日趋于确定一致之好现象，此殆中国时局之将变化之佳兆耶！先生若能继此以往，多研究此等关系，且常以诏示商学界比较进步的人，使大家不但知起而干涉国事，且能为合当步骤的［地］干涉国事，则必于中国之将来大有影响也。附寄《中国青年》一本，愿以纳交。且请赐批评指正，想不至以为鄙陋而不进教之也。

恽代英上

1925 年 5 月 21 日

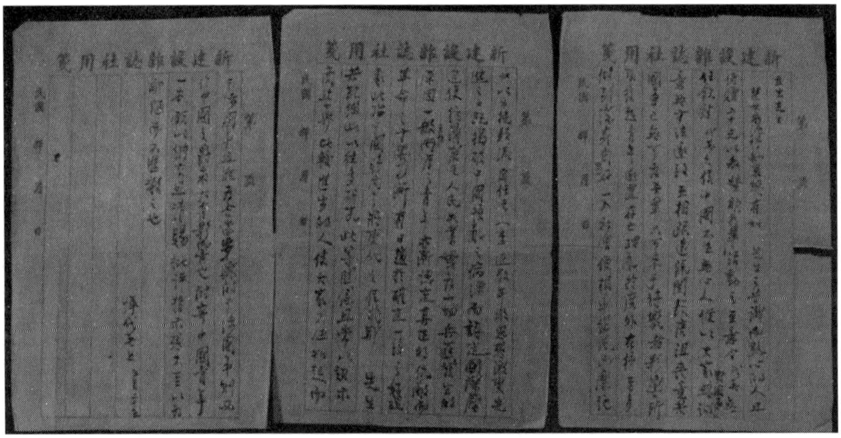
新建設雜誌社用箋

新建設雜誌社用箋

新建設雜誌社用箋

恽代英写给杨立生的信

该信藏于湖北省博物馆，图片来源：胡伟屹 . 恽代英写给杨立生的信件 [EB/OL].(2021-06-17). https：//www.xuexi.cn/lgpage/detail/index.html ? id=3932548808648080628.

恽代英给柳亚子的书信[1]

对醒狮派能拉若干过来便拉若干过来。

——致柳亚子[2]

亚子先生：

函悉。近日外间工作较少，正拟从事编纂废约运动小册子，以各种统计材料证实条约妨害民生之事实，惜限于学力，且文献不足征耳。

少年中国学会[3]开会时，醒狮派[4]诸君用种种方法贯彻彼等之目的。彼等利在于一切地方均用含糊语气，以爱国运动四字忽略一切民族自决、阶级斗争等理论，且以“反国家之言论及行动”指一般为蒙藏民族、劳动阶级主张权利的人，且禁制［止］一切超国家的学理宣传。虽经我提出对于现在交涉应规定之各种态度，在讨论中则欲以笼统之“各界的爱国运动”代“学生工人之爱国运动”，删去“上海总商会”、穆藕初、闻兰亭、贾丰臻、曹慕管、梁启超、胡适等一切指名斥责，而仅留一笼统不着边际之辞，此亦见其怯弱而预留妥协地步之态也。少年中国学会诸君，因生活地位关系，决［绝］不敢轻易加上革命党的头衔，所以结果必群趋于可以取巧欺世之国家主义[5]。我辈不过姑与

[1] 书信资料来源：中央文献研究室，中央档案馆，《党的文献》杂志社．红色书信 革命英烈卷 [M]. 贵阳：贵州人民出版社，2012:61−64.

[2] 柳亚子：国民党左派成员之一，时任国民党江苏省党部常务委员、宣传部部长。

[3] 少年中国学会：指少年中国学会第六届年会。

[4] 醒狮派：即青年党，全称为“中国青年党”。它是由地主、资本家、军阀、政客和反动知识分子等组成的反动政党之一。1923 年成立于法国，主要发起人有曾琦、李璜等，鼓吹国家主义，反对共产主义。1924 年曾琦回国后与左舜生、陈启天等创刊《醒狮》周报，所以又叫“醒狮派”。他们在当时都是反动复古人物。

[5] 国家主义：即醒狮派所鼓吹的国家主义，其抹杀了阶级本质，鼓吹国家至上，欺骗劳动人民服从剥削阶级的奴役。对外宣传“民族优越论”，唆使人民对外战争。

相持，能拉若干分子过来，便拉若干过来也。

代英

1925 年 7 月

（三）书信解读

1919 年，五四运动爆发，1920—1925 年，正值北洋军阀统治时期，中国共产党刚刚成立，处于萌芽状态，恽代英等早期马克思主义宣传者还有很长一段路要走。本节收录的 6 封书信是 1920—1925 年恽代英分别写给少年中国学会全体同志和沈泽民、高语罕、和含学会、葛季膺、杨立生以及柳亚子的。恽代英给杨立生的信现存于湖北省博物馆。

第一封信中提及的少年中国学会成立于 1919 年 7 月 1 日，是五四运动时期青年社团中会员最多、历史最长、影响深远的学会。李大钊和王光祈是这个学会的发起人。1919 年 10 月，恽代英加入了少年中国学会。恽代英写了自己对少年中国学会建设的 4 点建议："第一，我们不应忘记我们迟早是做事的人，不是永远读书的人。""第二，我们固然应该注意今天是预备做事的时候，亦同时应该注意今天仅仅是预备做事的时候。""第三，我们要盼望靠学会的力量，真能够创造少年中国，我们不能不注意学会的健全比会员加增、学务扩张都要紧。""第四，我们要盼望学会的力量，真能够创造少年中国，我们不能不注意学会的团结。"他寄予了自己对学会发展的真诚期盼。

在第二封信中，当时恽代英在安徽宣城师范学校任教，沈泽民、高语罕二人在芜湖第五中学任教。恽代英将利群书社的未来蓝图构想得很美好，"无论如何，总值得丢弃一切去试验一番啊！"在许多人反对的前提下，恽代英仍然以极大热情践行着他的教育与社会改造理念，这样的不服输精神是积极向上的，虽然最后恽代英因不容于保守势力，被迫离开这里，但他身上所具有的改造社会的昂扬斗志仍值得今天的我们学习。

第三封信中，和含学会为芜湖和县和含山县的旅外学生组织起来的，他们的目的是回家乡搞乡土运动，他们当时要出版会刊的创刊号，于是想请恽代英给刊物写个序言，恽代英为他们建设乡土的愿望而高兴，所以答应了给他们写这篇序言即此信。第三封信意在为建设乡土的青年们增加士气，希望他们能够在今后成为“中国乡土运动一个模范团体”。第一封信和第三封信都是写给学会的，二者有异曲同工之妙，对于前者，恽代英本身是少年中国学会的会员，而后者，恽代英并非和含学会的一员。

在第四封信中，恽代英正在成都高师教授教育学。葛季膺当时是他弟弟恽子强的未婚妻，这封信是恽代英给葛季膺写的回信。一方面，恽代英表达了自己对恽子强夫妇生活美满的祝福之情，另一方面他写明了自己独身的原因：“我因颇欲以一日之长谋社会的根本改造，故不欲以儿女之事自累。”事实上，他经历过丧妻之痛，他的妻子叫沈葆秀，两人关系相当要好，但他的妻子因难产未及时就医而去世，生下的婴儿也不幸夭折，他深感悲痛，于是奉行独身主义，他后来在实践中为中国妇女解放作出了重要贡献。这封信表达了他真挚的爱情婚姻观，也体现了他胸怀大志的抱负。

第五封信为一封感谢信。1925 年 5 月 15 日，在上海，工人顾正红被日本大班川村残酷杀害，激起了上海工人的罢工热潮，恽代英义不容辞地投入发动声援、募捐等活动中，并积极组织筹划了反帝国主义示威大游行。他在紧张繁忙的工作间隙写下这封信，因为杨立生这位普通教师为《中国青年》捐献了 20 元钱。恽代英在信中一方面表达了自己的谢意，另一方面鼓励杨立生：“继此以往，多研究此等关系，且常以诏示商学界比较进步的人，使大家不但知起而干涉国事，且能为合当步骤的干涉国事，则必于中国之将来大有影响也。”还赠送了他一本《中国青年》，可见恽代英的诚恳用心，也可见恽代英为社会进步所做的努力。

在第六封信中，柳亚子是国民党左派的成员之一，恽代英写这封信的目的是为了揭露醒狮派及其所鼓吹的所谓“国家主义”理论。醒狮派名义上打着“国家”的旗号，可实际上却不反帝国主义，并且把攻击的矛头指向中国共产党及其反帝国主义反封建的革命主张。1925 年 7 月，在少年中国学会第六届年会上，醒狮派的成员们大造声势，竭力宣扬他们的欺骗性主张，恽代英等共产党人对他们进行了坚决有力的还击。对于醒狮派的态度，恽代英提出尽量争取，如果争取不来就与之决裂。

你们是有令社会不能不承认你们主张的实在势力的

——李汉俊

（一）人物简介

李汉俊，原名李诗书，号汉俊，又名李人杰，1890年阴历三月初十生于湖北潜江坨埠垸的一个贫寒的知识分子家庭，父亲李金山在乡间私塾教书。中国共产党第一次全国代表大会代表。早年留学日本受河上肇的影响开始学习马克思主义。回国后积极宣传马克思主义，大力推进建党工作，以饱满的热情和旺盛的精力，从事翻译和写作工作，创办《劳动界》，译有《马克斯资本论入门》，宣传唯物史观，他参加编辑的《新青年》《星期评论》《共产党》成为马克思主义在中国早期传播的重要刊物，影响了包括毛泽东、刘少奇、周恩来、董必武等人在内的整整一代革命青年。1920年初，他和李大钊、陈独秀等开始着手组建中国共产党的工作；同年5月，和陈独秀等组织成立了上海马克思主义研究会；8月，和陈独秀等又发起成立上海共产党早期组织。1921年7月，作为上海的代表出席了中国共产党第一次全国代表大会。会前，李汉俊受陈独秀的委托为会议起草了党纲，为召开中国共产党第一次全国代表大会作出了卓越贡献。1922 年春，投身到革命洪流之中，回武汉组织学生、工人开展革命活动，在中共武汉市委机关报《武汉星期评论》上发表妇女解放的文章，推动了湖北省立女子师范学校学潮。1923 年春，以省工团联合会教育主任委员身份参加了震惊中外的“二七”大罢工的领导工作，与陈潭秋、林育南、施洋等赴郑州参加了京汉铁路总工会成立大会。同年秋执教武昌高等师范学校，主讲的唯物史观给学生的思想带来了极大影响。1926 年支持北伐工作。1927 年，汪精卫集团发动“七一五”反革命政变后，在新的复杂形势下，与詹大悲等继续坚持革命立场和孙中山“三大”政策，营救和保护了大批共产党员干部。1927 年 12 月 17 日，因为“二七”大罢工和多次揭露蒋介石的可耻行为，在武汉被武汉卫戍区司令胡宗铎以“赤色分子”的罪名逮捕，同年被反动军阀杀害，年仅 37 岁。1952 年 8 月，中华人民共和国中央人民政府主席毛泽东亲自签发了革命牺牲工作人员家属光荣纪念证，证书上写着：“李汉俊同志在革命斗争中光荣牺牲，丰功伟绩永垂不朽！”

（二）书信原文

你们是有令社会不能不承认你们主张的实在势力的。

——汉俊答一伙友函[1]

你底［的］信我看见了，资本家底［的］横暴确是可恶，被他们牺牲的伙友确是可怜。但你却要晓得现在是什么世界，现在就是劳动阶级和资本

[1] 书信资料来源：中共一大会址纪念馆．中共一大代表早期文稿选编 :1917.11–1923.7 [M]. 上海：上海人民出版社 ,2011:463–467.

阶级间阶级斗争的世界。既然是阶级斗争的世界，斗争的结果，自然一方面胜，一方面就败。你们这回不过是资本家方面胜，伙友方面败罢了。我劝你们不要专恨资本家底［的］横暴，还要委细研究战败的原因和将来取胜的方法。你问我："资本家底［的］势力怎的这么大？"我只能答应你说："因为劳动者还没有了解自己在社会上的地位，还没有晓得使用自己强大势力的缘故。"你问我："你对于资本家底［的］势力用怎样方法对付？"我只能答应你说："我们不是生产劳动者，是没有实力去直接推翻资本家的人；我们对付资本家，只有间接的方法，就是只有使劳动者了解他们自己在社会上的地位，知道使用自己强大的势力，至于直接的方法，由正面与资本家宣战，以制资本家死命的，还是在劳动者——还是在劳动者用自己在社会上的地位，用自己强大的势力。"你希望我们赶快想些方法，无论你底［的］命意是在要我们不生产劳动者联合起来，或是在要我和你们联合起来，你底［的］希望都是错了；我却要希望你们自己联合起来。我说这话的意思，并不是说我们不生产劳动者不应该联合，也不是说我们不应该同你们联合，也不是说我们不生产劳动者没有推翻资本家的权利义务和意志。我们也是和你们一样是有推翻资本家的权利义务和意志——在现在中国情形看来，或许我们要推翻资本家的意志比你们生产劳动者要推翻资本家的意志还要坚强，还要热烈。我们也是应该联合起来的。我们也是很希望和你们联合的，你们希望我们和你们联合，我们是求之而不得，更是感谢之不尽的了。但我们不生产劳动者联合不联合，和不和你们联合，并不是根本问题。根木［本］问题，却在你们生产劳动者能不能够自家联合起来。因为我们是不生产劳动者，是没有实力去直接对付资本家的；我们就是联合起来了，和你们也联合起来了，如果你们不能联合起来，也是没有多大效果的。你们是生产劳动者，以你们生产劳动者在社会上占的地位，你们才是有实力直接对付资本家——你们如果联合起来了，确是有这种能力的。只有你们是有救济自己与世界人类的能力的。世界底［的］人类，要你们联合起来了，才能得到救济。只有你们联合起来了，才能做事。只有你们联合起来了，才能救济世界底［的］一切人类。

你们要晓得人类底［的］生存是要物质的，人类没有物质是不能生存的。你们又应该晓得人类所依以生存的物质，除了空气、太阳、水以外，没有一件不是劳动者劳动底［的］结晶。你们又应该晓得人不是仅只依靠空气、太阳、水，就可以生存的，至少也还须［需］要吃饭、穿衣服、住房子的。

而这吃的饭、穿的衣服、住的房子，又没有一件不是劳动底［的］结晶，而且空气、太阳、水是自然的，是取之不尽，用之不竭的，所以又可以说："人类生存是需要劳动的。"你们又应该晓得人类所依以生存的劳动，就是劳动者消费精力以生产人类所依以生存的物质的意思。精力是在人身体里面的，是不能与人分离的；劳动既然是要劳动者消费精力的，劳动与劳动者也就不能分离了，离开了劳动者就不会有劳动了。所以我们又可以说："人类生存是要依靠劳动者的。"你们又应该知道：人类没有物质是不能生存的，物质没有劳动是不能产生的，劳动没有劳动者是不能存在的。所以"人类底［的］生存是物质的，人类没有物质是不能生存的"这两句话，就可以归纳到"人类底［的］生存是要依靠劳动者的，人类没有劳动者是不能生存的"这两句话了。又可以总括地说"劳动者是支配人类生存全体的"了。世界可以无金钱，却不可一日无劳动。世界可以无资本家，却不可一日无劳动者。

支配人类生存的劳动者，在这"不可以一日无劳动者"的世界，对于人类就握得有生死与［予］夺之权；要人类生存，要人类灭亡，都是你们生产劳动者底［的］自由。要怎样改造社会，要怎样救济人类，都是你们底［的］自由。也只有你们才有这样的自由。占有这样，握有这样势力的生产劳动者！你们底［的］事只有你们才能解决，世界人类也只有你们才能救济；你们何不使用你们底［的］势力来自决，来救济人类；而竟以我们用什么方法对付资本家，以我们联合不联合，和不和你们联合为虑呢？我们对付资木[本]家的方法是间接的，我们联合起来力量是薄弱的，和你们联合是我们对你们哀求的；根本的问题，还是在你们瞭[了]不瞭[了]解你们在社会上的地位，知不知道使用你们独占的势力。

你们要知道这回资本家底[的]胜利、你们底[的]失败，并不是因为资本家有实在的能力，只因为你们没有使用你们底[的]势力。你们没有看见这回英国矿工之对于矿主么？你们没有看见近来日本频发的劳动运动么？他们虽然因为还没有拿出他们全副的力量，以至于没有得到最后的胜利；但他们底[的]主张总算胜利了，资本家总算失败了。这也因为他了解了他们自己底[的]地位，使用了他们自己底[的]力量的缘故。这些都作你们底[的]龟鉴，关于英国矿工的问题天天报上都有记载，关于日本底[的]劳动运动觉悟栏也绍介[介绍]过好几次，以后也还有绍介[介绍]，希望你们过细研究一番。我更希望你们以后也时常力求了解你们自己底[的]地位，设法知道使用你们自己底[的]势力。

你们希望社会对于你们下公平的批评，这都是无益的希望。我曾在《平民》上说过：

“世界上只有绝对的主观公理，没有绝对的客观公理，要使劳动者底[的]主观公理变为惟[唯]一的客观公理，使社会也承认，只有依靠自己底[的]势力强迫他们承认。不然，就是叫破喉咙，社会也是不理的。……你们要晓得公理是随强权走的，强权之所在即公理之所在，没有强权就没有公理，没有强权的人所主张的公理，是没有人承认的，没有人理会的。”

前次你们在《平民》上登了那篇启事，没有人理你们，我怕这回也还是未必有人理你们，因为你们还没有表现足以强迫他们承认的势力。我劝你们不要求什么社会底[的]公平判断，只去力求了解你们底[的]地位，设法知道使用你们底[的]势力罢！你们底[的]势力表现出来了，社会自然承认你们。

而且你们又是人类生存底惟［唯］一支配者（除了自然），你们是有令社会不能不承认你们主张的实在势力的。

祝你们健全呵！

汉俊

【附来信】

一伙友致汉俊函[1]

汉俊：

前次我们同伙在《平民》上登了一个启事，承你给我们为公正批评，我们同伙感激得很。岂知这事竟招了他们资本家底［的］愤恨，马上就要找出主动的人来处罚。这事未平，罢饭问题又起；全体同伙不吃公司底［的］饭，差不多四天，但始终未能这［达］到月［目］的。因为公司的假惺惺地贴出了一张布告，说了容几天再改本帮小菜；一般同伙本来没有什么苛求，也就和平下去了。

不料过了一天，于二十七号突以“生意清淡，伙友太多”为辞开除了一位伙友，二十八号又开除了两人，二十九号又开除了三人；看他们资本家底［的］意思，当不止于开除这几人，恐怕还要一刀一刀地杀掉几个罢。他这样办法不过显显威风，使伙友们望而生惧帖耳而服罢了，果然这几天来伙友们也就一声不响了。资本家底［的］势力真了不得呀！

汉俊！资本家底［的］势力怎的这么大？你们对于资本家底势力用怎样方法对付？我希望你们赶快想些方法呵！不然，他们底［的］胆子就越要大起来，劳动者就要死无处所了！汉俊！你底［的］意思如何？我盼望你指教我们；并盼望你将我这封信批露报上，请社会公平地判断呀！特此详告，并祝进步！

一伙友

[1] 原载于1921年7月9日《民国日报》副刊《平民》第59号。

（三）书信解读

对于中国共产党与中国人民来说，1927 年是一段无比沉痛的岁月。1927 年 4 月，我国共产主义运动的先驱李大钊同志惨遭反动军阀绞杀，壮烈牺牲。同年 12 月，仅比李大钊小 1 岁的马克思主义“播火者”李汉俊遇害。双星陨落，给中国革命造成了重大损失。

20 世纪初，中国社会风雨飘摇，内忧外患，四方列强大肆侵略，华夏大地已是“瓜剖豆分，千村寥落”的残局。感时局之哀，加之受父亲爱国热情的影响，李汉俊萌生出“有朝一日为国家民族扬眉吐气而出力”的念头。他走出荆楚大地，东渡扶桑，探求救国之道路，成为马克思主义的“播火者”，宣传唯物史观，为创建中国共产党而奋斗，是中国工人运动的先驱，为马克思主义在中国的传播作出了不可磨灭的贡献。

李汉俊从日本留学归来后，主要从事翻译与写作工作，他翻译的《马格斯资本论入门》传播了马克思的唯物史观思想，对中国工人运动起到了科学纲领的指导作用。本节收录的这封信是 1921 年 7 月 9 日李汉俊写给一伙友的回信，信中向工人朋友传播了马克思《资本论》中的唯物史观。在信中，针对伙友来信提出的两个问题：“资本家底［的］势力怎的这么大？”“你们对于资本家底［的］势力用怎样方法对付？”李汉俊始终围绕“劳动者了解他们自己在社会上的地位，知道使用自己强大的势力”这一中心有针对性地做出解答，表明只有劳动者自身才是推翻资本家的最直接、最有力的力量。通过严密的推理得出“人类底［的］生存是要依靠劳动者的，人类没有劳动者是不能生存的”的结论，使劳动者清晰认识到自己的重要地位，使劳动者意识到自己的力量不仅能解放自身，还能解放全人类，号召全体无产者联合起来！在信的末尾，他勉励伙友不要因一次失败而气馁，借英国矿工与日本劳动运动的成功加以激励。最后，对于伙友所希望的“社会公正判断”，李汉俊给出“唯有壮大才有发声的机会、才受尊重”的答案，再次号召“劳动者了解他们自己在社会上的地位,知道使用自己强大的势力”,为自身谋解放,为人类谋解放!

全信慷慨激昂,闪耀着马克思主义的理性光辉与哲学思辨,为我国工人运动点明了前进的方向。

黑暗旅行中胆子更壮了

——李子芬

（一）人物简介

李子芬，又名李泽萍、李次芬，化名孙济夫、孙子芬。1902 年出生于湖北黄梅县城关镇一户贫苦人家。12 岁考入县立八角亭高等小学，1920—1923 年在南京农林讲习所读书。在此深造期间，他受到新文化、新思想的熏陶，与在南京、武汉读书的同乡学生组织黄梅通讯读书会，团结广大青年进步学生，传播革命理论，并集资创办了醒民学社，秘密发行《资本论》《共产党宣言》《新青年》等革命书刊。1923 年加入加入中国共产党，入党后积极筹建青年团组织，致力于平民教育，参加和领导了平民教育运动，是共青团第四届、第五届中央委员。

1924—1925 年，李子芬积极组织少年黄梅学会，开展实际的政治斗争。1924 年任共青团武昌地委执行委员、代理书记，指导农民运动。1927 年 3 月 8 日，组织领导庆祝国际劳动妇女节游行大会，进一步动员全省妇女投入大革命的洪流。1927 年 4 月 12 日蒋介石在上海发动反革命政变后，李子芬积极组织学生运动，号召学生“到农村去”“到军队中去”“用伟大的决心去打倒蒋介石及其经济基础”“打倒国际资本帝国主义及其基础”，为大革命失败后学生运动的发展指明了方向，是我国杰出的青年运动的领导。1925—1928 年，李子芬履职湖北区委，出席中共六大及团五大，又深入上海各区、各产业工人党支部，为上海党的建设和工人运动发展作出了贡献。1932 年 8 月，李子芬因叛徒出卖被捕入狱，受尽极端残忍的酷刑仍坚贞不屈，严守党的机密。他对狱中的难友说：“我只信仰一个主义，就是马克思主义，我只忠于一个党，就是中国共产党。想我屈服，万万不能！”敌人无计可施，遂于1933年1月以“死不悔改”的罪名判处李子芬无期徒刑，解往国民党安徽第一模范监狱羁押。3 年的铁窗生活，让李子芬的身心遭受了严重摧残，最终他于 1935 年 12 月病逝。

（二）书信原文

黑暗旅行中胆子更壮了。

——李子芬致陈独秀[1]

独秀先生：

中国无产阶级的福音——《向导》周报[2]出走后，我的心弦起了相应的振动数而共鸣了，黑暗旅行中胆子更壮了！你们所指导的方向，是万分正确而剀切的，在这样感觉迟钝、智能萎缩的民众当中你们以不屈不挠的精神，进行筚路篮里［蓝缕］的工作，这真是二千年来历史上破天荒的荣誉作业啊！先生，

[1] 书信资料来源：水如．陈独秀书信集 [M]. 北京：新华出版社 ,1987:384-384.

[2] 《向导》周报：中国共产党创办的第一个公开发行的中央机关报，以宣传中共的路线、方针、政策和评论国内外时政为主要内容，着重时政评论。1922 年 7 月，改组后的《新青年》停刊，工人刊物如《劳动界》《劳动音》《劳动周刊》也由于各种原因纷纷停刊，中共中央接受了马林的建议，决定创办《向导》周报，作为中共中央的政治机关报。9 月 13 日，《向导》周报在上海创刊。

由现实产业制度反映出来的生活状况之不可安，实在逼迫我们只能在革命和自杀两条歧路上选定前途，遍国中［中国］非阶级化的游离无产者（先生这个名称定得很适当）实在太多了；近代资本工业经济潮流的慢性传染，给与［予］下级社会的苦痛太难堪受了！社会制度明言或暗示：只有欺诈刻薄、苟合、容忍诸美德，是现代正式生活之道，在这些情形下的弱者心理，由旧伦理和宿命观训练成的奴隶根性，铁也似的坚，而阶级意识极端难得侵入；同时有产阶级的联合势力或抽象刑具，又不断的［地］对于我们加以威迫和利诱；虽然于苦痛经验中，我们也会觉得：这样的遭遇，是一个站在群众利益基础上而与反动势力决战的革命家，所应有的、不可逃避的自然运命。但亦使我们认识清楚了：在此种环境摧残下，真能具足必死的精神而为主义奋斗的志士，是何等的［地］少！

中国共产党此时横在面前的紧要使命和工作，我以为有两大要点：（1）大规模的思想界消毒运动（消毒的对象，就是黄色的社会主义者[1]、美国式的社会改良家[2]、空想的文哲派[3]，他们都是直接、间接的御用学者，引导国民回避革命心理的主要犯）。（2）大规模乡村共产主义运动，地方共产主义运动（包

[1] 黄色的社会主义者：第二国际和阿姆斯特丹工会国际的成员，共产主义最凶恶的敌人，苏联的敌人。

[2] 美国式的社会改良家：19世纪美国的统治者采用改良主义来挽救美国。改良主义是一种试图以非革命手段解决资本主义社会矛盾的资产阶级和小资产阶级思潮，这种思潮宣扬阶级合作，主张在保存资本主义制度的前提下，实行局部的微小的社会改良；反对暴力革命和无产阶级专政，主张通过法令和立法途径实行社会改革，变资本主义为“普遍福利”社会。它是同马克思主义的科学社会主义对立的，曾给国际工人运动造成很大阻碍。马克思主义者同社会改良主义进行了坚决的斗争。

[3] 空想的文哲派：流行于19世纪初期的西欧的空想社会主义学派，以欧文、圣西门和傅立叶等为典型代表。主张建立一个没有阶级压迫和剥削以及没有资本主义弊端的理想社会，但他们在一些基本问题上未能摆脱空想社会主义的根本缺陷，不从根本上改变社会的制度，无产阶级不可能获得解放，因而他们的理想社会不能实现。此处指当时一些没有实际斗争经验的文人，远离现实，耽于空想。

括农村组合运动共产主义的知识传播等等。现在社会运动的最大弱点，就是都市式的色彩太浓——国民党的病也在这里——地方人材［才］太少，有知识者没有到民间去的决心，我们运动的范围不大，半由如此）。（下略）[1]

李子芬于湖北黄梅县

【附回信】

陈独秀答李子芬

子芬先生：

来函所谓“空想的文哲派，他们都是直接间接的御用学者，引导国民回避革命心理主要犯”，这句话，真是现代青年的当头棒喝，真是一针见血的话。先生所主张的乡村共产主义运动，鄙见以为未免浪漫一点，这是因为共产主义运动须以工厂工人为主力军，小农的中国，自耕农居半数以上，这种小资产阶级他们私有权的观念异常坚固，如何能做共产主义的运动。共产主义的运动如何能在自耕农居多的中国乡村成功群众的运动，此时乡村里只宜于国民运动，而且国民运动是中国目前所急紧所可能的工作，只有国民运动能打倒军阀，开辟我们共产运动的途径。先生以如何？

独秀

一九二三．八．一

（三）书信解读

本节收录的这封信是原载于《向导》周报第 34 期的 1923 年李子芬写给陈独秀的一封信。1922 年 7 月，改组后的《新青年》停刊，工人刊物如《劳动界》《劳动音》《劳动周刊》也由于各种原因纷纷停刊，中国社会正缺少

[1] 《向导》周报原文如此。原载《向导》周报第 34 期。

领导工人运动的政治刊物，在马林的建议下，9 月 13 日，《向导》周报在上海创刊，作为中共中央的政治机关报。《向导》周报一经创办影响深远，被广大知识分子誉为“四万万踏在国内外强盗脚下苦难同胞的赤卫军之先锋队”“在黑沉沉底下的中国的一线曙光”“四百兆同胞的救命符”“唤醒了不少在迷梦中的青年”。在湖北黄梅筹建青年团组织，致力于平民教育的李子芬阅读周报之后，心潮澎湃，遂给主编陈独秀写下了这封信。

在信的开头，李子芬赞美《向导》周报为“中国无产阶级的福音”，“我的心弦起了相应的振动数而共鸣了，黑暗旅行中胆子更壮了”表明周报对广大青年的影响之大。同时例举中国社会革命之艰，肯定陈独秀等所做的工作实为“史上破天荒的荣誉作业”，激昂慷慨的语言，充满了无产阶级斗士的激情。同时在信中明确指出：“现在社会运动的最大弱点，就是都市式的色彩太浓——国民党的病也在这里——地方人材［才］太少，有知识者没有到民间去的决心。”中国共产党的紧要使命，一是进行大规模的思想界消毒运动，二是进行大规模乡村共产主义运动。可见，作为一位常年扎根于中国基层默默耕耘的青年运动领导者，李子芬已深谙中国社会变革之困局，并希望将自己的无限深情与精力投入到中国革命中去。

1936 年，多年的牢狱生活将李子芬折磨得骨瘦如柴、遍体鳞伤、生命垂危，当狱友们四处凑钱全力挽救他的生命时，这位坚强的共产党员、中国青年运动的领导者停止了呼吸，时年 34 岁。铁窗无情，丹心不改，那个振臂高呼“人人识字学文化，共同起来反帝反封建”的少年永远活在我们心里。

在我们现在这个时代，我们需要墨翟，不需要陶潜李白

——萧楚女

（一）人物简介

萧楚女，1893年出生于湖北汉阳。1922年8月加入中国共产党，同年11月创办重庆公学。1923年6月担任《新报》主笔，该报每天刊出的政论或社论，绝大多数出自他的手笔。同时，他经常给《向导》《中国青年》投稿。他的文章，笔锋犀利，战斗性很强，不是“指责土酋军阀”，就是“痛骂贪官污吏”，连反动派所控制的报刊也不得不赞叹他的文章是“字夹风雷，声成金石”。1924年8月，萧楚女任中共中央驻四川特派员，领导重庆社会主义青年团工作和四川的革命斗争。10月组织四川平民学社，并出版刊物《爝光》。1925年6月戴季陶主义出笼后，他专门写成《国民革命与中国共产党》一书，批驳戴季陶对共产党的攻击和污蔑。他还撰文开展了对国家主义派的批判。1926年1月后，萧楚女去广州先后担任国民党中央宣传部干事兼中国国民党政治讲习班教授、国民党中央农民运动委员会委员、第二届青年训育养成所讲师、妇女运动讲习所讲师、黄埔军校政治教官、黄埔军校国民党特别党部宣传委员会政治顾问等职。1927年4月15日萧楚女在广州被国民党反动派逮捕，

4月22日在狱中被杀害，年仅34岁。

（二）书信原文

在我们现在这个时代，我们需要墨翟，不需要陶潜李白。

——致燕日章[1]

日章：

青年人容易堕落，并不单只由于家庭的累赘。如虚荣心，生活上之贪恋，友朋的引诱……都足以使人堕落，不过家庭的累赘，要算是一个很大〈的〉原因罢了！自然，在现在这种生活压迫最高的时代，我们要想保全我们底［的］纯洁而不致为了饭碗去堕落，总以少负家庭累赘为好。何况我们是已立志要为社会做一番事业的？那是更其有一个相当的脱离之必要了！然而这也须得看势，第一，须你自己确有独立供给你自己经济的能力（在学生时代，学费即是一个大问题）；第二，也须得你的家庭在事势［实］上确可以让你脱离——倘若事势［实］上万不容你脱离（譬如父母俱老而又毫无手足[2]且甚贫苦），则殊不可；因为我们为社会而脱离家庭，原是出于一种舍己救人的博爱观念。自然，能够离去是最好；但也要知不脱离，也还是可以为社会做事的；不过所做的或许不及完全无家累的那样自由罢了！结婚一层，那更是个人的私事，须得自己去决定，旁人是不便代你说话的。不过我们当这匈奴未灭之时，既已以身许与社会，那么，象［像］你这还未被婚"结"住的人，纵然不必即决定终身独居，而延迟结婚也是应该的。何况你的家庭经济，并养不活一个人呢？所以

[1] 书信资料来源：中国革命博物馆．老一辈革命家书信选[M]. 长沙：湖南人民出版社,1984:202-205.

[2] 手足：即弟兄。

你这主张，在这一点上，我是相当的［地］赞成。脱离家庭及拒绝婚姻，何必定要旁人督责，这些事又岂是旁人所能督责的？我想你若时时想着“社会”，时时多想“社会”的事而少想到你自己的事，那便是一个很好的督责，那便什么伟大的事业都可做出——何患缺乏魄力？裂裳裹足，以急宋难[1]；摩顶放踵，以利天下[2]，无非是由于他时时刻刻只记得他人，不记得自己而已！以读书而旷达胸襟，放开眼界，那不是中国古书——什么子书所能获得到的。在你或以为南华[3]中如秋水齐物[4]是可以解放你的思想的吧？其实，那是别一个牢狱，在这个牢狱里，不过不上脚镣手铐子罢了！消极的放浪于形骸之外的所谓“高明”，会把你埋进那无边海滩的软沙里去——开阔了，旷达了，然而你这个人却以此无用了！你若真要开放你的胸襟与眼界，与其在那些散乱浪漫的中国子书[5]中去埋头，则不若去读进化论与唯物史观的社会学。从科学的领域里，才可知道宇宙之伟大而得到自己所居的地位。然后才能有一个有条理而且是科学的、进取的人生观；才不致陷于那乌托邦的迷途。你可把研究社会学与这一要求合在一起，同时去做。凡关于生物进化（如物种原始、一元哲学之类）及马克思学说，都看一下，那便胜于读五车子书。至于文学一门，我向来自己不很抬举他［它］。我以为把他［它］作为私人生活上一种欣赏的享受，和课余去公园以遣倦一样看待则可；若当一件事业做则不可。在我们现在这个时代，我们需要墨翟，不需要陶潜李白。

楚女[6]

---

[1] 裂裳裹足，以急宋难：出自《墨子闲诂》，鲁迅先生《故事新编》中的《非攻》就是根据这一故事写的。

[2] 摩顶放踵，以利天下：出自《孟子·尽心》：“墨子兼爱，摩顶放踵利天下，为之。”

[3] 南华：指《南华经》即《庄子》。

[4] 秋水齐物：《庄子》中篇名《利水》《齐物论》。

[5] 子书：先秦百家的著作，属“经、史、子、集”类书中的一种。

[6] 此信原发表于1924年5月31日出版的《中国青年》第三十三期。

根本要打倒外国资本势力。

——给陈景福的明信片[1]

景福兄：

十一月二日函悉，你在回乡的时候，伺候了一番八太爷，因此愈令你想“不是办中学教育就以救此危局，很想丢此无味之事，寻一较有益于社会的事做”。你要打破不平，看破了几十块钱臭东西，这是你很大的觉悟。但是，你忽说欲办小学，这就错了。办小学能打破此不平么？此不平的事，根本由于外国资本的压迫，为中国造了许多游民。有了游民，野心家便招了作私人的军队，外人复助以款项、军械，于是大权独揽起来，一般恶劣绅董又倚附他们以作恶。要除绅董，根本要消灭军阀；要除军阀，根本要消灭军队；要除军队，根本要消灭游民；要除游民，根本要打倒外国资本势力。这怎样做呢？要有很多人都相信我们，而且要把这些人组织起来，组织为各种会社或竞组织为国民党。已组织的，人人又出去宣传此意思，接受我们宣传的，又叫他们组织起来。我们这样的组织将要散布于农工商兵一切被压迫的人里面，便恃此推倒一切。你若要如此做，你尽可在镇江做教员。但你做教员，不是因为赚洋钱（自然为生活亦不能不赚），而是在暇时多［做］上述之运动。要知怎样做运动，请看《中国青年》第一至五十余期。我以为你最好寄2元于上海小北门上海书店，令其寄你，我现无钱寄赠。

楚女

（三）书信解读

萧楚女的书信原件现大多存于萧楚女纪念馆（位于湖北襄阳）。

本节收录的书信作者是萧楚女。在长江轮船上，他当过伙夫；在江苏

[1] 书信资料来源：沈秋农 . 萧楚女致陈景福的明信片 [J]. 钟山风雨 ,2011:54.

镇江，他做过小贩；在芜湖一家酱园，他当过学徒；在街头，他还卖过报；在印刷厂，他当过排字工。流浪的生活，不仅使萧楚女尝遍生活的艰辛，也使他目睹了帝国主义列强的飞扬跋扈、清王朝的腐败，了解了底层社会的生活，懂得了工人、农民的痛苦和欢乐。他朦胧地意识到，反动腐朽的政府，给民众的只有屈辱和贫穷。于是，他立志报国，参加了新军。年仅 18 岁的他就投身于辛亥革命，并因此震聋了一只耳朵，后因革命果实被篡夺，他毅然退出新军。好友郑希曾被害使他进一步认清了新军阀的反动嘴脸。后来，在看望好友父亲时受到其资助，萧楚女义无反顾地走上了读书和革命的道路。

第一封信是 1924 年 5 月《中国青年》刊登燕日章写给萧楚女的一封信，提到他因为家庭及婚姻的累赘，徘徊于是否脱离家庭与拒绝婚姻后，萧楚女给燕日章的回信。青年“烦闷”的本质可以在“主义”“信仰”中去找，正如王汎森所说：“‘主义’提供了一套系统，把青年的苦闷、困惑、焦虑与挫折感，转化成一种有意义的行动，从而调动零碎的力量成为革命的洪流。”萧楚女给予燕日章的回答也十分振奋：“凡关于生物进化（如物种原始、一无哲学之类）及马克思学说，都看一下，那便胜于读五车子书。”这也是对当今的青年摆脱“烦闷”的答复。这封信不仅仅是给燕日章的信，并且对于新时代的青年来说，其意义也颇深。当代年轻人的选择多样，往往陷入碎片化的信息之中无法自拔，难以拥有独自思考的时间，然而读哲学、读马克思主义学说便能很好地启发人。在那个内忧外患的时代方且需要静静读书以获良知，生在较为和平的时代，我们更应该沉淀自我，细心雕琢。

第二封信是萧楚女给陈景福的明信片。1926 年，“择师运动”在全国多地爆发，不少教师和学生因此失业、失学。为了安置因学潮失业、失学的师生，萧楚女与交往密切的同事陈景福一起创办了重庆公学，可好景不长，不久后被反动政府残酷扑灭。但这也使萧楚女、陈景福二人结下了深厚友谊。时间回到 1924 年，陈景福在镇江第六中学任教，开始萌生了创办小学救中国的初步想法，陈景福认为，当时中国弊病之根本在于民智未开，因此需要搞好启蒙教育，这一切都要从小学开始。但时任中共中央驻四川特派员、重庆《新蜀报》主笔的萧楚女却不同意这个想法，于是写了明信片来劝解。在信中，萧楚女指出，应该到民众当中去宣传共产主义思想，让这些接受了他们思想的人再去宣传，把他们的组织建到农工商兵各种被压迫的劳苦大众当中去。仅仅靠办学来救中国是完全不够的。萧楚女认为革命活动才是救国之路，因此鼓励陈景福在当老师的同时最好兼顾革命活动，发展党组织。萧楚女鞭辟入里的分析使陈景福深深信服，其壮志凌云的革命气魄也使他倍受鼓舞。此后，陈景福一心投入革命事业，1941 年 7 月在日伪军大规模残酷的“清乡”运动中壮烈牺牲，年仅 46 岁。

从这两封信中，我们看得出萧楚女深厚的马克思主义理论基础，能够很好地做到理论联系实际，深刻分析中国的弊病之根源，并由此找出一条适合中国国情的马克思主义革命道路，他的思想至今仍闪耀着真理的光芒。

岂能安坐南窗，远身避祸

——彭之玉

（一）人物简介

彭之玉，1907年生，湖北江陵人，又名彭玉林。彭之玉小时候，家中富裕，父亲送他去私塾读书，他天资聪慧，很讨地方名绅王子清的喜爱，王子清还将他收为义子。安逸的生活并没有使彭之玉沉醉其中。随着年龄的增长与学识的提高，他进入武昌共进中学学习，阅读了《新青年》《觉悟》《向导》等进步报刊，新的革命理论启迪了他的思想，开阔了他的视野。受新思潮影响，彭之玉经常参加进步活动。1925年参加到声援“五卅”运动的学生运动中，坚定了他的红色信仰，此后，他经常走访各地，实地调查工人、农民的生活，在实践中学习，启发工农的斗争觉悟。不久后，彭之玉正式加入中国共产党。1926年7月，彭之玉离开共进中学，投笔从戎，参加周逸群领导的北伐军左翼宣传队，随驻湖南常德的国民革命军第九军贺龙第一师北伐。后来，彭之玉在北伐战争中受伤，遂返乡从事革命活动。这期间，他与陈香波、刘赤声、王子香、戴绍鼎等一批共产党人结下了深厚的友谊，一同商讨革命大业。1927年大革命失败后，彭之玉受党组织派遣，回乡参与组织秋收起义。他的革命工作经历十分丰富。1928年1月30日，中共江陵县代表大会召开，彭之玉当选县委委员。1930年10月16日，湘鄂西第二次工农兵代表大会通过决议，成立湘鄂西苏维埃联县政府，彭之玉任政府党团书记兼政府副主席。1931 年 6 月中旬，湘鄂西中央分局召开扩大会议，产生了湘鄂西临时省委，彭之玉当选为省委常委。1932 年，王明“左”倾错误路线愈演愈烈，使湘鄂西的党和红军遭受了很大损失；7 月，他被“左”倾错误路线执行者诬为“改组派省委书记”，关进监房；两个月后的深夜，彭之玉在洪湖瞿家湾被杀害，年仅 25 岁。

（二）书信原文

父母大人在上，儿即日将之常德，谨以此信与二老别。儿深知二老爱儿，然儿岂不爱二老？去年，二老知儿在校事，惕怵怛切，父不远千里来汉。为回儿之心，使早完娶。儿念二老用心之苦，不忍违抗。然儿并未因此少移磐石之心。儿常想，倘人子都如儿，则天下父母都不得以其子为子矣。张文忠公，天下之人杰，江陵之豪俊，父每与人论江陵之人，引以为殊荣。然其所以安身立命、垂范后世者，舍其“苟利社稷，生死以之”之志，岂有他焉？儿不省，然当此内忧外患、民不堪命之时，岂能安坐南窗苦读、远身避祸求一己之利？今北伐军兴，儿与诸同志约赴常德。从戎在即，遥祝二老保重，谨勿以儿为念。[1]

（三）书信解读

本节收录的这封信反映的是彭之玉投笔从戎的英雄故事。1926 年 7 月，彭之玉离开共进中学，投笔从戎，参加周逸群领导的北伐军左翼宣传队，随驻湖南常德的国民革命军第九军贺龙第一师北伐。为求父母理解，他写下了此信。彭之玉家中富裕，又被当地名绅王子清收为义子，王子清甚至主动提出要到省里给彭之玉谋个职位。对此，彭之玉婉言拒绝道：“难为您一片好心！只是我既不想做官，亦不想发财。”凭借良好家世，彭之玉本

[1] 书信资料来源：荆州市史志研究中心 综合科．彭之玉 [EB/OL].（2019-07-25）http://www.jzsszyjzx.com/z/jingzhouyinglie/2019-09-25/5582.html.

可过舒坦安逸的生活，可他偏偏要去革命、去北伐，这是他的父母始终介怀的选择，同时，也让父母对他异常牵挂和担心。他是家中的独生子，父母希望彭之玉能够早日成婚，传宗接代，为彭家延续香火，但彭之玉北伐的信念十分坚定，甚至一些豪绅地主也纷纷上门对其父母施加压力，前来兴师问罪。对此，彭之玉说：“人生在世哪能只图个人安乐？要让大家都过上好日子。”他劝父母不要替他担心，不要怪他忤逆不孝。接受进步思想的他，告诉父母放弃对他“养儿防老，传宗接代”的指望，以至于父母只好收养一子，以续彭家香火。彭之玉是孝顺的，在临行北伐前，他牵挂家中父母；但彭之玉更是懂得家国大义的，在小家和大家的艰难抉择中，他选择了后者。

革命前途很光明，努力奋斗不顾身

——熊传藻

（一）人物简介

熊传藻，号复之，乳名南阳，又名焕藻，化名刘仁镜、杨家华等，1900年5月出生于湖北洪湖岸边一个中农家庭。1923年7月，经郑凯卿介绍，加入中国共产党。1926年1月，为了发动农民工人迎接北伐，熊传藻受董必武等人的委派，以国民党湖北省党部特派员身份回到新堤。同年12月，国民党新堤市党部成立，熊传藻任市党部执委。八七会议后，中共湖北省委派肖仁鹄来到沔阳地区，在新堤正式成立了中共鄂中南部特委，肖仁鹄任特委书记，熊传藻、邓赤中、刘崇龙等为特委委员，领导和发动鄂中地区的秋收暴动。1928年1月，鄂中特委集中武装力量，熊传藻改任监利县委书记；1928年冬，敌主力两个团配合地方团防武装，从荆沙向洪湖地区进犯。由于叛徒告密，熊传藻遭到敌人包围，他奋勇抵抗，掩护县委人员安全突围，自己却因腿部受伤被捕。1929年1月9日，熊传藻被敌人押解至尺八口杀害。

（二）书信原文

熊传藻写给堂弟的信[1]

叔劝我出国暂避，并表示愿为我代筹盘费。我的态度可以概括四句话：革命前途很光明，努力奋斗不顾身。共产主义是真理，出国留学岂能听。

请你以此复命。

哥传藻

丁卯九月重阳

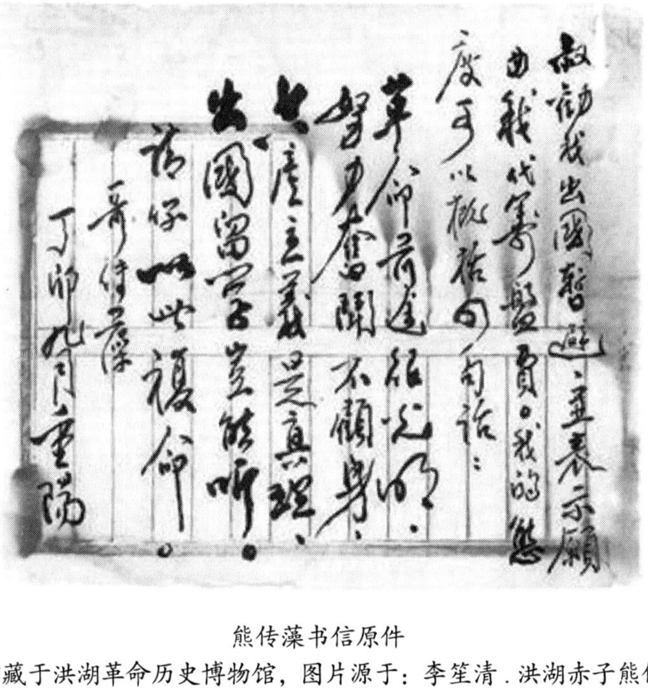
叔勸我出國暫避，並表示願為我代籌盤費。我的態度可以概括四句話：革命前途很光明，努力奮鬬不顧身。共產主義是真理，出國留學豈能聽。請你以此複命。
哥傳藻
丁卯九月重陽

熊传藻书信原件

该信藏于洪湖革命历史博物馆，图片源于：李笙清．洪湖赤子熊传藻 [EB/OL].（2022–01–20）https://www.tuanjiewang.cn/2022–01/20/content_8925182.htm.

[1] 书信资料来源：陈辉汉．理想情操之歌 革命英烈诗文选 [M]. 2 版．武汉：湖北少年儿童出版社，1991:27–28.

（三）书信解读

本节收录的这封信是洪湖赤子熊传藻写给堂弟的，现藏于洪湖革命历史博物馆。大革命失败后，蒋介石屠杀共产党人的白色恐怖笼罩洪湖，熊传藻的叔父出于对侄儿安全的考虑，托人捎信给熊传藻，劝他脱离共产党，并表示愿意出资助他出国留学避难。熊传藻为了表达自己坚定的革命信念，于 1927 年 10 月 4 日给堂弟熊栋臣写了这封家书，信中谢绝了叔父的好意，表达了要坚决革命的意志。随后，熊传藻积极投身革命实践。1927 年 10 月中旬，洪湖地区诞生了第一支革命武装。1928 年元旦，鄂中南特委对第四军进行了整编，熊传藻辞去第二师师长职务，改任中共监利县委书记，之后他带领县委和工农革命军发动了年关暴动，革命火种就此点燃，形成了以洪湖为中心的湘鄂西革命根据地，但最终熊传藻不幸被捕，英勇牺牲。

早在 1924 年春天，熊传藻就写过一首诗《愿洒一腔男儿血》赠予挚友夏定华："湘城相见湘城别，国愁更比离愁烈；待看神州化红雨，共洒一腔男儿血。"当时，他和夏定华为躲避军阀缉拿，相约避走长沙，计划办一所平民大学，传播马克思主义，但最终没有实现，于是在岳麓山下告别。从那时起，我们就可以感知熊传藻身上浓烈的家国情怀——身逢乱世，他没有将个人的悲欢离合看得特别重要，而是坚定革命理想，始终心系国家命运。从他给堂弟的信中我们也可以看到，他在革命道路上遇到了挫折，但是却没有退缩，而是继续坚持下去，并且呼吁好友共同前进，莫要因为一时的失利而灰了心，要"共洒一腔男儿血"，他不仅这样说了，从后面的经历也可以见得他确实这样做了。当熊传藻的叔叔力劝他出国时，他首先坚定表明自己的立场，革命前途是光明的，他愿意为之努力；其次，他坚持共产主义崇高理想，"共产主义是真理"与诗句"待看神州化红雨"所表达的意思一致，他坚信革命终将取得胜利。在国民党将他押赴刑场时，他高呼："中国共产党万岁！""洪湖革命胜利万岁！"他活得豪迈，死得壮烈！

人世上多的是革命的伴侣

——杜永瘦

（一）人物简介

杜永瘦，原名永寿，1906年出生于湖北省荆门县。中学时开始阅读《共产党宣言》《社会发展史》《向导》《中国青年》等革命书刊。1922年报考龙泉中学，受到新思潮的洗礼，积极投身革命斗争。这年，以龙泉中学为主体的荆门学生，在湖北省学联的帮助下，成立了荆门县学生联合会，杜永瘦任会长。他积极热情地串连各校进步学生秘密成立了读书会，常在夜深人静之时，阅读进步书刊，谈论革命。通过学习和讨论，杜永瘦对中国的现状有了认识，对帝国主义列强瓜分中国和军阀连年混战的情况十分愤慨。他对同学们说：“只有打倒列强，铲除军阀，才能使地大物博的中国富强起来。”“跟共产党走是拯救祖国和民族的光明之路。”1925年春杜永瘦加入中国共产党。五卅惨案后，他离开荆门去黄埔军校学习，后随军北伐。1927年到武汉，任中共军事政治学校学兵团政治指导员。“四一二”反革命政变后，杜永瘦曾先后任中共湖北省军委秘书、鄂西特派员等职，不久，他回到武汉，在省军委工作。由于省军委负责人叛变，杜永瘦同志被捕，1928年3月英勇就义，时年22岁。

（二）书信原文

人世上多的是革命的伴侣！

——杜永瘦就义前致妻子[1]

就义前给妻子的遗书：

这是最后的谈话了！我在写这封信的时候，我含着满眶的热泪，可是这宝贵的泪珠，我不愿意使他［它］夺眶而出，因为我觉得流泪是一件极可耻的事，所以我始终是含笑着，文妹！请你用笑来答复我吧！

我的命运的决定，不是在今日的堂讯，而是在平时，我对于我自己命运的估量，亦早知有今日。我不是时常对你说过吗？这就是乐园，是我最后的归宿，光荣的死。我含笑，我更望你含笑。我快乐，我愿你比我更快乐！文妹，欢欣鼓舞的［地］来欢送我吧！

你觉得太孤寂吗？人世上多的是革命的伴侣！你悲苦吗？人世上多的是寡妇孤儿！时代的牺牲者多着呢！

你的前途应当是“干”！你的责任应当是“干”！你的命运更使你不得不“干”！干呵！只有干才是你的出路——人类的出路！勉之！

你的一切，我都相信得过，然而你的痴情，我觉得是你前途的障碍，快乐的恶魔！不要痴想着我吧！

母亲的爱我，恐怕比你还要利［厉］害吧！她孤苦一身，只剩我这个活宝贝，现在失掉了！是何等的伤感呵！你应当设法隐瞒她，混得一时是一时，这是你主要的责任。别的话不愿说而且不忍说，你自己去想吧！

我觉得我现在已是一个很清闲的人，身上千斤的担子，已经卸了！快乐呵！我的许多朋友，你应当告知他们我是怎样怎样的［地］快乐，叫他们不要悲悼！

[1] 书信资料来源：中国青年出版社．革命烈士书信 [M]. 北京：中国青年出版社，1979:18–20.

我万没有料到今天还能与你作最后的通信，这封书是如何的［地］宝贵呀！然而我不愿意你保存这一点墨迹，使你烦恼终身，我愿你如看浮云般的一眼便过，文！听我的话呀！

几乎忘却了！还有我的小宝宝——我们爱的结晶，可怜他未出娘胎先失掉了父亲，无父之儿，将来谁人关照！我的意见是弃掉了，以免你的拖累，你自己斟酌行事吧！不说了！

母亲！文妹！小宝宝！一切的朋友们！别了！明晨拍拍［啪啪］的枪声，是我们最后一刹那诀别的标志！听着吧！再见！

一九二八年三月二十七日

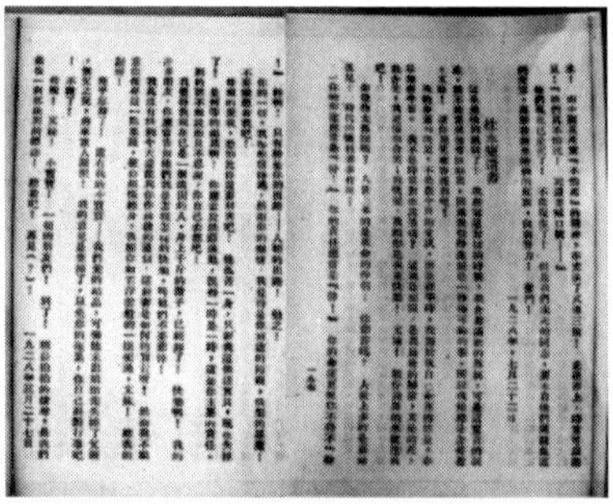

登载在1929年中国济难总会编辑的小册子《牺牲》上的杜永瘦遗书，藏于武汉革命博物馆

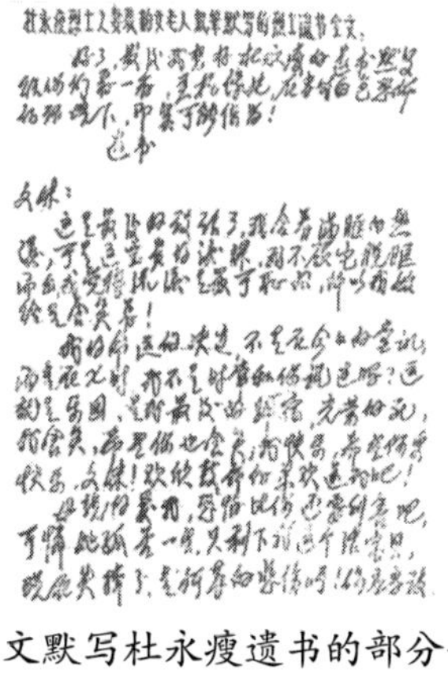

裴韵文默写杜永瘦遗书的部分手迹

图片来源：中央文献研究室，中央档案馆，《党的文献》杂志社．红色书信 革命英烈卷[M]．贵阳：贵州人民出版社，2012：294.

（三）书信解读

本节收录的这封书信是杜永瘦牺牲前写给妻子的遗书，全信情真意切，彰显着为共产主义事业献身的凛然正气，一句“你觉得太孤寂吗？人世上多的是革命的伴侣！你悲苦吗？人世上多的是寡妇孤儿！时代的牺牲者多着呢！”慷慨豪迈之语，读之令人泪目。

1927 年 4 月，蒋介石在上海制造“四一二”反革命政变，杜永瘦随北伐军回武汉，任中央军事政治学校学兵团政治指导员，与省党务干部学校学员裴韵文结婚；后任中共湖北省军委秘书、中共湖北省委军事科主任。1927 年 11 月，他受省委派遣以特派员身份赴鄂西视察。1928 年返回武汉后，因叛徒出卖，被捕入狱。在狱中，杜永瘦与敌人进行了坚贞不屈的斗争。同年 3 月 28 日，杜永瘦在汉口惨遭国民党武汉卫戍司令部杀害，时年 22 岁。

这封书信是杜永瘦在牺牲前，托人带出监狱，给临产住院的妻子裴韵文留下的遗书。二十出头的年纪本是人生中最美好的年纪，可以肆意地享受青春和爱情。但是在那个家不为家、国不为国、人不为人的年代，在杜永瘦看来，所有美好的享受在共产主义高举的旗帜面前，在解放全中国的伟大使命面前，都是会消逝的泡沫。他爱自己的妻子与父母吗？毋庸置疑，但是在革命道路上，他甘愿做一位牺牲者。为祖国献上不朽的青春与赤忱。

在信中，杜永瘦笑对妻离子散、生死两别的人间悲剧，希望妻子能忘却自己的牺牲，快乐地生活下去，不要因为自己的牺牲而悲悼，表现了革命者蔑视敌人、视死如归、豁达乐观的英雄气概。写下绝笔书信后，杜永瘦高唱国际歌，含笑赴死，其凛然正气，令国民党反动当局都为之感慨，在报纸上称其“固一时之雄也”。在生命的最后关头，杜永瘦仍然怀揣着共产主义的伟大理想，将满腔热血转化为洪亮的革命歌声，正如他在信中所写的："你的前途应当是'干'！你的责任应当是'干'！你的命运更使你不得不'干'！干呵！只有干才是你的出路——人类的出路！"虽然只经历了短暂的二十二载年华，但他却将一生奉献给了共产主义的伟大理想和革命事业，是为理想而奋斗拼命的伟大战士，他的青春未被斩断，他的青春永不褪色。

饮弹从容向天啸，长留浩气在人间

——邓雅声

（一）人物简介

邓雅声，1902年出生于湖北黄梅一个贫穷的私塾塾师家庭，1924年参加中国社会主义青年团，1925年加入中国共产党。邓雅声从1921年到1925年秋，利用学生放假等机会，借读了很多传播马克思列宁主义、新思想、新文化的书刊。1927年，他被选为湖北省农民协会秘书长、检查特派员委员会委员。大革命失败后，担任中共京汉铁路南段特委委员，秘密主编《澴川报》，号召工人、农民联合起来打倒蒋介石。1928年初，他从孝感赴武汉向省委汇报工作，因省委联络机关被破坏，不幸被敌人逮捕，不久在汉口英勇就义，时年26岁。

（二）书信原文

饮弹从容向天啸，长留浩气在人间！　　——邓雅声致熊竹生[1]

敬禀者：

当雅声致书尊前之日，即在汉口毕命之时。大人素钟爱我，得此惨耗，一

[1] 书信资料来源：中国青年出版社．革命烈士书信[M]．北京：中国青年出版社，1979:12-17.

定惊倒！雅声不能遵守教训，动逾大闲；致有今日，咎由自取。求仁得仁，抑又何怨？！大人若为雅声而悲伤，是徒损龙钟之躯，而重雅声之过；无益也。雅声本寠人子耳，年少丧父。其能粗识之无，略通文艺，皆大人之赐也。每念高厚，未尝不感激涕零也。身既不保，恩何能报？吾尝反对轮卧之说，及今甚愿有之果尔则为聊斋志异中之褚生乎，不知天其许我否？雅声初入狱中，虽陷死地，总以应无死法，以吾父之笃实，吾母之慈祥；不应使之无后！以吾守己之约，待人之恕，不应得此恶报。范滂有言：欲为恶耶，恶不可为；欲为善耶，我不为恶。苍苍者天，果安在哉。此皆幻想耳。死之志早已决定。吾最后之命运，何敢尚有他冀。呜呼！伯道无儿，欲叩阍而梦梦。杨恽何罪，哀覆盆之炎炎。汉朝党锢，明末东林。亘古如斯备，而今为烈矣。“等闲戴得吾头去，留下微痕血海中。尚有雄心思马革，不因孤忿泣牛衣！”此非雅声平日见志之诗乎。狱中无事，咏某诗，及某歌，慷慨激昂，全无惧色！今日之死，实所深愿；所念念不敢忘者，只高堂老母耳；兼之芳年弱妹，红闺少妇，黄口孤女，茕茕诸息，皆为雅声是依。今彼依者既失，世态悠悠，将安归乎？言念及此，雅声心虽木石，亦垂泪如丝矣。郑君慕樵处，附家信两封：一载我死，一载吾赴俄国，望大人派麟叔到慕樵家，与郑君协商以何信见吾母为得计。雅声五衷烦乱，不能自择也；漱渠兄处，恕不另作书；但漱渠兄，与吾道虽不同，而交甚笃；藏吾诗甚多，望其选而存之。在精不在多，成一小帖，留我后世子孙；能存一卷更佳。倘漱渠兄，能以束修之余，稍济吾母；则雅声九泉之下，不敢忘德。

附绝命诗四首：

呜咽江声日夜流，空余宏愿逐波浮。
萧然独谢长生去，暮雨晨风天地愁。
平生从不受人怜，岂肯低头狱吏前！
饮弹从容向天啸，长留浩气在人间！
本来文弱一书生，屡欲从军愧未曾。

不死沙场死牢狱，三军埋血恨难平！

苦虑室家更不忘，谁知今日永分张。幽魂不逐长风散，应念哀亲返故乡！

呜咽成诗，究没推敲，亦无暇赓诗也。他如江湖混迹从屠狗，都是骄人笑沐猴，非修令伯陈情表，惟［唯］读文山正气歌！我无法聊以写成。盖绝笔也。我矢敬致爱之夫子，别矣别矣，永别矣，死而有知，请在梦中和我会。

（三）书信解读

五四运动的爆发和苏联十月革命的成功，使邓雅声从黑暗中看到了中国光明的前途和人民幸福的未来，他同李子芬等在县城创办黄梅县书报流通处，后改为醒民书社，秘密发行《共产党宣言》《资本论》《向导》《中国青年》等革命书刊。邓雅声经常深入农村做发动群众的工作，在黄梅上乡农村发展少年学会组织，创立平民学校，进行革命宣传活动。同时，积极在农村地区组建党的基层组织，为农民群众宣讲革命道理，与土豪劣绅做斗争，大大促进了黄梅农民运动的发展。1928 年初，他从孝感赴武汉向省委汇报工作，因省委联络机关被破坏，不幸被敌人逮捕。在狱中，邓雅声面对敌人的酷刑坚贞不屈，坚挺着革命志士的胸膛，直至生命的终点。

邓雅声在给熊竹生的信中，表达了自己在生命的最后一刻对亲人的挂念，邓雅声一辈子舍弃小家，将自身全部奉献给革命事业，心中不免对亲人充满了亏欠，“雅声心虽木石，亦垂泪如丝矣”。纵然内心痛苦，革命者的头颅却不能因此低下。在向友人交代后事之后，他在就义前写下了 4 首绝命诗，其字里行间，展现着伟大的革命主义精神，和誓死不向反动派低头的凛然正气。血气方刚的他，在国家有难之时毅然投笔，虽未曾加入军队，却以视死如归的革命精神永远激励着后继者前行。

抛头颅、洒热血，明翰早已视等闲

——夏明翰

（一）人物简介

夏明翰，字桂根，湖南省衡阳县人，1900年生于湖北秭归，12岁随全家回乡。1917年，出身豪绅家庭的夏明翰违背祖父心愿报考新式学校。1919年在衡阳参加学生爱国运动。1924年任中共湖南省委委员，并负责农委工作。1925年兼任中共湖南区委组织部部长、农民部部长和中共长沙地委书记。极力主张武装农民。1927年春，任全国农民协会秘书长兼武汉中央农民运动讲习所秘书；6月，调回湖南，任中共湖南省委委员兼组织部部长。中共八七会议后，在湖南积极参加组织秋收起义；10月，兼任平（江）浏（阳）特委书记。1928年初，调任中共湖北省委常委。同年3月，在汉口被敌人逮捕。1928年3月20日（农历二月二十九日），夏明翰在武汉汉口余记里被杀，时年28岁。

夏明翰是无产阶级革命家，革命烈士。2009年入选“100位为新中国成立作出突出贡献的英雄模范人物”。

（二）书信原文

给母亲[1]的遗书[2]

你用慈母的心抚育了我的童年，你用优秀古典诗词开拓了我的心田。爷爷[3]骂我、关我，反动派又将我百倍熬煎。亲爱的妈妈，你和他们从来就是格格不入的。你只教儿为民除害，为国除奸，在我和弟弟妹妹投身革命的关键时刻，你给了我们精神上的关心，物资上的支持。亲爱的妈妈，别难过，别呜咽，别让子规啼血蒙了眼，别用泪水送儿离人间。儿女不见妈妈两鬓白，但相信你会看到我们举过的红旗飘扬在祖国的蓝天！

给妻子的遗书

亲爱的夫人钧：

同志们曾说世上唯有家钧好，今日里我才觉得你是巾帼贤。我一生无愁无泪无私念，你切莫悲悲凄凄泪涟涟。张眼望，这人世，几家夫妻偕老有百年？抛头颅、洒热血，明翰早已视等闲！“各取所需”终有日，革命事业代代传。红珠留着相思念，赤云[4]孤苦望成全。坚持革命继吾志，誓将真理传人寰！

---

[1] 母亲：夏明翰的母亲叫陈云凤，湖南衡山人，出身书香门第。她性情温良，能文善诗。1889 年与夏绍范结婚。夫妇二人志同道合，拥护孙文学说，继而信仰共产主义。她既是夏明翰兄弟姊妹的生育者，也是他们走向革命的启蒙老师和最忠实、最坚决的支持者，因而深受夏明翰的敬仰。

[2] 本节 3 封书信资料来源：湖南省委宣传部 . 读有所得 12[M]. 长沙：湖南文艺出版社，2011:34–36.

[3] 爷爷：即夏明翰的祖父夏时济，是一个思想极端守旧的顽固老朽。他不仅屈节与屯兵衡阳的军阀吴佩孚相往来，而且极力阻止夏明翰参加革命，曾将夏明翰关禁在家中，并扬言要将他“沉塘”。后因母亲设法营救，才使夏明翰逃出封建家庭的牢笼，到长沙参加革命。

[4] 赤云：即夏明翰的女儿夏芸。

给大姐和外甥女的遗书

大姐为我坐牢监，外甥为我受株连。我们没有罪，我们要斗争。人该怎么做，路该怎么走，要有正确答案。我一生无憾事，认定了共产主义这个为人类解放造幸福的真理，就刀山敢上，火海敢闯，甘愿抛头颅，洒热血！

（三）书信解读

“砍头不要紧，只要主义真。杀了夏明翰，还有后来人。”这是许多人对夏明翰的最初印象——一个怀有满腔热血的有志青年。“四一二”反革命政变后，夏明翰在刊登革命同志被杀害消息的《民国日报》上悲愤地挥笔写道：“越杀胆越大，杀绝也不怕。不斩蒋贼头，何以谢天下！”在马日事变后极端危险的情况下，夏明翰负责秋收起义的联络工作，在他的带动下，四妹夏明衡、五弟夏明震、七弟夏明霹都参加了革命，先后英勇牺牲。1928年初，党中央调他去湖北省委工作。由于叛徒出卖，到武汉不久，夏明翰就被捕了。敌人要他自首，他拒绝了。

不仅如此，他还是一位温柔的谦谦君子，在生命的最后时刻他给自己深爱的家人写了 3 封信。

第一封是给母亲的信，夏明翰的母亲是他走向革命的强有力的支持者。在夏明翰少年时，他随母亲乘坐外国轮船公司的船，从武汉去九江，目睹船上洋人气势汹汹，于是吟出了“洋船水上漂，洋旗空中飘。洋人逞淫威，国耻恨难消”的诗句，其中，“洋人逞淫威”本来是“洋人耍威风”，母亲帮其改作“洋人逞淫威”，由此可见母亲一方面文采洋溢，另一方面支持夏明翰的理想抱负，希望他勿忘国耻，这为他后来走上革命道路奠定了思想基础。夏明翰的牺牲于他母亲来说是痛苦的，白发人送黑发人。在信的开端，他感念母亲的无私，在信的结尾，他给予母亲最好的祝愿。

第二封是给妻子郑家钧的信，从中我们可以读出夏明翰对妻子的深深爱意，在他们二人的家中帐帘两边挂了一副对联："世上唯有家钧好，天下只有明翰强。"这对革命夫妇都拥有高尚的品格，在信的最后夏明翰仍然鼓励妻子要坚定革命信念，将真理播撒于世间。在写这封信时，夏明翰的女儿尚幼，夏明翰的妻子凭着纺纱织布独力抚养大女儿夏芸，不给组织添麻烦，并且一直用夏明翰的品格教育着她。

第三封信是写给大姐和外甥女的遗书，夏明翰的大姐名叫夏明玮，夏明翰的外甥女有两个，其中一个名叫吴健，在她13岁时，夏明翰到岳麓山上接头，她便在溪边提螃蟹保管秘密材料。夏明翰写这封信时正值这年。夏明翰对吴健影响很大，1936年，她加入了中国共产党。夏明翰写这封信一方面是为了表达自己的愧疚，因为大姐和外甥女受到他的牵连，另一方面也表达了自己内心的真实感想，在美好的青春年华里，他献身革命是无憾的。

这三封信所蕴含的伟大的革命抱负值得我们反复品读，永久传扬。

手示悉切，兄自当努力

——张文津

（一）人物简介

张文津，1907年出生于湖北钟祥，原名张中态，号文俊，又名问津、章维军等。长期在鄂中坚持游击战争。1938年去延安入中国人民抗日军事政治大学学习，并加入中国共产党。时值日军侵犯武汉，张文津被派回武汉八路军办事处，10月赴鄂中发展抗日武装。1939年年初任湖北省应城抗日自卫总队参谋长兼第四支队支队长、新四军豫鄂独立游击支队第一团团长。1940年入延安马克思列宁学院学习。后任新四军第五师第十五旅参谋长，第五师参谋处副处长，第五师第一、二军分区参谋长、司令员。参与指挥京山、新街等战斗。抗日战争胜利后，参加武汉军调处第九执行小组工作，后返回中原军区任干部旅旅长。1946年8月7日，奉命前往西安和平谈判，途中被国民党军扣押，8月22日被杀害于陕西省宁陕县江口镇。

（二）书信原文

惟［唯］缺资本，望予援助。

——致韩鼐轩[1]

鼐弟鉴：

事已有成说，惟［唯］自己缺乏资本，本不能列为股东，为人经理苦矣哉。前函志扬及他友能予援助果尔，请克日再与吾谈，迅速命驾来此一谈，数目不拘多少，但求切实。否则，可负往返。

此叩

合安！

兄 俊顿

十三日

衣服请速寄来。

再启者，弟在汉动身之时与各方友人约定钟祥通讯处筱鹄兄处，请转告鹄兄，若有致先信件请转鹄兄克即加封转沙。最重要者，应山县有周济人在该处收货，货齐即欲运到钟祥，兄负有指导责任。若周济人有信或电到，犹［尤］须特别注意转来，兄即来郢。否则恐周到钟，兄尚未归，失信误事匪浅。

俊又及

[1] 本节书信资料来源：鄂豫边区革命史编辑部，中共商洛地委党史办公室，李少瑜，等．四十年后的报告 [M]．北京：解放军出版社，1988：184–187.

请弟赶速与志扬妥商凑助款项。

——致韩鼐轩

鼐弟鉴：

昨函计达。兄准二十七八两日由汉动身到沙洋，犹须盘桓数日，款项事尚须几百元谱。志扬究能凑助若干，请吾弟赶速与之接洽妥协，信到并望吾弟弯到沙洋一叙。到沙洋到福星楼韩管事先生处问，兄即接头。（因开办程序种种，须待等商）此次积事，纯系朋友集款。兄摊认数八百元。信用关系，深望吾弟与志扬恳详说明也，余即到沙面叙。

此候

时礼！

兄 俊顿

手示悉切，兄自当努力。

——致韩鼐轩

鼐弟鉴：

九日抵沙洋由韩管事交，手示悉切。志扬及他友人果有办法，兄自当努力，则弟就在钟祥负责，候有头绪再来沙亦可。驼绒袍棉紧身夹裤请克日速寄沙，为祷。千万余为祥守密，勿道兄近况。此叩，近好。

兄 俊顿

十日

兄今日抵沙，请驾速来。

——致韩鼐轩

鼐弟鉴：

在汉连寄两函，谅已阅悉。兄今日抵沙，请驾速来，到时至福星楼内问韩管事即知兄地点。会面叙此间。

兄　俊顿

阴八月十八日

款齐交到，即可发表。

——致韩鼐轩

鼐弟如晤：

顷由达吾兄处转来手示聆悉，一是税务事，已有成说。款项至少二千元，现已由申时可先生向荆门邓泉香借得六百元，再应山友人周济人借助六百元，余款完全希望志扬以及其他各友凑助。款齐交到，即可发表。兄大约二十七由汉动身到荆，将邓泉香处款取得，后即来钟。凑借事属急迫，请弟赶速亲与志扬谈谈，但各基金人各得利，若志扬无法，则兄亦觉无味，且将失去信用。弟速为料理，兄到荆后，自有函告。并望将此情形告知鹄兄，周到钟诸须援助也，其他亲友可暂无说。再者有函请寄衣物等件，刻下可缓办。因兄不日将返钟也。惟［唯］一任务，吾弟克日与志扬接洽，免得临时张惶。志扬大约在朝阳寺、马家集两处。吾弟亲往为是，余未详此情。

筹安！

兄　俊顿

廿五

（三）书信解读

本节收录的书信是张文津为组织武装暴动写给韩肃轩的。1930年，正值鄂北特委和中共钟祥县委组织发展革命力量，建立地方武装的时候，在这年4月，鄂北特委来到襄阳、枣阳、宜城、钟祥、随县五县交界地区，发展党组织，建立武装，他们用两条半枪起家，组成了红九军二十六师。长寿店进步青年王子扬、陶碧金参加了红军。不久，二人被派回钟北，他们组成了一支游击队，鄂北特委命名为“钟北赤卫队”，这个组织就是这几封信所要联系的组织。中共钟祥县委在这期间也在积极发展地方武装，曾先后两次派人到京山的宋河、坪坝搞枪，为了筹款买枪，县委号召共产党员尽力向党捐款。县委秘书长李延壁卖掉了穿的棉衣；县委秘书杨筱震将自己的电光怀表也卖了；李延壁还赴京山筹枪，由于事情暴露，不幸牺牲。可见当时的革命形势十分严峻，革命势单力薄。

同年，正受到国民党钟祥县政府通缉、身在武汉的张文津（当时名文俊），为打击封建反动势力，与胡云岩计划并联络钟北赤卫队队长王子扬、京山的申轼可、应山的周济人、荆门的邓泉香等，准备组织武装暴动，就与曾在二十二师罗霖部下当过排长的韩肃轩（张文津前妻弟）联系，请韩肃轩在钟祥搜集武器，举行武装暴动，这几封信大多都是紧急的任务通知，并没有其他的零言碎语，反映了开展革命的艰辛不易。

当时，钟祥地方革命武装迅速发展，革命活动遍及钟祥全境。国民党钟祥县政府固守县城月余无援，情势岌岌，反动派惶惶不可终日。于是伪县政府在城防设置电网与炮台，并且在城内检查邮件，在8月16日查出张文津由沙洋致钟祥城内韩家巷七号韩肃轩一函，发现隐语颇多，行踪十分可疑，当即密派警员到韩肃轩家搜查，抄获张文津所寄数函，并将韩肃轩捕走。随后又根据张文津在信中所指定的通讯处将张筱鹄捕走，后又搜查了涂子勉家。搜出《共产主义与共产党》等书数本。由于计划暴露，武装暴动未成，但此后张文津并未放弃自己的革命事业，而是继续着自己的革命道路，坚定地前行着。

希望明年在此地相见

——林育南

（一）人物简介

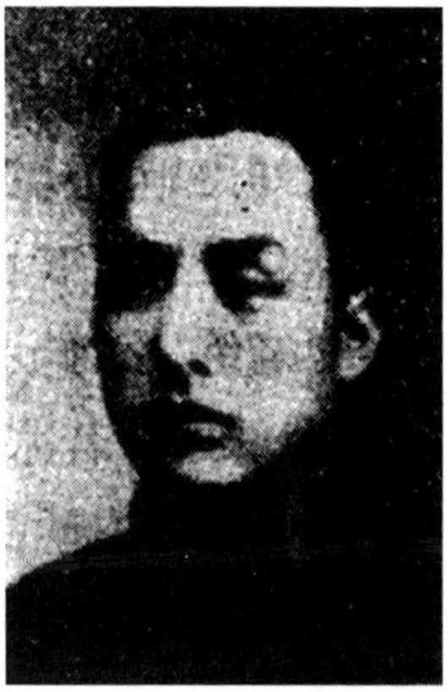

林育南，1898年12月15日出生于湖北黄冈。中国共产党第三、第四、第五次全国代表大会代表，第五届中央候补委员。号湘浦，又名林毓兰、郁兰、仲丹，化名李少堂、铁峦，笔名林根。1915年考入武昌中华大学中学部。1917年10月参加恽代英组织的互助社。1918年参加武汉学生反对段祺瑞政府与日本签订的《中日共同防敌军事协定》斗争。1919年3月参与发起组织新声社，创办新文化刊物《新声》。积极参加五四运动，组织和领导罢工、罢课、罢市斗争，被选为武汉学生联合会负责人。1921年7月参加具有共产主义性质的进步组织共存社；9月和12月，参与领导粤汉铁路工人罢工、汉口人力车夫工人罢工取得胜利。1923年6月出席中国共产党第三次全国代表大会；8月出席在南京召开的中国社会主义青年团第二次全国代表大会，当选为青年团第二届中央执行委员会委员，临时中央局委员、会计（至1923年9月）。1924年9月至1925年1月任中国社会主义青年团中央执行委员会编辑部总编辑。在团中央宣传部之下，组建编辑部，负责编辑《中国青年》和供给《团刊》

《平民之友》稿件，任《中国青年》周刊主编。1925 年 9 月至 1926 年 8 月任中国共产主义青年团中央执行委员会组织部主任。1926 年 10 月至 1927 年 6 月任湖北省总工会宣传部主任。1927 年 4 月至 5 月出席中国共产党第五次全国代表大会。当选为中央委员会候补委员。1927 年 6 月当选为中华全国总工会第三届执行委员会委员、宣传部部长，中华全国总工会党团干事会委员，后调任总秘书长。大革命失败后，在武汉转入地下斗争。八七会议后，参与领导秋收起义。1927 年 9 月至 11 月任中共湖北省委员会常务委员兼宣传部部长，曾任中共湖北省委员会代理书记。1928 年 1 月至 4 月任中共上海市沪东区委书记。1929 年继续被选为全国总工会执委。1929 年 11 月至 1930 年 2 月任中华全国总工会党团成员。1930 年 8 月至 9 月任中央总行动委员会秘书长。1930 年起任全国苏维埃区域代表大会中央准备委员会秘书长。1931 年 1 月 17 日在上海被国民党当局逮捕。1931 年 2 月 7 日在上海龙华遭杀害。后被追认为革命烈士。

陆若冰，1904 年 9 月 5 日出生于湖北黄冈回龙山戴家冲。曾任中共中央机关报《红旗日报》副总编辑肖昌年的助手。后来曾在全国总工会、甘肃省图书馆工作，晚年为武汉市政协委员。年轻时因反抗包办婚姻，她跟随哥哥陆沉、表哥卢春山到武汉，住在恽代英、林育南、林育英在武昌大堤口办的毛巾厂里，在共同的学习生活中，林育南与陆若冰产生了感情，由于工作原因，两人时聚时分，在不能见面的日子里，他们就用书信互通情况，交流思想，但后因林育南迫于家庭压力，未能与陆若冰结婚。2003 年，陆若冰以 98 岁高龄离开人世。

（二）书信原文

希望明年在此地相见。

——林育南写给陆若冰的信[1]

若冰我妹！你觉得奇怪吧，如何久无音信呢？我自己也觉奇怪，我今天处在此地，而且能忍耐到今天才写信给你，真是“出外由外”，那［哪］能由得自己呢？这些时的生活，真是难写。因为校务改革[2]的奋斗用尽了我一切的力量，才得到了相当的成效，同时因为交通的困难，所以迟之又迟，仍然还留在这湖山的胜地。倘若“时人不识余心苦，将谓偷闲学少年”呵！在未离沪之前，真使生活矛盾极了，倘如不是因为校务的关系我老早就要离开了，而且想飞快的［地］离开，但另一方面，又不知不觉的［地］有点留恋，几次走到西行的电车和汽车的门口，本想跳上去找你，但一转念立刻把我制止了，横直是要走的，而且已经告别了，何必又要去扰乱她、妨碍她的功课呢？这个警告终于使我退却了。告诉我妹,证明了我真不是小孩子了,而已有成人的“老练”——“老练”么？妹不会以为是“冷酷”？果如此说，那就正如我妹之“若冰”啊！冰真好啊，特别是在这眼前的时间和空间中，她是对待这冷酷的社会的人们的武器！在这冷透了的人与人的关系里，我妹呵，真是不要“小热昏”，不要“学观音”，应当“坚如金”，应该“冷若冰”！这是我们的标语，是我们的圣经，识透此中之昧，一生受用不尽！

寒冻使人警惕，使人忍耐，使人奋发！在热的被窝里使人留恋，但“铁衾”就要威逼你早起——他真有极大的受用处！不要怕冷呀！记起我“学生时代”

[1] 本节书信资料来源：中国革命博物馆．老一辈革命家书信选 [M]. 长沙：湖南人民出版社 ,1984.03.

[2] 校务改革：指与王明“左”倾教条主义错误做斗争。

的冬令标语了："请看风雪严寒候，谁是当门立足人？"十几年来，我们仍在"程门立雪"，可惜而且可耻呵，吉兄们[1]竟已脱跑到暖阁里去了！但我仍很悔恨我过去还有立足不甚坚定之处，在最近校务改革的奋斗中发现了过去的缺点，此后我更当造成"山"一般的稳定，"铁"一样的顽强！好了，就以这自励，以后就叫我做［作］"铁峦"吧！铁峦呵！好自为之！

西湖——十年前的故交，我们三度相见了，其实我并不很喜欢她而爱她的背景——那许许多多，重重叠叠，奇奇怪怪，百看不厌的山呵！我不喜湖而爱山，大概因为我是山中长大的孩子吧！

冰呵！别了！希望我们明年在此地相见，我们到山中去畅游，以偿你几年来杭游的"宿愿"！

祝好！

铁峦

十二月十五日

若冰：

一个星期的船上生活又匆匆的［地］过去了。我的船行前三天是逆风，后四天是顺风。在船上倒不觉得怎样苦，但心地［底］总有点怅惘，虽然两岸有不少的风景如富春山、严陵滩、钓鱼台、将军庙等等，都不能引起我的兴趣。我在船上颇能健饭，每日三餐，饭后闲谈或看看书，倒也容易过了，但睡眠不佳，每晚只能睡去四五〈个〉小时，而且多梦，我很害怕我数年前失眠的旧病又要复发，不幸如此，那就是很苦恼的呵！我想大概是因旅途中无事做之故，倘若事忙疲乏或许不会如此。昨到衢州，暂住客栈，闻路上不靖，交通或有隔断之虞，现在正设法打听，大约数日后即可决定行期也。我是极想很快的［地］到达我的目的地，得个安身立命之所，倘若不能如愿，没有办法的话，那么也只有暂

[1] 吉兄们：指以前的战友卢吉山等人，他们离开了革命，后来有的叛变投敌。

时回家，而我们也或许能够在短期内相见，究竟如何，只有天晓得呵！倘若真不得已而要回家的时候，我很希望你能来杭同游，这恐怕又是空想了，等几天再说吧！若冰，这些时我记念你，你的身心是否平安？工作及你的功课是否照常做了？你的生活还是欢快，还是苦恼，还是平常呢？大哥还和你来往吗？年兄代你谋的事做到了么？最近校务改革的事你知道么？这一切都是我很关心的事，倘如你最近来信告我，那我在千里外的途中就不胜其慰快呵！这里的风习与生活都还好，我在这客栈生活中每日可到外面去看看风景或到公共体育场玩玩也很好。明天就是圣诞节了，再过几天又是新年了。在上海我想是很热闹的。若冰，圣诞节之夜呵，除夕之夜呵，你预备如何的［地］消遣呢？我只希望在圣诞节或新年中接到你的来信，那我就有福了！期待着吧！为你祝福！

铁峦

十二月二十四日

不示弱和奋斗的精神是很对的。

若冰：

正当圣诞节的早晨，我收到你的两信，当友人交来的时候，我是如何感觉到我的幸福呵——而我并未看到信的内容。我的［和］朋友谈了几句，迫不及待的［地］一〈口〉气看完了两〈封〉信。冰，这时真有难以描写的感想。我也可以不用写了，你当能料到。我本想昨天就回信，但圣诞节邮局休息，同时，我被你激起的心情想立刻到书局去找《爱的分野》，我即刻跑到书局去找它，找了好久公然被我获得此地书局唯一的一本书，封面是很旧的，因为没有人要的书，我给一元洋买回了，如饥如渴的［地］读下去，读到昨天半夜还未读完，但我觉得这是我读《少年维特之烦恼》后第二次使［我］感受极深刻的小说，真是好极了——这是难以形容的说法，今天我要将它读完了，再写我的感想，此刻不能写了！冰！我十分记念有人对你辱侮［侮辱］的事和你身体的毛病，请你切要注意，你那对待恶人的态度和精神——不把它放在眼里，不示弱和奋斗的精神是很对的！同时你应当十分注意保护你的身体，这〈是〉异常必要的！听说我的旅途还好，行期尚难定。

祝福！

铁峦

二十六

有暇务要切实地读读理论基础的书。

若冰：

现在校务很有新的发展，而有待于吾人之努力者更切，因此，这些时我得更要费力参加，大约在最近期间来你处（或许有空时亦可来的）。你如给我信，可寄原来通信的地点，我在三天内可收到。有暇请你务要切实的［地］读读理论基础的书。

祝愉快！

铁峦

1月3日

我们的生活环境和内容太相隔离了。

冰：

我太忙了，几乎“废寝忘餐”，因此没有空来找你。请勿念！

敌人与朋友之分“几稀”，这比拿着枪在阵地上开火还要残酷，“阶级的生活”决定要我如此。

我们的生活环境和内容太相隔离了，希望有机会能时时接近！

铁峦

1月15日

现在生活平安，请勿念。

若冰女士：

兹接友函，谓贵同乡李君于十七日被累，二十三日转龙华司令部，现在生活平安，请勿念。戚妹如要见他，可于每星期三 12 点至 3 点以亲戚名义到龙华司令部看守所要求会晤湖北黄陂人李少堂（广告商人）即可。如第一次不允见，送来之物（他要小说书）定可交到，且第二次必可接见他。案关政治，女戚接见较便，请戚友放心可也。知注特闻。

（三）书信解读

本节收录的信件陆若冰一直珍藏着，并随工作调动辗转北京、宁夏、银川、武汉等地，保存了 48 年之久，1978 年陆若冰从武汉前往上海烈士陵园祭扫林育南烈士时，她把这些珍贵的信件捐赠给了中国革命历史博物馆。

1930 年冬，为筹备在中央苏区召开第一次全国苏维埃代表大会，林育南带人去苏区做大会的准备工作。因国民党正准备对根据地发动第一次“围剿”，封锁了通往江西的所有道路，他们无法进入中央根据地，滞留杭州。在路途中没人陪伴，倍感孤单，他十分思念留在上海的陆若冰，所以先后给她写了这几封信。

第一封信中，开头林育南便称陆若冰为“若冰我妹”，这样的爱称，显出二者之间关系的亲近。首先，林育南交代了自己没离沪的原因，阐述了“寒冻使人警惕，使人忍耐，使人奋发！”等革命忍耐精神的重要性，最后他从校务改革中汲取经验并且将自己称为“铁峦”。“坚如金”“冷若冰”，这封信充分展示了林育南忠诚的革命之情，写了自己在校务改革上获得的收获，很少涉及生活点滴。

第二封信是林育南对自己海上生活的总结概括，写了许多生活的细小碎片，其中有不安、有思念，这些都是他内心的真实写照，带我们领略了革命年代的风雨飘摇。

第三封信着重夸赞了陆若冰不甘示弱的奋斗精神，并且希望她坚持下去，不在意他人的看法。其中，“即刻”“如饥如渴”可见林育南对书籍的喜爱，两人通过写信一方面传递感情，另一方面传递学识，令人心生羡慕。

在第四封信中，林育南积极鼓励陆若冰读些夯实理论基础的书，在革命年代，这样的感情弥足珍贵。

第五封信文字简短，林育南忙于公务，反映二人生活与环境太相隔离，二人相见的时间很少，只能通过书信相互传播信息，表达了对陆若冰无限的想念之情。

第六封信是最令人悲伤的，忙于公务的林育南难以与陆若冰相见。“请戚友放心可也”，被关押在牢房里的林育南用暗语向陆若冰写了这封信，这不仅仅是写给陆若冰的，也是写给外面的革命同志以及亲朋好友的。中央暗地给予他慰问关照，这极大激发了他的革命斗志，宁死不屈的品质让他经受住了严刑拷打，画红旗、唱《国际歌》、呐喊“中国共产党万岁”，这些是林育南等革命同志的最后“倔强”，其壮烈牺牲换来了如今革命的胜利、生活的太平，他的诀别令人钦佩。

纸短情长，说不尽的

——杨后宗

（一）人物简介

杨后宗，湖北沔阳峰口镇附近苗家岭人。1929 年加入红军，跟随贺龙一道南征北战，保卫苏区。后来，因部队离开沔阳地区，实行游击作战，他跟随部队转战到潜江、监利一带。不久，在监利新沟嘴同敌军的一次战斗中，杨后宗不幸牺牲，年仅 22 岁。

（二）书信原文

红军烈士杨后宗给父母的信[1]

双亲大人膝下：

儿参加红军有两年之余，没有回家孝敬双亲大人。现在不知大人身体安康否？又不知家中生活怎样困难？没有种子种田吧！去年腊月间，大人来杨林关会我一次。自［之］后大人回家，儿无一天不思念家庭，以后在后方传信两次，叫我哥哥前来瞿家湾会我一面，兄长没来，不知大人接到信否？孩儿再者［次］

[1] 两封书信资料来源：杨后宗．红军烈士杨后宗给父母的信 [J]. 党史文汇，2016(5):1. 中国人民政治协商会议洪湖市委员会文史资料研究委员会．洪湖文史 第 3 辑 [Z]. 洪湖市政协学习文史资料委，1988:58-64.

写信前来，请双亲大人不必挂念我。我前有点病到医院修［休］息一月有余，现在病体痊愈，身体强壮，精神很好。现在我已上前线归队，不知分配我到哪部队工作？再者［次］写信回家，双亲大人及我兄长等不必挂念我，希望兄长孝敬双亲大人，加紧春耕修堤，扩大生产，保障春耕秋收，帮助拥红工作。现在扩大红军，加强红军，冲破敌人“围剿”，革命成功，请假回家孝敬大人，一家团圆，同享幸福。纸短情长，说不尽的，我的话完了。

杨后宗

四月二日

双亲：

我参加红军差不多两年了。我今年二月间寄回一信，不知接到没有？甚惟［为］想念。我父亲从去年腊月来我处，我那时尚在军事学校。缓了不久，身染微病，请假休息月余，现赶上三军（即红三军，军长贺龙）八师机枪连，现扎在潜江城里操练，身体很强，不要牵挂。关于我家生活非常困难，现在春收已过，可没忧虑。至于分配土地，想我大人不能负担，政府里有优待红军家属条例，他自然负责，无须要我父亲讨论。不过接信之后，请大人将家里及地方一切情形，详细回我一个信。事来了，不写了，容后再禀。

敬请

玉安

全家清泰

你的爱儿后宗

四月九日

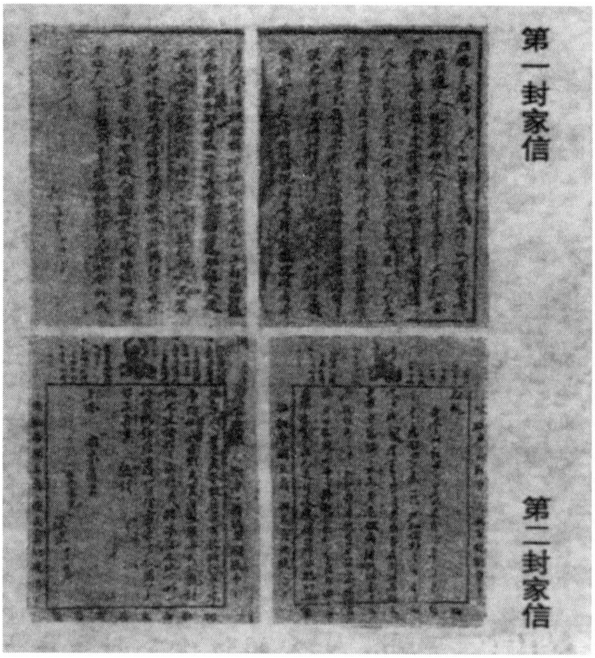

杨后宗家信，图片来源：《中国老区建设》2009 年 03 期

书信图片为杨主华拍摄，相关资料参看：中国人民政治协商会议洪湖市委员会文史资料研究委员会．洪湖文史 第 3 辑 [Z]. 洪湖市政协学习文史资料委，1988:58-64.

（三）书信解读

杨后宗在史书上留下的笔墨十分有限，本节收录的两封书信，是他留给时光的珍贵怀念。虽然杨后宗烈士本人留给我们的记忆很少，就像他默默无闻地奉献一样，但是，有关他这两封书信的故事却较为丰富，从中，我们不难看出杨后宗烈士英勇无畏的精神。这两封信是在杨后宗烈士游击作战到潜江、监利一带时写给父母的，遗憾的是，信件寄出后不久，杨后宗就在监利新沟嘴壮烈殉国。信中可见杨后宗烈士对家的牵挂，那看似轻松的口吻，一字一句无不透露着他希望父母放心。说到杨后宗的父母，这两封书信的背后还有一段续写的故事。杨后宗母亲的护信之路坎坷艰难。她总是将儿子的信放在枕头下面，便于自己睹物思人，有时思念得厉害了，还要捂在胸口睡觉，方能安些心来。护信之路上，有反动派分子张泽厚的搜查，有“蚕食”政策下敌人四处放火的暴行……直到1951年9月，中央访问团在峰口召开老革命烈、军、工属代表大会，此时，杨后宗的母亲终于取出了她用生命守护的书信。据说当时，中央访问团的同志把信拆开，信被里里外外、扎扎实实地包了3层。杨后宗烈士的光荣事迹永远地铭刻在这两封书信的墨迹里，杨母伟大的母爱与坚定的信念也永远地镌刻在书信的褶皱里。

虽然经历了土地革命、14年抗战、3年解放战争，这两封信却仍然完整无损地保存下来。从两封家信的内容上看，其中除了让人们得知红军烈士的一般生活情况之外，还能获知两大史实：一是当时确实办有一所军事学校，全称为“湘鄂西省列宁大学”，校长是谢觉哉，校址定在峰口，乃为专门培养党、政、军、群各级中层干部而设。二是当时在洪湖苏区进行了土地改革，通过分配土地，让红军家属享受到了革命果实。

在湘鄂西的革命战斗中，有无数红军战士献出了自己的青春与生命，他们中的多数，在牺牲前没有留下只言片语、一纸半字，在他们的墓碑上甚至没有照片、没有名字。杨后宗战士的这两封家信之所以弥足珍贵，就在于它是红军战士在革命岁月里对坚守革命和思念亲人的真实写照。杨后宗战士在第一封信的最后写道，“革命成功，请假回家孝敬大人，一家团圆，同享幸福。纸短情长，说不尽的”，但他却没能见到家人最后一面，这不免令人惋惜。一头是战场烽烟，一头是稻麦桑麻。忆前人之苦，更能让我们体会到今日生活之甜。正是有千千万万同杨后宗一样的红军战士的战斗与牺牲，才换来了我们幸福美好的今天。

我始终是萍踪浪迹、行止不定的人

——陈潭秋

（一）人物简介

陈潭秋，原名澄，字云先，号潭秋，1896年出生于湖北黄冈，无产阶级革命家，中国共产党第一次代表大会代表，中国共产党创始人之一。1920年陈潭秋和董必武、刘伯垂等七人创建武汉共产主义小组，组织马克思主义学说研究会。1921年7月，陈潭秋与董必武参加了中共一大，成立了中国共产党。他先后出席了中共三大、五大、六大。1934年1月出席第二次全国苏维埃代表大会，被选为中华苏维埃共和国临时政府执行委员。中国工农红军长征时，留任中共苏区中央分局委员，领导开展游击战争。1935年8月，赴莫斯科参加共产国际第七次代表大会，留驻共产国际工作。1939年回国，他任中共中央驻新疆代表和八路军驻新疆办事处负责人。1943年9月27日被新疆军阀盛世才秘密杀害于迪化（今乌鲁木齐）。

（二）书信原文

我始终是萍踪浪迹、行止不定的人。

——陈潭秋致三哥、六哥[1]

三哥、六哥：

流落了七八年的我，今天还能和你们通信，总算是万幸了。诸兄的情况我间接又间接的[地]知道一点，可是知道有什么用呢？老母去世的消息，我也早已听得，也不怎样哀伤，更可怜老人去世迟了几年，如果早几年，免受许多苦难呵！

我始终是萍踪浪迹、行止不定的人，几年来为生活南北奔驰，今天不知明天在哪里。这样的生活，小孩终成大累，所以决心将两个孩子送托外家抚养去了。两个孩子都活泼可爱，直妹[2]本不舍离开他们，但又没有办法。直妹连年孕、产、乳、哺，也受累够了。十九年[3]曾小产了一男孩，二十年又产了一男孩，养到八个月又夭折了，现在又快要生产了。这次生产以后，我们也决定不养，准备送托人，不知六嫂添过孩子没有？如没有的话，是不是能接回去养？均望告知徐家三妹（经过龚表弟媳可以找到）。

再者我们希望诸兄及侄辈，如有机会到武汉的话，可以不时去看望两个可怜的孩子。虽然外家对他们痛爱无以复加，可是童年就远离父母，终究是不幸啊！外家人口也重，经济也不充裕，又以两孩相累，我们殊感不安，所以希望两兄能不时的[地]帮助一点布匹给两孩做单夹衣服（就是自己

---

[1] 书信资料来源：恽代英，邓中夏，赵一曼等．红色经典丛书 红色家书 [M]. 南京：江苏凤凰文艺出版社,2017:41-42.；《红色家书》编写组．红色家书 [M]. 北京：党建读物出版社,2016:119-120.

[2] 直妹：指徐全直，陈潭秋的妻子。

[3] 十九年：指中华民国十九年，公元 1930 年。

家里织的洋布或胶布好了）。我们这种无情的请求，望两兄能允许。

家中情形请写〈信〉告我，交徐家三妹转来。八娘子及孩子们生活情况怎样？诸兄嫂侄辈情况如何？明格听说已搬回乡了，生活当然也很困苦的，但现在生活困苦，决［绝］不是一人一家的问题，已成为最大多数人类的问题（除极少数人以外）了。（我的情况可问徐家三妹）

弟澄[1]上

二月二十二日

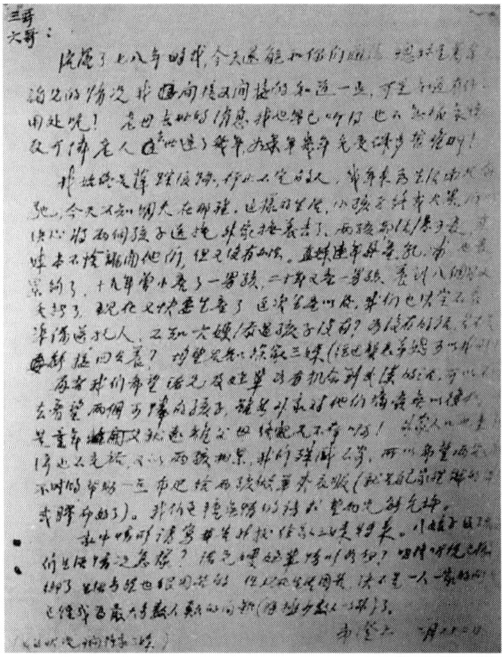

陈潭秋书信原件，该信藏于陈潭秋故居纪念馆

（三）书信解读

上面的这封信是陈潭秋写给三哥、六哥的家书。藏于陈潭秋故居纪念馆。

[1] 澄：陈潭秋原名陈澄，字云先。

陈潭秋与董必武以武昌高等师范学校附小为活动地点，在武汉从事革命活动多年，为发展湖北地区的党组织作出了突出贡献。为纪念陈潭秋，1983 年，在原武昌高等师范学校附小旧址建立了陈潭秋烈士纪念馆。纪念馆内，收藏着一封陈潭秋于 1933 年 2 月写给他三哥、六哥的信。当时，陈潭秋任中共江苏省委秘书长，写信给两位兄长，是为把即将出世的孩子托付给他们照顾。

陈潭秋以“流落了七八年的我，今天还能和你们通信，总算是万幸了”开头，字里行间展现出的是一个革命者为了理想和事业而做出的牺牲与奉献，流露的是一位丈夫、一名父亲的责任与担当。陈潭秋、徐全直夫妇，为了革命工作放下小家而四处奔波，“萍踪浪迹、行止不定”，夫妇二人不希望拖累孩子，于是把前两个孩子都送外婆家抚养。1933 年 1 月，党中央决定调陈潭秋夫妇到中央苏区工作，而徐全直即将临产，外婆家已无力再支撑一个新生婴儿的到来。为抚养即将出世的孩子，陈潭秋只得提笔写信，求助于黄冈老家的三哥、六哥。

1933 年 4 月，陈潭秋由于党组织调动前往中央苏区瑞金，徐全直因临产暂留上海。6 月 20 日上午，徐全直到上海厦门路 56 号党的联络点请示交代工作，准备动身前往中央苏区与陈潭秋汇合，却不知那个联络点早已被敌人破坏，隐藏在四周的敌特一拥而上，逮捕了她。徐全直始终忠于党的事业，严守党的秘密，敌人多次严刑审讯，她始终没有暴露真实姓名和身份，疯狂的国民党反动派看到无论怎样都无法使她屈服，便判徐全直死刑。1934 年 2 月 1 日深夜，徐全直在南京雨花台高呼“打倒蒋介石！”“中国共产党万岁！”的口号，壮烈牺牲，时年 31 岁。

为开创新苏区与为保卫川陕苏区而决生死

——吴焕先

（一）人物简介

吴焕先，1907 年 7 月 31 日生于湖北黄安紫云区四角曹门村（今属河南新县）一个地主家庭。鄂豫陕苏区创建人，中国工农红军杰出指挥员。1925 年加入中国共产党，同年夏回家乡领导农民斗争。1927 年 11 月率紫云区农民武装参加黄麻起义，随后带领部分武装在黄麻地区和光山南部坚持武装斗争，并参与创建鄂豫皖苏区和重建红二十五军，为开辟以柴山保为中心的鄂豫边苏区创造了条件。1935 年 7 月，指挥红二十五军挥师猛进，有力地配合了中共中央和中央红军主力北上。1935 年 8 月 21 日，红二十五军在甘肃泾川四坡村附近南渡汭河时遭国民党军突然袭击，吴焕先在指挥部队抢占制高点的战斗中，不幸中弹，壮烈牺牲，年仅 28 岁。2009 年 9 月 10 日，被评为“100 位为新中国成立作出突出贡献的英雄模范人物”之一。

（二）书信原文

为开创新苏区与为保卫川陕苏区而决生死。

——中共鄂豫陕省委给四方面军并转川陕省委[1]

国焘昌浩向前同志转川陕省委：

我们于去年西历十二月底派了一个非同志送报告［给］你们，至今未见回来，也未见你们派人来，期时因为敌人的戒叛，我们社会关系的变化，致几次决定继续送信的人不敢去，□□在为了关系的重要，特派川籍一个同情革命的群众来送信，又恐此信不能达到，只有简单的［地］报告你们：

我们在鄂豫皖苏区粉碎了蒋介石、张学良三个月进攻计划之后，根据中央去年二月指示及六七月两次军事训令的原则及鄂豫皖当时的情况遂决定留小部分干部领导红廿八军同地方武装在老苏区进行游击战争和秘密工作，省委同红廿五军大部于十月[2]十六日过平汉路西创造新苏区和新红军主力。

中央军委某同志曾于建议上指新区域的目标如桐柏唐河随枣（鄂豫边）等地，我们经过时认为当时群众斗争及物质条件地形都不适宜，遂确定创造鄂豫陕三省边界新苏区，于十二月底就达到了陕东南之商洛区。□□路入陕中间，虽经过许多围寨民团的阻碍和驻南阳匪庞炳勋部及六十师、四十二师的堵击，上官云相四十七师及刘镇华六十四师敌人的追击，我们并没有大的损失，我们

[1] 书信资料来源：中共陕西省委党史资料征集研究委员会.陕西党史专题资料集（二）鄂豫陕革命根据地的创立和发展[Z].西安：中共陕西省委党史资料征集委员会,1985:62-68.

[2] 据中共鄂豫皖省委《关于创造新苏区新的革命根据地的决议草案》中共鄂豫皖省委于1934年11月11日在河南省光山县花山寨召开的第十四次常委会议决定，省委率领红二十五军离开鄂豫皖苏区西过平汉铁路创建新的根据地。11月16日（农历十月十日），省委发布了《中国工农红军北上抗日第二先遣队出发宣言》后即率军西征越过了平汉铁路。因此，此处之“十月”当为“十一月”。

入陕，整有五个月了，因苦无当地党的帮助，为苏区根据地之选择，耽误创造新苏区的实际工作，二月初我们西征配合你们突击陕南的行动而取得了洋县华阳之胜利即向汉中行进，企图会合你们，中途因报你们退甘边，又遇四十九师伍诚仁匪军的阻碍，遂建立华阳游击队以便今后好与你们成为联系的桥梁，在此以后即东回执行本身任务，检查我们这一时期的行动，以入陕后五个战争的胜利完全粉碎了敌人三个支队（八团兵力）进攻计划。敌人第一步进攻计划完全失败了，前后打垮了六十师全部及陕军四十师柳旅[1]三团、警二旅两团，消灭陕军铁军独立第二旅全部，共打垮敌人九个团，消灭两个团六个营。打伤伪警二旅旅长张飞生（打死又活跑了的），活捉伪独二旅[2]长张汉民[3]（法西斯蒂分子）、参谋长魏书林（叛徒）、警二旅六团长鲁秦侠等多名，俘虏一千四百多名，得无线电台一架（少件），消灭民团反动武装甚多，打了许多寨围洞子，铲除大批豪绅反动，先后打开镇安柞水宁陕佛坪洛南继续包围山阳，武装了鄂陕、鄂豫边区的（鄂西蓝田镇安山阳商洛……）群众，组织抗捐军□□□，成立了七路游击司令部，现在游战发展到□□县境及汉江附近（蜀河旬阳之北）和豫西之卢氏，但新起的农民斗争领导甚弱，现已由分配土地斗争中进行了苏维埃政权的初期组织，党的工作全是红军硬创造的，所以组织力量非常薄弱，红军本身有三分之一的扩大，现正在进行这些工作的改造中，最

[1] 陕军四十师柳旅：即陕军四十二师一二六旅，旅长为柳彦彪。

[2] 伪独二旅：应为陕西警备第三旅。

[3] 张汉民：实为中共地下党员，是个很好的同志。1942年12月12日《中央关于一九三五年陕北（包括陕甘边及陕北）“肃反”问题重新审查的决定》中指出，红二十五军在陕南处理张汉民问题是“错误的”。中共中央组织部1955年5月5日给中共陕西省委并山西省委的复电中称：“过去杨虎城部内之旅长张汉民是共产党员，曾为党做了不少工作，一九三五年在陕西革命战争中被红军误杀。”“我党对汉民之家属应按革命烈属予以照顾抚恤。”因此，说张汉民“加入法西斯蒂”，是“法西斯蒂分子”，以及“张汉民本人经手前后有人到川陕红军是利用共产党的关系进入的，敌人时按红军之行动作[做]有计划的布置，这事情严加检查注意”等，都是错误的。

困难的就是没有当地党的组织的帮助，又没有得到中央指示，不知道我们行动是否是对？只估量我们在此行动对保卫川陕苏区配合红二六军的行动是对的，发展前途可以与南北两个区域的苏区打成一片，向东可以开展中国中部的苏维埃运动及恢复鄂西鄂豫边苏区，与鄂豫皖老区相联系，特别是在目前敌人集中兵进攻川陕苏区的紧急决斗时，我们对敌人的牵制和动摇敌人的内部及后防配合红四方面军作战更为重要。现已牵制了湖北均州郧阳一军四十四师和新到兴安[1]准备进川北的庞炳勋三十九师和陕军三个旅三个团及九十五师等不敢向川而来进攻，前警二旅哗变一连来红军以及各个进攻我们的军队，莫不在红军影响之下而动摇。

敌人在第一次进攻失败之后现在又进行第二次的进攻，四十四师三团人到山阳，九十五师唐俊德三团到洛南，庞部三十九师之一部到镇安南部，东北军六十七军三个师到商洛一带，陕军除残部柳彦彪、张飞生收容补充为仍作对我们之力量外，另增警一旅唐嗣桐三团人，并到处组织民团保甲修筑碉楼炮台来进攻我们新□□的苏区和红军，我们也正在扩大红军组织群众武装群众的一切斗争的动员来粉碎敌人第二次进攻，为开创新苏区与为保卫川陕苏区而决生死的战斗。

要求你们接得此报告后——

一、把我们行动转报中央并速给我们以指示。

二、在你们未报中央以前即直接给我们工作和红军行动以指示方针。

三、设法很快建立与我们的交通关〈系〉，因为你们的办法多些，我们也在设法。

四、特别通信器无线电（收发音机就可）及通信员设法弄来。

五、这里党和红军的干部欠缺（除牺牲留老苏区）省委书记徐宝山［珊］

[1] 兴安：即安康。兴安系安康之故称。

同志肺病重，于本月“五七”[1]逝世，党的日常工作缺人主持，请拨两个负责的领导干部来工作，一方面设法给几个军事干部如师团长来一二人甚迫。

六、中央及川陕省委的文件和最近国际国内的政治情形写给我们甚迫望。

七、请转陕南特委及红二六军同我们建立经常的关系，特别是汉江一带的组织介绍我们发生直接关系。

我们因为消息不灵通，特将所得零碎消息报告于下——

去冬蒋介石北上时计划以十五师兵力做进攻川陕苏区的北路军以陇海路为运输干线，以汉水为封锁线，庞炳勋调防于安康区正在修汉白公路以及建筑碉堡封锁船只，陇西铁道西汉汽车路都忙于修筑，蒋介石在陕南告急时即组织甘陕剿匪军第三路以朱绍良为总指挥，杨虎城副之，在三路下又分第三纵队以孙蔚如十七师庞炳勋三十九师、伍诚仁四十九师王耀武旅、肖之楚四十四师在陕之部队编之，杨甫［虎］城为司令官，第二纵队胡宗南一师、杨步飞六十一师、陈沛六十师、黄述第二师，司令胡宗南，后来还有阎锡山、商震一师入陕参加进攻川陕苏区，四十七师、五十四师早已到重庆。

进攻红二六军失败之高桂滋井岳秀在陕北，近又增加山西军队两旅到陕北，进攻陇东苏区有马步芳三十五师及新一师鲁大昌等余不详。

附：张汉民本人系二十二年，加入法西斯蒂，在汉中宋夫还介绍加入的，胡宗南第一师及他本人对川布置有许多秘密工作，他云老蒋对红四军团的企图消息非常灵通，（胡宗南云，胡抱一与他们谈话说的，抱一是胡宗南驻南郑代表），张汉民本人经手前后有人到川陕红军是利用共产党的关系进入的，敌人时按红军之行动作［做］有计划的布置，这事情严加检查注意。

中共鄂豫陕区省委代书记签名 吴焕先

五月三十日发于郧西

---

[1] “五七”：据吴焕先 1935 年 7 月 17 日给中央的报告，徐宝珊于五九纪念日逝世，即 1935 年 5 月 9 日逝世。此处之“五七”可能是“五九”之误。

（三）书信解读

20世纪，中华民族经历了从百年沉沦到百年复兴这一历史命运的大落大起。这一历史命运的形成过程中，在当时的中国，中国共产党和国民党两大党派激烈交锋，各方军阀割据混战，同时日本昭和军阀又暗流涌动，给中国当头一棒。在这样的局势下，革命要靠什么取得胜利呢？或许从烈士的书信中可以窥知一二。

鄂豫皖革命根据地地处湖北、河南、安徽三省边界的大别山区，是红四方面军、红二十五军、红二十八军诞生的摇篮，在红二十五军的历史上，有一个让人永远不会忘记的名字，他就是这封书信的落款者——吴焕先。吴焕先出生于一个比较富足的家庭，这样的家庭本来足以支撑他在乱世之中安稳生活，但覆巢之下，安有完卵？革命的理想照亮了少年的心，当炙热的旗帜飘扬在头顶，生命与财富都化为一把可以毫不犹豫扬弃的沙。吴焕先义无反顾地献身于党的革命事业，甚至至亲也因革命惨死于敌人的刀刃之下。

从这封信中，我们看到一位卓越的年轻的红军将领，在鄂豫皖苏区和红二十五军的创建中熠熠闪光。这封信主要分为3个部分，第一部分是汇报行军过程和创建鄂豫陕三省边界新苏区所遇到的困难，以及对敌我军事部署的分析；第二部分是要求红四方面军并转川陕省委对行军计划做出安排、交通通信方面的请求以及领导干部的安排；第三部分则是汇报掌握的军事情报。书信的内容基于工作的需要，不免对行军部署做了详细的描述，但正是透过这些描述，我们才能更真实地了解历史。英雄先烈都是播种而不收获的人，正因有这样的革命先烈，中国共产党才能救国家于危难之中。

总有一天是属于我们的

——蒋径开

（一）人物简介

蒋径开，1898 年出生于湖北英山，英山党组织创建人之一。1925 年，蒋径开在北京大学读书时加入中国共产党，后赴黄埔军校学习，并参加了北伐战争。“四一二”反革命政变后，受党组织委派回英山从事革命活动，任英山县商会会长。在县城创办了一所列宁小学，并自任校长，在此期间，编写了话剧《社会一角》，深刻揭示了当时“万家辛苦一家闲，一家饱暖万家忧”的社会现实，唤醒民众起来革命。后蒋径开又以“蒋源丰”店号做生意为掩护，进行秘密联络，后遭反动当局通缉。1929 年离开英山，以安徽省立旅沪中学教育长的合法身份赴上海，任中共上海市闸北区委书记，以办教育为名，秘密从事工人和学生运动。1933 年 3 月，因叛徒告密而被捕，押到龙华警备司令部审讯，受尽酷刑，坚贞不屈。1934 年转上海漕河泾监狱，备受折磨，但对革命事业充满必胜信念。1936 年在敌人电刑下，英勇就义，时年 38 岁。

（二）书信原文

总有一天是属于我们的。

——蒋径开狱中致妻子的遗书[1]

子乡[2]：

你好吧！生活如何？时在念中。我现估计他们是不会放过我的。但是你千万不要悲伤，以后你会有像我这样的好人照顾你的。宗儿[3]你要好好教育他。今后不要和他们一起，和他们在一起是没有出息的。因为他们是人们最恶恨的一群豺狼。豺狼总有一天是〈要〉被人们打死的。你要坚定、镇静，不怕威胁，不怕艰苦，带着宗儿活下去。总有一天是属于我们的，不信，等着看吧！

顺祝

近佳

径字

二十四年三月十八日

于曹［漕］河泾

[1] 书信资料来源：中国青年出版社 . 革命烈士书信 [M]. 北京：中国青年出版社 ,1979:116–118. 这封遗书是蒋径开写好后藏在棉袄里，由爱人给他送衣服时带出。

[2] 子乡：张子乡，蒋径开的爱人。

[3] 宗儿：蒋汉宗，蒋径开的儿子。

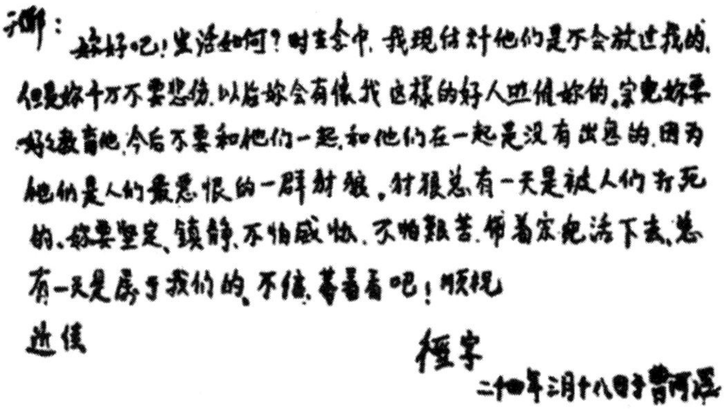
澌：你好吧！生活如何？时在念中。我现估计他们是不会放过我的，但是你千万不要悲伤，以后你会有像我这样的好人照顾你的。宗儿你要好好教育他，今后不要和他们一起，和他们在一起是没有出息的，因为他们是人们最恶恨的一群豺狼，豺狼总有一天是被人们打死的。你要坚定、镇静，不怕威胁，不怕艰苦，带着宗儿活下去，总有一天是属于我们的，不信，等着看吧！顺祝
近佳
径字
二十四年三月十八日于漕河泾

蒋径开烈士遗书手迹

（三）书信解读

此信写于民国二十四年，即 1935 年，蒋径开因为叛徒告密而被捕，被转入上海漕河泾监狱，他在监狱中写下了这封信，写好后藏在棉袄里，由爱人给他送衣服时带出。

这封信是蒋径开写给妻子的一份诀别遗书。在信的开头，简单的问候是最亲切的，也是最心痛的。他的关心传来：“生活如何？”随即噩耗传来：“他们是不会放过我的。”这一系列的信息张子乡都收到了，她悲痛万分，因为她即将失去自己的丈夫；今天，这封信只让人感到慷慨悲壮，因为它见证了一位革命志士的牺牲。

蒋径开是一位好丈夫、好父亲，虽然他的牺牲会使孩子今后的成长缺失父亲的陪伴，但他为自己的孩子和妻子做出了表率，用自己的行动为中国的革命事业点燃了一把火炬，他永远是孩子心中的英雄。拥有这样的父亲，“宗儿”可以怀揣一份更加勇敢的心去面对今后的生活。在信中，蒋径开提到：“宗儿你要好好教育他。”蒋径开把厚望寄予孩子，希望他今后好好成长，成为一个胸怀大志的人。他还提到：“你要坚定、镇静，不怕威胁，不怕艰苦，

带着宗儿活下去。”在临死前，他希望妻子能够变得更加坚强，因为反动势力还会继续搜捕，如果妻子没有坚定镇静的心态，是难以熬过艰难时期的，可见蒋径开对妻子是带着眷念和不舍的，这也反映出了他对妻子深沉的爱。

为挽救危亡、民族解放而奋斗

——项英

（一）人物简介

项英，原名项德隆。化名江俊、江钧、张成，1898 年出生于湖北武汉。1922 年 4 月加入中国共产党，在中共三大、六大分别被选为中央委员、中央政治局委员。1926—1930 年，曾任湖北省总工会党团书记、全国总工会执行委员兼上海总工会党团书记。1931 年后，任苏区中央局代理书记、中华苏维埃共和国临时中央政府副主席等职。红军主力长征后，任中共中央江西分局书记、中央苏区军区司令员兼政治委员，在赣粤边坚持游击战争。抗日战争时期，任中共中央东南局书记、新四军副军长兼政委。1941 年 1 月，在国民党反动派发动的皖南事变中，被叛徒杀害于安徽泾县茂林蜜蜂洞中，年仅 43 岁。

（二）书信原文

项英给刘英的信[1]

1937 年 9 月 20 日

刘英同志并转全体同志：

自 1935 年春，你们由〈赣〉东北出动至闽浙边一带活动，加以各种环境的困难，即与你们断了关系，直到目前事变境迁，始有机会与你们通讯［信］。

你们在两三年困苦环境中，不屈不挠的［地］奋斗着，这是全党最光荣的战士，我们代表中央分局向全体同志致以最热烈的布尔什维克敬礼！

可是，在你们最艰苦奋斗的两三年中，正是日本帝国主义积极的［地］向中国侵略，使民族危机达到最后的紧急关头，于是全国在抗日救国的共同目标下，一致团结起来，为挽救危亡求达民族解放而奋斗。

我们的党，从来主张抗日，你们曾负抗日先遣队的任务，现为求全国精神［诚］团结，共赴国难，已正式宣布取消过去的路线和策略，已获各方谅解；全国红军已改编为国民革命军第八路军，分局遵照中央指示，已宣布停止游击，决将一切游击队改为抗日的武装，统辖于政府指挥之下，以全力争取抗战胜利。我此次来南昌与省府商洽各边区集中改编诸问题，已得到具体解决，目前为迅速集中部队，特商请省府利用各县政府与驻军同你们接近的关系，将中央宣言、一封公开信，及我亲笔信，转达你们，求得迅速停止游击战，改编杀敌。你们接着文件和信后，立即依照执行，并设法将宣言、信件转达各地部队的同志和游击队，遵照执行。你们及其他的部队迅速向江西境内交通适当地点集中，以便于［与］关英、黄道诸同志会合改编。集中时可先报告当地政府转告奉命集中情形，请给予通行证，

[1] 书信资料来源：黄梅英，中共浙江省委党史研究室．刘英纪念文集 [M]. 北京：中共党史出版社，2002:389–390.

以免沿途发生误会，但须绝对遵守纪律。关于政府方面，已请江西省保安处通知各地查照。

我们在南昌设有总接洽处，由陈毅同志负责，可与他接洽一切。

至于集中前后一切经费，已蒙省府允许照发，你们可再向景德镇第五行政专员公署接洽领取。部队整编也有规定，仍到该处询问一切照办。

刘英同志将部队集中适当地点，指定一负责人统率队伍，自己务必亲来南昌到省保安处找陈毅同志接洽或到分局，顺便商定部队的各级干部，以便报请政府加委。

志敏同志光荣牺牲，他的爱人缪同志，我们请求政府释放已蒙允准，现缪同志在我处，不日回〈赣〉东北，帮助集中部队，特此顺便告知。

但你们应将全部捕捉之土豪无条件释放，并通知当地政府接收，给予正式收条。致布礼。

项英

阳历九月廿日

（三）书信解读

七七事变之后，抗日战争全面爆发，中日民族矛盾上升为国内主要矛盾。项英和陈毅一起，按照中共中央关于国共合作团结抗日的精神，先后在赣州、南昌与国民党地方当局进行停止冲突、合作抗日的谈判。同年12月起，项英任新四军副军长、中共中央东南分局（后改为东南局）书记、中央军委新四军分会书记，依据中共中央指示，代表中国共产党到武汉同国民党当局谈判，就新四军的具体编组达成协议。项英在信中明确传达了中央的命令，要求改编游击队为抗日的正式部队，暂缓打土豪斗地主的斗争以缓和阶级矛盾，动员一切力量投身于对抗日本侵略者的反侵略战争中。作为一名党员，项英坚决贯彻落实党中央的意志，对同志的奉献充满敬意；作为一名军人，项英服从党中央的领导，对战友的牺牲深表同情。在特殊的危难时期，中国共产党最终领导人民群众取得了抗击日本侵略者的伟大胜利。

我们是有血性的顶天立地的中华民国的儿女

——舒赛

（一）人物简介

舒赛，原名王藕，湖北江陵人，1917年出生于官宦家庭，一生三陷囹圄。其父祝雄武曾参加过辛亥革命，舒赛深受影响，在她心中埋下了拯救国家危亡的革命火种，她痛恨旧社会的腐朽，为贫苦人民鸣不平。在成年后的工作中，舒赛受人指控结交共产党，于是毅然离职前往武汉，不久后加入中国共产党，开启了革命道路。在革命过程中，她坚决拥护党的领导，谨遵党的秘密指示，多次在组织的安排下进入敌区工作。虽然工作十分危险，但舒赛未曾有半分畏惧，她曾被日军逮捕，面对严刑拷打坚决不屈服，还带领武装人员剿灭地下反动组织。20 世纪 60 年代，舒赛受到政治迫害，但毅然拒绝认罪，坚持内心刚正清白，纵然身处逆境，她依旧以共产党员的身份严格要求自己，努力参加生产劳动。后来，舒赛因政治原因再次入狱，在此期间，她的病情恶化，于 1971 年 5 月 24 日病逝，享年 54 岁。

（二）书信原文

记取，鲁迅先生的指示。以眼还眼以牙还牙，血债要用血偿还。敌人的飞机大炮令我们遍地血腥！敌人疯狂无止的［地］进攻，我们失去了一地又失一地再失一地！！！任他宰割，甘为牛马吗？！我们是有血性的顶天立地的中华民国的儿女。

耀华先生，敬致[1]。

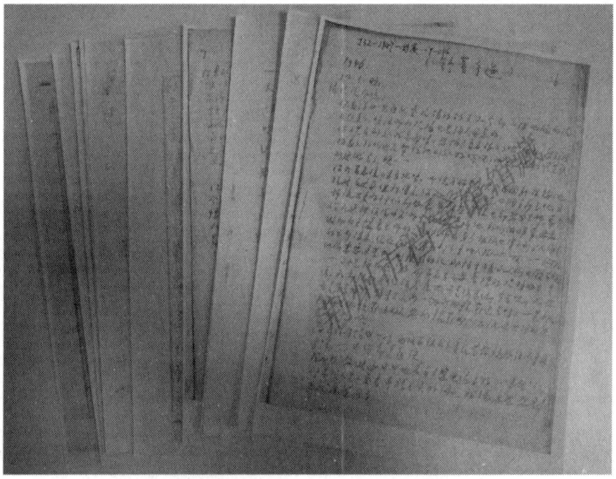

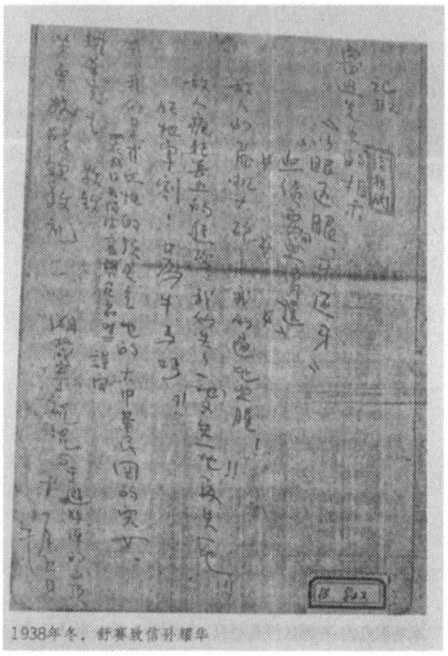

舒赛手迹（荆州市档案馆供图）

[1] 资料来源于湖北省荆州市档案馆。

（三）书信解读

这封书信写就于 1938 年，此时，舒赛年仅 21 岁，也是她参加中国共产党的第一年。1937 年 7 月 7 日，抗日战争全面爆发，无数中华儿女奋起反抗。舒赛无愧为热血志士，全面抗日战争一开始，她就考入湖北省护士学校，年底到黄安县（今红安县）七里坪抗日干部训练班学习，同年 11 月，舒赛毅然加入中国共产党，随后到武汉参加妇女战地工作团。这封书信便写就于此期间。在信中，她提到鲁迅先生的指示，“以眼还眼以牙还牙”，这是对日本侵略者的坚定宣战，是对中国奋起抵抗的坚定信念。这封信的写就距离鲁迅先生去世已有两年，但舒赛把鲁迅先生的指示牢记在心，展现出对“打倒日本侵略者，振兴中华”的殷切心愿。

2022 年 12 月 8 日笔者于荆州市档案馆搜集舒赛相关资料

共产党的力量与精神也就在于此

——林育英

（一）人物简介

林育英，字祚培，参加革命后改名林仲丹，在地下工作中，曾先后化名张浩、张植三、张至善、张新甫、张志山、张开照、陈子贞、李福生（李复生）、李春生、张春山、张春生、林青山、林武等。1897年2月25日生于湖北省黄冈市团风县回龙山镇林家大湾，13岁入塾读书，不久，因家庭贫困辍学，随父操持祖传手工染织业。1919年，参加族弟林育南在家乡创办的通俗讲演社学习，从而受马克思列宁主义的影响，在家乡开展爱国活动，之后考入武昌中华大学附中，结识了教务主任恽代英，随即加入了由其创办的互助社。1921年7月，与恽代英、李求实、林育南发起并成立了带有共产主义性质的共存社——中国共产党正式成立之前湖北共产主义小组的前身。1922年2月，由恽代英、林育南介绍，在武昌加入中国共产党，成为中国共产党早期领导人之一。入党后，林育英为中国革命鞠躬尽瘁，成为中共早期工人运动的组织者。1924年5月，前往莫斯科东方大学学习。1933年1月，赴莫斯科，任中华全国总工会驻赤色职工国际代表和中共中央驻共产国际代表团成员。1935年回国传达共产国际七大会议精神指示，促成瓦窑堡会议的召开，帮助解决了党在遵义会议上没有来得及解决的路线和策略问题，为建立抗日民族统一战线奠定了理论基础。1936年面对张国焘的分裂主义，林育英利用自己共产国际代表的特殊身份，力劝张国焘率军北上，团结了红军。1942年3月6日因病在延安逝世，毛泽东、朱德、任弼时、杨尚昆、徐特立等中央领导人亲自将他的棺材抬到桃花岭上安葬，毛主席还亲自题写“张浩同志之墓”。林育英是我国骨干优秀工人党员和著名工人运动领袖之一，中共黄石地区党组织主要创始人，中国共产党第六届中央候补委员，为我国革命事业作出了杰出贡献。

（二）书信原文

祝贺朱宝庭[1]同志六十大寿的信[2]

宝庭同志：

中共中央的许多同志都说过：“要替你做寿。”在延安和前方的许多工作人员、工人、学生也准备向你祝寿，现在中央职工运动委员会就代表了大家的意志，替你做六十大寿。我以为这是中国工人阶级中的一件大事，证明中国工人已开始能够掌握自己命运和变换自己命运的一件大事！

我病在床上时常设想到：一个在资本主义、军阀、官僚剥削压迫制度下的

[1] 朱宝庭：1880年生，浙江宁波镇海临江乡虹桥村人，中国共产党工人运动领导人之一，中共七大正式代表，1925年在上海领导参加五卅运动，发动海员大罢工，之后组织领导多起著名工人运动，是我国工人运动的先驱，1947年1月24日因病在陕西省安塞县逝世。

[2] 书信资料来源：中华全国总工会中国工人运动史研究室．张浩纪念集[M]. 上海：上海人民出版社，1986:228-231. 这是张浩同志在病床上写给老海员、中国工人运动的先驱朱宝庭同志的祝寿信。原载于1941年1月7日出版的《中国工人》第12期。

老工人——一个六十岁的老工人，无儿、无女，无分文的积蓄（不可能有积蓄），口里只有三四个无力的牙齿，上唇则是盖不住牙的缺咀，手指头只剩下七个，眼睛则是半瞎，突然被工厂或轮船上的主人象［像］一只“破草鞋”赶出来，怎么办呢？这种凄惨的遭遇和痛苦是无法形容的！真是欲生不能，欲死不得，其结果，是同一般的老工人一样——白天是在十字街头：“老爷啊大人！给我几个铜元［圆］，救我一条狗命！”晚上或者睡在弄堂，或者睡在破庙，等候着死的到来。然后被存心善堂收尸的工人用一条破席或四块薄木板包起来埋掉，就这样结束了一生！这决［绝］不是个别的现象，而是资本主义社会下必然的规律。许多的工人，特别是中年以上的工人，谁不为这一结局恐怖［慌］着！

做工！做工！日夜手不停。年轻顾不着嘴与身，年老活遭瘟。

若是失了业，更教你：叫天天不应，入地地无门，哎！这个锁链，何时得松？

敬爱的宝庭同志！

你就是这样的一个老工人。然而你竟能自己掌握自己的命运，获得了绝对相反的结果。全国的工人，特别是海员工人，对你是信仰与爱护的。延安是你的家，无论是厂长与工人，教员与学生，见着你就围绕起来，要你讲你自己的故事，讲革命的道理，有时候，还要你唱一个歌，每个人从内心里感觉到你不独可敬，更觉得可爱，比自己的父母祖父更可爱。大家都说：朱老到处都有儿子女儿，或者孙儿孙女。到底有多少呢？则谁也算不清楚。在星期天总是应接不暇。生活起居，则是享受延安头等的待遇，外加保健委员会的照顾：牙齿用金子镶起来了，不仅有“水皮袄”（有酒吃），而且有火皮袄日常专有“小鬼”侍候，开会看剧坐在最前列。你这种愉快而幸福的生活，开辟了中国工人待遇的新纪元，不仅使全国工人羡慕，更吸引全国工人及劳苦大众向着你的道路前进！

你的胜利是怎样得来的呢？我想是由于你打破了“安分守己”不相信“听

天由命”的宿命论，忠实于阶级，忠实于民族，忠实于自己的党，只知革命的利益、大家的利益，不顾自己的一时的利益。所有这些都是你胜利的原因。但“干到底”的精神，则更是你胜利的主要关键。革命高潮时你是干！低落时更干！当全国总工会执行委员会历届委员时，你是努力地干！当你坐牢、讨饭时，仍是顽强地干！大家拥护你时，你干！在个别问题、个别时候怀疑你时，你仍然是干！不为威逼，不受利诱，站稳了阶级的立场，以苏联为灯塔，你唯一的信心就是“干到底”！

鲁迅先生曾说：“我每看运动会时，常常这样想：优胜者固然可敬，但那虽然落后而仍非跑至终点不止的竞技者，和见了这样竞技者而肃然不笑的看客，乃正是中国将来的脊梁。”[1]是的，你就是非跑至终点不止的一个；虽然你不是在最前面，甚至也不是在前面，而是跟着跑。这在“英雄豪杰”们看来，是毫不足道的。如果回头一看，从“二七”[2]到现在，剩下的工人干部还有几个？就是从大革命干到现在的又还剩下多少？其中固然有的光荣牺牲了，但有不少是消极干不到底！或者是跑得太快，跑到泥坑里去了。如不可一世的陈独

[1] 出自鲁迅《这个与那个》《华盖集》，收入《鲁迅全集》第三卷，人民文学出版社 1981 年版。

[2] “二七”：指 1923 年 2 月 7 日，军阀吴佩孚制造的震惊中外的二七惨案。1923 年 2 月 1 日，京汉铁路总工会成立大会前夕，遭直系军阀吴佩孚强烈抵制，大会当晚吴佩孚派军警包围会场，到达郑州的大会代表冲破了军警的阻拦，进入会场，宣布了京汉铁路总工会正式成立。开会不到 15 分钟，工人与军警发生冲突。会后，反动军警包围了代表的住处，监视代表行动，占领、封闭、捣毁总工会和郑州分会的会址，代表们被强迫出境。当晚，总工会决定于 2 月 4 日京汉铁路全体总罢工，提出“为自由而战，为人权而战”的口号。2 月 7 日，吴佩孚痛下杀手，电令湖北督军肖耀南借口调解工潮，诱骗工会代表到江岸工会会所“谈判”，工会代表在去工会办事处途中，遭到反动军队的枪击，赤手空拳的工人纠察队当场被打死 40 多人、打伤 200 多人，反动军队闯进工人宿舍，大肆搜捕，江岸分工会委员长、共产党员林祥谦，武汉工团联合会法律顾问、共产党员施洋惨遭杀害，造成了震惊中外的二七惨案。

秀、彭述之[1]、张国焘、罗章龙[2]、余飞[3]等人，至于象［像］玩笑旦汪精卫一派的东西，则更不要说了。由此可见，不管跑在前面或跑在后面，只要能跑到底、干到底，便难能而可贵了！我们工人本是平平常常的人，现在知道做自己应做的平平常常的事，用群众的力量干到底，这必然会得着胜利的。工人阶级的力量与精神就在于此，共产党的力量与精神也就在于此！

宝庭同志！你是中国工人前辈的代表，是有正义感、有觉悟的正派工人的典型。你走的道路是正确的，你的努力、你的奋斗是适当的，因而也就是胜利的。将有千百万工人沿着你的道路跑到底、干到底！他们将掌握着科学理论的武器，充分利用长期斗争的经验，在党的坚强领导之下更有力的［地］前进！

在你做寿的时候，我送你一件珍贵的礼物——一件皮大衣。它的珍贵，并不是因为它的毛是直的，它的名字叫做［作］“狐”；相反的，我们过去看着那些吃人肉、喝人血的野兽们穿着，是更增加我们的愤恨。它的珍贵，就在于它是由冀察工人游击队，很正确地执行鲁迅先生的“拿来主义”，从一个大汉奸那里“拿来”的，又执行了鲁迅先生的分配办法，把它送到延安来，虽则他们不一定读过鲁迅先生的文章。我本想把它送给我的亲爱的母亲，我想从母亲——群众那里得来的礼物，依然送给母亲是适当的，然而我的老母亲已成为亡家奴了！

你本来就是中国工人的母亲，又正值你的六旬大寿，穿这件衣服，是非常

[1] 彭述之：（1894—1983），湖南邵阳人。1921年加入中国共产党，曾任中共中央委员、中共中央宣传部部长。第一次国内革命战争后期追随陈独秀推行右倾机会主义。大革命失败后，成为取消主义分子，在党内成立小组织，进行反党活动。1929年11月被开除出党，后成为托洛茨基分子。

[2] 罗章龙：（1896—1995），湖南浏阳人。1921年加入中国共产党，曾被选为中共中央委员，中央候补委员。1931年1月党的六届四中全会前后，组织“中央非常委员会”，进行分裂党的活动，被开除党籍。

[3] 余飞：又名余茂恒、余茂怀。原是上海机器工人，曾任中共湖北省委常委，中华全国总工会执行委员、驻赤色职工国际代表，中央工农民主政府委员，中共中央委员等职，后叛变。

适当的。所以我就代表中国工人，把这件宝贵的礼物送给你，以表示我们对你的敬意！祝你

万寿无疆

你的战友　张浩

一九四〇年十二月十二日于病床上

（三）书信解读

上面收录的这封信是林育英同志在病床上写给老海员、中国工人运动的先驱朱宝庭同志六十大寿的贺信。1940 年 4 月 30 日，林育英与毛泽东、朱德等应邀到延安青年文化沟出席庆祝五一国际劳动节大会。会议开始后，林育英突发脑出血，因抢救及时脱离生命危险，但身体虚弱无法站立。作为我国早期的工人运动杰出领导人，林育英对朱宝庭所遭遇的经历感同身受，对其所取得的成就赞不绝口，因此即使身体抱恙重病在床，也坚持写下了这封贺信，以示对朱宝庭同志的敬意，对中国工人运动的敬意。

在贺信的开头，林育英谈及中共中央要为朱宝庭做寿一事：“这是中国工人阶级中的一件大事，证明中国工人已开始能够掌握自己命运和变换自己命运的一件大事！”林育英年幼的时候，家境贫寒，以织土布谋生。但在“吃人的旧社会”想靠自己的劳动成家立业几乎不可能，后来在堂弟林育南的影响下逐渐意识到工人的伟大，树立起“劳工神圣”的观念，以做工为荣，所以林育英对工人的处境感同身受，通过塑造一个受资本主义、军阀、官僚剥削压迫的老工人的悲惨形象来说明中国劳工之苦，而朱宝庭敢于冲破“宿命论”发起工人运动，号召广大劳工将命运掌握在自己的手中，“开辟了中国工人待遇的新纪元”。同时，林育英在信中高度赞扬朱宝庭“干到底”的精神，以及他始终坚持到底、初心不改的可贵品质：“用群众的力量干到底，这必然会得着胜利的。工人阶级的力量与精神就在于此，共产党的

力量与精神也就在于此！”林育英始终相信工人阶级会是党和人民取得胜利的强大力量。书信的最后，林育英借送朱宝庭的皮大衣，是从一个大汉奸那里“拿来”的这件事，预示伟大的平民英雄才配得上珍贵的礼物，要贯彻鲁迅先生的“拿来主义”，从汉奸、军阀、万恶的资本家、帝国主义列强手中拿回属于工人的荣光！他高度赞誉朱宝庭同志为“中国工人的母亲”，表达了对其崇高的敬意。

1942年3月6日凌晨1时45分，我国无产阶级斗士、工人运动的杰出代表林育英同志因病在延安逝世，其一生忠心为国，虽死犹荣。

希以民族事业为重，共策前途

——杨学诚

（一）人物简介

杨学诚，又名奇山，1915年8月8日出生于湖北省黄陂县研子岗杨堡益湾一贫苦农户。新四军第五师鄂皖兵团指挥部政治委员。民政部公布的第一批著名抗日英烈。1934年考入清华大学物理系。1935年丧权辱国的《何梅协定》出台后，素来埋头用功的杨学诚也不得不卷进这剧烈动荡的政治激流之中。他参加了“一二·九”“一二·一六”两次游行示威和1936年1月的南下扩大宣传，回校后又参加了中华民族解放先锋队，积极从事抗日救亡的宣传和组织工作。1936年北平学联发动和组织了“三三一”抬棺游行，以示对国民党政府的严重抗议。在这次斗争中，会前背着一口空棺材跑到北京大学三院开会的是杨学诚，会后抬着棺材在景山大街上领头冲锋陷阵的也是杨学诚。1936年夏，他加入了中国共产党，秋季出任支部书记。

1937年4月，杨学诚被选为北平学生代表，参加1937年5月中共全国代表会议。回到北平后，担任了中共北平学委委员和西城区委书记。不久，抗日战争全面爆发，平津失陷。杨学诚作为平津流亡学生工作的主要领导者，先后建立和领导了济南和南京的平津同学会，之后湖北省委成立，他担任省委青委书记，负责创立和领导了湖北的青年救国团，开展了轰轰烈烈的青年抗日运动。1939 年杨学诚组成了应城抗日游击区，开辟了以应城、京山为基地的鄂中游击区，会同豫南鄂东两地党组织发动的游击武装，为新四军第五师和豫鄂边区抗日民主根据地的创建提供了重要的战略支撑。1941 年发表在中共中央党刊《共产党人》上的《给各地组织工作者的一封信》中，提出了密切党群关系的重要性。1942 年，他又与刘少卿同志奉命率部南渡长江，开辟以大幕山为中心的鄂南根据地。1943 年初，他从鄂南返回江北，虽然身患多种疾病，但仍抱病坚持工作。1944 年 3 月 6 日，平汉线各据点日军出扰大悟山南北地区；3 月 7 日杨学诚随军转移，在大悟山北麓高家洼病逝，时年 29 岁。

（二）书信原文

希以民族事业为重，共策前途。

——致王劲哉[1]

劲哉师长勋鉴：

五月六日手书，日昨敝部四团队始由天汉转来，展读之余，敬悉先生于九一八以来，即力主团结抗战；七七事变后又率部南下，为保卫国土而英勇战斗之史实，钦佩无拟。贵部与敝部同在敌寇控制之区域内，坚持抗战，共以解放中华民族伟大事业为己任，此诚所谓目标相同者也。自武汉弃守后，在鄂中广大平原上，号召民众，开展敌后游击战争，真正打击敌寇者，仅贵部与敝部

[1] 书信资料来源：政协湖北省荆州地区联络组王劲哉史料征编组 . 抗日战争中的王劲哉 [Z]. 仙桃：仙桃市国营九原印刷厂 ,1987:154—155.

已耳。吾等以身许国，坚持抗战，抛掷头颅，流洒赤血，固所愿也。但食不果腹，衣不蔽体，日与敌周旋，不见上峰有一枪一弹之接济，一兵一卒之补充，犹遭受意外之物议，不获见谅于人。先生云困难若此，国人又若此，引为悲痛，敝部亦有同感。吾人处境相同，艰难困苦，被人曲解亦同。今后为打破环境，完成任务，克服困难，粉碎一切曲解计，紧密团结，精诚合作，实为必要。

上月在天门，贵部与敝部四团武装冲突，真实情形，至今不详，料系出于误会，可断言也。敝部素以团结抗日党派、抗日军队、抗日人士共御外侮为怀，昭信全国，并以此教育部属其［萁］豆相煎，分裂抗战，使敌寇拍掌叫绝，乘隙进攻，使损人利己和妥协投降者利用机会挑拨离间，向为敝部所深恶痛绝。天门误会一事，祈无芥蒂，希以民族事业为重，共策前途。倘不是图，兄弟阋墙，纷争不已，使贵部与敝部同归于尽，鄂中千百万民众将何所依托乎？谨呈区区，敬候明教，敬颂勋祺。

陶铸　杨学诚

五月二十八日（一九四〇年）

（三）书信解读

1940年春，王劲哉赞同中国共产党提出的停止内战一致抗日的主张，高举抗日旗帜，而此时以蒋介石为首的国民党政府恐惧王劲哉部被“赤化”，洪湖地区会落入共产党人之手，于是决定改变策略，对王劲哉部采取招安政策。王劲哉认为这是蒋介石对其的“国府大恩”，于是一反常态，派遣100余名精悍武装分子装成土匪秘密进入天汉湖区抗日根据地的竹桥，制造了进攻新四军李先念豫鄂挺进纵队的竹桥事件，遭新四军反击而败退。偷袭不成，王劲哉大为恼火，一面拟举全旅之力进攻，一面致信李先念称鄂豫边区挺进纵队第四团队团长李人林是“李小子”。在这样萁豆相煎的情况下，时任中共湖北省委负责人的陶铸、杨学诚给王劲哉写了这封信。希望他能“以民族事业为重，共策前途”，不负鄂中千百万民众之托。王劲哉收信后，有所触动，暂时停止了与我党我军的摩擦，并主动派代表与我天汉地委谈判。1941 年春，时局内忧外患，王劲哉恐腹背受敌，难以维持，遂向中共提出谈判请求，在新四军第五师师长李先念的争取下双方达成了合作抗日、互不侵犯的协议。

在这封书信中杨学诚与陶铸二人动之以情、晓之以理，以真诚与责任最终令王劲哉动容，在信的开头肯定王劲哉部为抗日所作的贡献，表示两军均是“共以解放中华民族伟大事业为己任”，“以身许国，坚持抗战，抛掷头颅，流洒赤血，固所愿也”。两军在抗日上是盟友，是兄弟，接着又书“食不果腹，衣不蔽体，日与敌周旋，不见上峰有一枪一弹之接济，一兵一卒之补充，犹遭受意外之物议，不获见谅于人”，点名两军同时所处的困难境地，两军相杀只会让蒋介石渔翁得利，而交战又只会陷人民于水火之中。再者，对上月的天门事件做出解释，希望两军冰释前嫌，同时阐明我军团结守信的立场，主张团结互助，一致抗日，最后以民族国家为信，以人民为责，望“以民族事业为重，共策前途”。全信简洁精炼，微言大义，于情于理，令人动容。

杨学诚的一生，是诚朴为党的一生，《何梅协定》丧权辱国条约的签订，让他在铁蹄下觉醒，从一位儒雅书生蜕变成刚毅的战士，年仅 29 岁即为党的事业献出了年轻的生命，鞠躬尽瘁地实践了他光彩夺目的人生理想。

儿丹心耿耿，大人必烛照无遗

——何功伟

（一）人物简介

何功伟，1915年出生于湖北咸宁。1935年12月，北京“一二·九”学生运动的消息传到武汉后，何功伟积极响应，商议举行声援北平学生运动。1936年6月，两广军阀以抗日为名，联合反对蒋介石。何功伟召开学生大会，发表了反对内战的演说，宣传“团结抗日，一致对外”的主张，发起并成立了反内战救国会，筹划串联各校和各界，发动罢课、罢工、罢市。1936年8月，何功伟于上海加入中国共产党，曾参加开辟鄂南抗日游击根据地，历任鄂南特委书记、湘鄂西区党委宣传部部长、湘西区党委书记等职。1941年1月20日，因叛徒出卖，何功伟在湖北恩施被捕；11月17日，于方家坝后山五道涧刑场慷慨就义，年仅26岁。

（二）书信原文

儿丹心耿耿，大人必烛照无遗。

——给父亲的遗书[1]

儿不肖，连年远游，既未能承欢膝下，复不克分持家计。只冀抗战胜利，返里有期，河山还我之日，即天伦叙乐之时。近来国际形势好转敌人力量分散，使再益之以四万万人之团结奋斗，最后胜利当不在远。不幸党派磨［摩］擦，愈演愈烈，敌人汉奸复从而构煽之，内战烽火，似将燎原，亡国危机，迫在眉睫。“此敌人汉奸之所喜，而仁人志士之所忧”（张一鏖先生语）。新四军事件发生之日，儿正卧病乡间。噩耗传来，欲哭无泪。孰料元月二十日，儿被当局拘捕，锒铛入狱，几经审讯，始知系因为共产党人而构陷入罪。当局正促儿“转变”，或无意必欲置之于死，然揆诸宁死不屈之义，儿除慷慨就死外，绝无他途可循。为天地存正气，为个人全人格，成仁取义，此正其时。行见汨罗江中，水声悲咽；风波亭上，冤气冲天。儿蝼蚁之命，死何足惜！惟［唯］内战若果扩大，抗战必难坚持。四十余月之抗战业绩，宁能隳于一旦！百万将士之热血头颅，忍作［做］无谓牺牲！睹此危局，死后实难瞑目耳！

微闻当局已电召大人来施，意在挟大人以屈儿。当局以“仁至义尽”之态度，千方百计促儿“转向”，用心亦良苦矣。而奈儿献身真理，早具决心，苟义之所在，纵刀锯斧钺加诸颈项，父母兄弟环泣于前，此心亦万不可动，此志亦万不可移。盖天下有最丰富之感情者，必更有最坚强之理智也。谚云：“知子莫若父。”大人爱儿最切，知儿亦最深。曩年两广事变发生之日，正敌人增兵华北之后，儿为和平团结，一致抗日而奔走号泣，废寝忘餐，为当局所不谅。

[1] 书信资料来源：中国青年出版社．革命烈士书信[M]. 北京：中国青年出版社，1979:128-132.

大人常戒［诫］儿明哲保身，儿激于义愤，以为家国不能并顾，忠孝不能两全，始终未遵严命。大人失望之余，曾向诸亲友叹曰："此儿太痴，似欲将中华民国荷于其一人肩上者！"往事如此，记忆犹新。夫昔年既未因严命而中止救国工作，今日又岂能背弃真理出卖人格而苟全身家性命？儿丹心耿耿，大人必烛照无遗。若大人果应召来施，天寒路远，此时千里跋涉，怀满腔忧虑而来，他日携儿尸骸，抱无穷悲痛以去，徒劳往返，于事奚益？大人年逾半百，又何以堪此？是徒令儿心碎，而益增儿不孝之罪而已。

儿七岁失恃，大人抚之养之，教之育之，一身兼尽严父与慈母之责，恩山德海，未报万一。今后亲老弟弱，侍养无人。不孝之罪，实无可逃。然儿为尽大孝于天下无数万人之父母而牺牲一切，致不能侍亲养老，终其天年，苦衷所在，良非得已。惟［唯］恳大人移所以爱儿者以爱天下无数万人之儿女，以爱抗战死难烈士之遗孤，以爱流离失所无家可归之难童，庶几儿之冤死，或正足以显示大人之慈祥伟大。且也，民族危机，固极严重，然在强敌深入国土之今日，除少数汉奸败类，自外于抗战营垒；在抗战建国纲领之政治基础上，我精诚团结之民族阵线，必能战胜一切挑拨离间之阴谋。胜利之路，纵极曲折，但终必导入新民主主义新中国之乐园，此则为儿所深信无疑者也。将来国旗东指之日，大人正可结束数年来之难民生涯，欣率诸弟妹，重返故乡，安居乐业以娱晚景。今日虽蒙失子之痛，苟瞻念光明前途，亦大可破涕为笑也。

不孝儿功伟狱中跪禀[1]

中华民国三十年二月十九日

[1] 这封信写于恩施方家坝狱中。1941 年 1 月 4 日，国民党反动派制造了震惊中外的皖南事变，1 月 20 日逮捕了中共鄂西特委书记何功伟同志。第六战区司令长官兼湖北省政府主席陈诚，妄图使其"转向"派遣说客，诱以权位，均遭痛斥，又电令驻在石首县的第三十师师长，让何功伟同志的父亲何楚瑛老人赴恩施，企图利用父子之情，以售其奸。何功伟同志得知后即写了此信劝阻父亲。陈诚截阅之后无可奈何地说出"其伟人也"四个字又将信扣留。何功伟同志后来又重写一次，亲自交给父亲。

儿元月二十系狱，于今恰足三月。自省爱国无罪，俯仰无愧，故能饮苦酒以自甘，宁杀身而不悔。狱中诵《正气歌》，咏《满江红》，曾不觉窗外韶光飞逝，莺舞春木矣。而本月八日大人来施探狱之后，始痛觉不孝之罪深重，实内疚于神明，意夺心折，度日如年。夜间梦魂不安，每发为痛楚之呻吟。看守者闻之，尝将儿唤醒。午夜梦回，百感交集。设忧愁果能伤人，儿恐不待斧钺加身而后死也。十四日晨，大人送来肉食，食之不能下咽，下午始勉强食之，而又不能消化，遂致腹泻。今日跪接慈谕，训诫谆谆，一字一泪，不忍卒读。乌能反哺，獭知报本，儿独何心，能不断肠？况大人爱儿远胜诸弟妹，儿幼年失恃，倍觉父爱之慈祥者乎？而儿之所以始终背弃大人养育之恩，断绝妻子之爱，每顾而不悔者，实不愿背弃绝大多数人之永久利益以换取吾一家之幸福也。谁无妻儿？儿安忍出卖大众，牺牲他人，苟全一已之私爱？儿决心牺牲个人，以利社会国家，粉身碎骨，此志不渝！案决之后，恳大人携被褥以俱来，以儿同居数日，少伸骨肉之情。此番生离，或即死别。设竟于此时坐失一面之缘，儿将更不胜其终天之恨矣！

儿功伟跪禀

三十年四月十九日

（前禀被主席[1]取去，未蒙大人俯阅，谨再另纸录呈）

---

[1] 主席：指湖北省政府主席陈诚。何功伟给父亲的第一封信被陈诚截留后，父亲于1941年4月来施，4月8日初次到方家坝探狱，4月19日给何功伟写了封“一字一泪”的信，何功伟当天写了这封信作答。

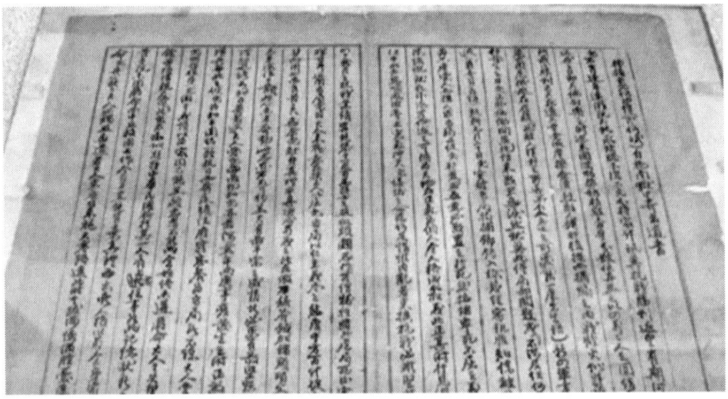

何功伟的书信

图片来源：团中央权益部．“烈士遗书的故事”之何功伟的三封诀别信[EB/OL].（2021-06-06）.https://mp.weixin.qq.com/s/dgzTkK8_2xQKtyZJWf9pOA.

给许云同志的信[1]

……生男育女是人生内容的一部分，鉴于你这次难产，我自责对孩子的出生没有尽一点父亲的责任，一切辛劳由你先承担着吧！

虽然我的身体不太健康，但我没有感到疲倦，我想我永远也不会感到疲倦的。

天冷衣单，代小刘[2]募集的棉衣请快设法寄来，因为她生产后特别需要。

此地气候恶劣（指政治气候——许云注），重庆山地亦恐相差不远，愿珍重……

[1] 书信资料来源：中共咸宁市委党史办公室，咸宁市地方志办公室．何功伟烈士纪念文集[M]. 北京：中国医药科技出版社，1990:100. 这封信写于1940年12月中旬，即许云同志生了何继伟（小彬）不久。引自许云所作的《无产阶级的革命战士——何功伟同志》一文。

[2] 小刘：为鄂西特委妇女部长刘惠馨同志。

狱中给许云同志的信[1]

在临刑前不能最后的［地］和你见一次，不能吻一吻我们的小宝宝了！我一定坚守阶级立场，保持无产阶级的清白，忠实于党……此次的被捕，由于我自己的不慎。告诉我所有的朋友们，加倍的努力吧，把革命红旗举得更高。好好地教养我们的后代，好继续完成我们未竟的事业！

1941 年 5 月

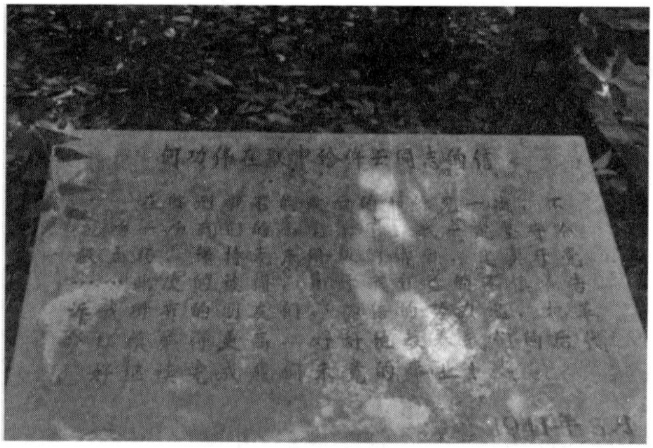

何功伟书信碑刻

图片来源：团中央权益部．“烈士遗书的故事”之何功伟的三封诀别信 [EB/OL].(2021-06-06).https://mp.weixin.qq.com/s/dgzTkK8_2xQKtyZJWf9pOA.

（三）书信解读

1940 年 8 月，任中共湘鄂西区党委书记的何功伟由宜昌前往恩施参加会议，并在此次会议中结识了战友刘惠馨。刘惠馨从重庆出发与南方局代

[1] 这封信引自许云所作的《无产阶级的革命战士——何功伟同志》一文。1941 年 5 月，何功伟请父亲将此信从方家坝狱中带出交给钱远镕，由他带到重庆，经钱远铎转给何功楷最后交到中共南方局。据许云说，是当时在南方局工作的孔原给她看的。

表钱瑛一同在恩施五峰山主持开会，决定改组湘鄂西特委为鄂西特委，由何功伟任特委书记，刘惠馨任特委妇女部长兼特委秘书，负责特委机关工作。同年 11 月，刘惠馨因诞下一名女孩而住进五峰山头洋湾医院，何功伟便常借以刘惠馨表哥之名，在院中与刘惠馨商量工作。就在此时，敌特反动派逮捕了鄂西特委秘书郑新明，贪生怕死的郑新明经不住敌人的拷打，供出了鄂西特委的全体成员。1941 年 1 月 20 日，正当何功伟在医院探视刘惠馨时，遭到了敌人的重重包围而被捕。在狱中，面对敌人的严刑拷打，他没有屈服，而是彰显了一名共产党人为党和革命的事业忠贞不屈的亮丽底色，他严词拒绝了敌人的诱降条件，挫败了敌人破坏党组织的阴谋，还在狱中谱写出《狱中歌声》，以鼓舞狱中的战友们绝不向敌人投降：我热血似潮水的奔腾，心志如铁石的坚贞，我只要一息尚存，誓为保卫真理抗争。

国民党高层见何功伟历经拷打而毫不屈服，无法更进一步破坏共产党的组织，便企图利用何功伟的父亲，让何功伟的刚坚意志屈服于亲情。何功伟固然爱着自己的父母，但他更不愿意党的事业遭到损害。在得知此事后，何功伟便给父亲写下了一封遗书，表明自己被抓完全是出于国民党当局对共产党人的敌视，错的并不是自己，而是置民众于水火中的国民党当局！可惜的是这封慷慨激昂的书信被国民党特务截获并移交给了陈诚，并没有交到父亲手上。何功伟的父亲听闻爱子入狱，悲痛欲绝，长途跋涉来到方家坝监狱，期望劝说儿子回心转意。何功伟对父亲说：“爹，您不要相信他们的鬼话，我抗日救国无罪，为共产主义献身，我死而无怨！您就只当少生了我这个儿子吧！”为向父亲表明自己的赴死决心，何功伟写下了第二封遗书。

1941 年 11 月 17 日，何功伟从容不迫、正气凛然地高唱《国际歌》，踏上了通往刑场的道路。这位还差 4 天才满 26 岁的共产党人，随着敌人的一声枪响，永远地倒在了血泊之中，他用自己的生命谱写了一首革命事业的壮丽颂歌。何功伟的身躯永远地倒在了血泊之中，再也不能见到他那仅新婚1年的妻子和刚呱呱落地的孩子。临刑前，何功伟将对妻儿的思念之情与对后人革命的期待之情书写在了第三、四封决绝信之中。1942年4月18日，何功伟和刘惠馨牺牲的噩耗传到重庆之后，周恩来亲自在自重庆给中央书记处的电报中提到“鄂西何彬（特委书记）刘惠馨年初……牺牲”，并在南方局和八路军办事处的会议中宣读了两位同志的遗书，在延安各界举办了对二位同志的追悼会。

何功伟烈士在狱中写的4封诀别信，镌刻着爱与亲情，显示了黑暗背景下革命家庭的悲欢离合，更显示了一个共产党人放弃个人的一切情感奉献于革命的伟大精神。生命的意义应该如何选择？个人荣辱与国家兴衰应该如何抉择？革命，总要有人敢于将生死置之度外，不惜抛头颅洒热血去争取胜利。何功伟虽然只度过了不足26个春秋，但他用生命铸就的历史丰碑却永世长存。

当尽我之能力，于党做点事情

——李先念

（一）人物简介

李先念，1909年6月23日生于湖北黄安李家大屋，9岁读私塾，12岁起先后在家乡和汉口学木工。1926年10月参加农民运动，任乡农民协会执行委员。1927年11月率领家乡农民参加黄麻起义，12月加入中国共产党。抗日战争全面爆发后到达延安。1938年任中共河南省委军事部部长。1939年起历任新四军豫鄂独立游击支队司令员、豫鄂挺进纵队司令员，率部开展敌后游击战争，开辟豫鄂边抗日根据地。1941年皖南事变后，任新四军第五师师长兼政治委员，率部多次挫败日伪军的扫荡、蚕食和国民党顽固派的军事进攻。1942年兼任中共豫鄂边区党委书记，领导军民多次挫败日伪军的进攻，巩固和扩大了抗日根据地。在抗日战争与解放战争期间领导多次重要战争，屡建奇功，为我国革命作出了重大贡献。新中国成立后，积极投身于国家的经济建设、水利建设、制度建设、外交建设等，为中国特色社会主义事业作出巨大贡献。

李先念同志是伟大的无产阶级革命家、政治家、军事家，坚定的马克思主义者，党和国家的卓越领导人。他毕生奋斗，为中华民族独立和中国人民解放，为社会主义革命、建设、改革事业，为建设社会主义现代化国家，作出了不可磨灭的贡献，赢得了全党全军全国各族人民的崇敬和爱戴。

（二）书信原文

致刘少奇并中共中央[1]

当尽我之能力于党做点事情。

——致刘少奇并中共中央

少奇同志并转中共中央：

前得邓政委面允，多休养一个月，现已〈准备〉南下。虽经数月之休息，据华北医生会诊的结果，为前额的慢性炎症。收效很不大，如不发像无病的样子，若发头昏头痛，最苦闷的为通夜失眠。当较前好些，但仍极苦恼，可是休息不住。胜利在望，我自己袖手休养，每思比病还苦闷得多。故此决计到前方，看能多少做点事情，如此，要求党不要把我当成一个健全的人，算一个病夫待之。假使病情不再发展，当尽我之能力于党做点事情。万一不成再说。

特告

李先念[2]

十二月二十日[3]

[1] 书信资料来源：中共中央文献研究室，中央档案馆，《党的文献》杂志社．红书简3[M]. 太原：山西人民出版社 ,2001:879−880.

[2] 在长期的革命斗争中，李先念患有胃病、神经衰弱症、鼻窦炎、额窦炎等疾病。经中共中央中原局决定，送他到华北解放区治疗休养。1948 年 10 月 6 日晚，著名的淮海战役爆发。在邢台治病的李先念按捺不住激动的心情，他向中央军委发电“请缨”，要求早日回中原参战。中央军委复电同意。此信就是他出院之前写给刘少奇并转中共中央的。

[3] 原信未署年代，当写于 1948 年。

致钱正英、谭启龙、宋平（节选）[1]

这不是一件小事，一定要抓紧抓好。

——致钱正英、谭启龙、宋平[2]

致钱正英、谭启龙、宋平：

十多年来，水电部第四工程局连续建成了几座大中型水电站，为人民做了好事，立了功，确是一支好队伍。现在，他们来到龙羊峡新工地，遇到了一些困难，望青海、甘肃两省委和水电部认真帮助解决。

建设龙羊峡电站，开发龙羊峡至青铜峡之间的十几个梯级水电站，工程规模很大，经济效益很高，任务很艰巨，也很光荣。完成这样的任务，至少要二三十年的时间。第四工程局要在那里作［做］长期打算，有关方面要切实安排好他们的生活。那里荒山荒地很多，建议找一块地方，让他们办一个职工家属农场，开垦土地，种粮、种菜，种草、植树造林，养猪、养鸡、养鸭、养牛、养羊、养鱼，农林牧副渔都搞。还要办教育。这样做，既可以解决职工和家属的部分口粮、蔬菜和副食品供应，又可以解决家属和子女就业、就学的问题。全体职工安心了，工程建设就会有保障。这不是一件小事，一定要抓紧抓好。

1978 年 2 月 28 日

[1] 书信资料来源：中共中央文献研究室，中央档案馆，《党的文献》杂志社．红书简3[M]. 太原：山西人民出版社，2001:880−881.

[2] 钱正英：当时任水利电力部部长。谭启龙：当时任中共青海省委书记。宋平：当时任中共甘肃省委书记。

致全国教师[1]

你们的劳动，是一种科学的也是艺术的创造。

——致全国教师

敬爱的各族教师同志们：

今天是教师节，全国各地都在庆祝这个光荣的节日，谨向你们致以亲切的问候和崇高的敬意！

你们——全国各级各类学校的九百万教师，是我国工人阶级知识分子队伍中的一个重要方面军。新中国成立以来，你们为提高全民族的科学文化水平，为培养数以亿计的有觉悟、有文化、有健康身体的各行各业的劳动者，为培养上千万能够适应现代科学技术发展的专门人才，作出了巨大的贡献。祖国社会主义物质文明和精神文明建设的每一项成就，都渗透着你们的辛勤劳动。即使在前进道路上曾经出现过曲折，经受着这样那样的政治风雨，也丝毫没有动摇你们热爱党、热爱社会主义祖国、热爱人民教育事业的赤胆忠心。你们中的大批优秀教师所展现的崇高品格，不愧为全国人民的一代楷模。特别是中学、小学和幼儿园的教师，在工作繁重和生活清苦的条件下，像春蚕那样，为祖国后代奉献着自己的一切；像园丁那样，呕心沥血，培育祖国花朵茁壮成长。党感谢你们，政府感谢你们，人民感谢你们！

教育是崇高的事业。教育要面向现代化，面向世界，面向未来。共产主义事业的接班人，要靠你们培育；他们的思想、品德，要靠你们去塑造；他们对人类文明继承和发展的能力，要靠你们去培养。你们的劳动，是一种科学的也是艺术的创造。教育直接关系着我国未来一代代新人的成长，直接关系着四

[1] 书信资料来源：中共中央文献研究室，中央档案馆，《党的文献》杂志社．红书简3[M]．太原：山西人民出版社，2001:881-882．这是李先念在我国第一个教师节写给全国教师的祝贺信。

化的成败、民族的兴衰、祖国的前程。古人说，“国将兴，必贵师而重傅”。“尊师重教”，是一个国家、一个民族文明的重要标志。教师工作应该成为社会上最受人尊敬和最值得羡慕的职业之一。

当前，我国社会主义精神文明建设的一项重要任务，就是要在全社会造成“尊师重教”的风尚。各级党委和政府的负责同志，都应当经常地深入到学校中去，倾听广大教师的意见和呼声，积极热情地支持教育工作，在现有的条件下，尽最大的努力，为他们排忧解难。要从政治、思想、业务和生活等方面关心他们，帮助他们解决各种实际问题。有些问题受客观条件的限制，一时解决不了，广大教师是会体谅的。我们相信，随着国家经济的不断发展，教育体制改革的顺利进行，“尊师重教”社会风尚的逐步形成，我国教育事业一定会出现一个蓬勃发展的局面。

各族教师同志们，你们肩负着光荣的历史重任。希望你们不断地提高自己的思想政治水平和文化业务水平，具有高尚的品德、渊博的知识，掌握教育和教学工作的规律，教书育人，为人师表，为祖国的社会主义教育事业作出更大的贡献。

祝同志们节日愉快！

李先念

一九八五年九月十日

（三）书信解读

（1）第一封书信解读。

1948 年，经过艰苦卓绝的斗争，我党在中原解放区的势力已趋于巩固，取得解放战争的胜利指日可待。为了保证作战的顺利与建设中原解放区，巩固政权，中共中央和中央军委决定加强中原局的领导，从而协助刘少奇、邓小平的军事和政治斗争工作。5 月 9 日，李先念被任命为新组建的中原军区第二副司令员。但由于长期征战，翻山越岭，饥寒交迫，营养不良，李先念患上多种疾病，中共中央中原局遂决定送他到华北解放区治病休养。在邢台养病的他仍然每天阅读报纸，了解时局变动，时刻关心着全国的战局与中共中央的工作。1948年10月6日，淮海战役爆发。解放战争进入高潮，前方封封捷报传来，使在邢台养病的李先念按捺不住内心的喜悦，同时认为“胜利在望，我自己袖手休养，每思比病还苦闷得多”，因此渴望为国冲锋陷阵，于是他向中央军委发电“请缨”，希望能够回到中原战场为国效力，中央军委不忍拒绝便复电同意了这位老将的请求。这封信语言简短，却表现了李先念强烈的爱国热忱与为国为民的无私奉献精神。

（2）第二封书信解读。

改革开放之初，我国进入快速建设发展阶段，而黄河水害，严重影响人民日常生活，同时阻碍了我国的发展步伐，在“工业等电、农业要电、人民盼电”的呼声中，我国政府派出大量专家团队进行实地考察。科研团队大量调研、仔细论证后，最终决定在龙羊峡建立一座水电站，并在龙羊峡至青铜峡之间修建十几个梯级水电站，一来缓解西北地区电力供应不足之问题，二来灌溉农田发展农业，改善当地生态环境。当时这项工程由水利电力部第四工程局负责，当第四工程局的同志们来到龙羊峡时，陡立的峭壁、大片的荒漠却将他们难住了。由于当地水害严重，农业不发达，粮食和蔬菜以及农副食品供应严重短缺，且地理位置偏僻，人烟稀少，子女上学、家属就业成为一大难题，同时工程周期漫长，非二三十年不能完成。因此，解决职工生活难题就成了当务之急。李先念一直高度关注我国的水利建设事业，当他得知这一情况后，意识到必须妥善处理好这些问题，调动施工队伍的积极性，否则将对整个工程进度造成重大影响。他敏锐地意识到，如果这些问题不解决或解决不好，就会影响施工队伍的情绪，于是他立即给水电部部长钱正英、中共青海省委书记谭启龙、中共甘肃省委书记宋平写了这封信，指出问题的严重性，同时提出了解决这些问题的具体参考措施并希望他们“一定要抓紧抓好”，保证工程质量。这封信发出后，问题很快得到解决，水电部第四工程局的建设者们不再有后顾之忧，因此能以饱满的工作热情投身于水电站的建设。

而今龙羊峡人工水库已成为美丽的旅游景点，大坝锁黄河，高峡出平湖。碧波荡漾，湖光山影，苍穹碧野，令人心旷神怡。李先念在关键时期，始终把人民大众放心头，把祖国建设放心里。这封信昭示广大领导干部，在建设过程中关心群众生活、注重工作方法才是建设祖国的法宝。

（3）第三封书信解读。

改革开放以来，我国社会向好向快发展，经济活力得到释放，教育事业也步入正轨，1985 年 9 月 10 日，我国 900 万教师迎来了第一个教师节。第一个教师节的到来，是我国知识分子数十年任劳任怨、辛勤劳动的结果，是以邓小平为核心的第二代党中央领导集体拨乱反正、重新确立知识分子在我国社会主义现代化建设事业中的重要地位的结果，是中国特色社会主义建设与发展的结果，为庆祝这一神圣的节日，国家主席李先念向全国教师发来了这封贺信。

李先念在信中高度赞扬了我国教师“为提高全民族的科学文化水平，为培养数以亿计的有觉悟、有文化、有健康身体的各行各业的劳动者，为培养上千万能够适应现代科学技术发展的专门人才，作出了巨大的贡献”，将教师誉为无私的春蚕与辛勤的园丁，并对教育工作者所担负的历史使命寄予殷切希望，盛赞教师“不愧为全国人民的一代楷模”，并对教师致以深深的感谢。同时，指出“教育是崇高的事业。教育要面向现代化，面向世界，面向未来”“国将兴，必贵师而重傅”，号召全社会形成尊师重教的良好风气，认真倾听教师的心声，切实解决教师的需求，彼此携手促进我国教育事业的蓬勃发展。

全信真诚而热烈，充分表达了老一辈革命家重视教育、重视知识、尊重人才的可贵品质，是党和人民对全国教师的致敬与礼赞。

关于发展青年组织的几点建议

——钱瑛

（一）人物简介

钱瑛，中华人民共和国监察部第一任部长，祖籍湖北咸宁咸安区马桥镇，1903年出生于湖北潜江周家矶。早年留学莫斯科东方大学和列宁学院。1933年4月，周超英被捕叛变，带领国民党特工总部上海行动区的特务去抓捕钱瑛。1933年7月12日，钱瑛被判处15年有期徒刑，移送江苏第一监狱服刑。她始终未承认自己的共产党员身份，并4次组织狱中绝食斗争。1952年年底，钱瑛奉调进京担任中央纪委副书记。1954年9月，钱瑛任监察部部长，并兼任中央纪委副书记。

（二）书信原文

钱瑛致刘宁一的信[1]

一九四六年一月六日

刘宁一同志：

这里有一份青年组交来的材料，有关青年的组织形式和意见，我们准备详细研究，但若飞同志很忙。尚未能正式讨论。我和方方同志阅此材料后，有下列几点意见：

（一）据点形式过去收了很大效果，现在甚至将来一个时期在收复区，那里党的组织尚未建立或很薄弱，群众组织亦无基础时，尚可以个别党员或进步群众，建立工作据点。

（二）如果在同一地区有几个据点，尚无党的领导机关，在平时这些据点仍应互不打通，只在某一种共同行动（如昆明的学运）时由党派人去领导，把各据点负责人会同磋商某种问题以便配合。但不互知组织情形。

（三）当据点已经发展，到需一定的组织形式时，即是说群众基础扩大，党仍薄弱，如昆明、成都则应按各业务阶层的群众不同的要求、不同的具体环境，组织不同形式的广大群众的核心组织；不应如昆明的民青或成都的民协、重庆的民工，以一种名称、形式、纲领、章程，统一大中学，以至职业青年及工人。这样发展下去，更加庞大，势必不能秘密，也不能适合各阶层群众的要求。我们以为昆明的民青是有危险性的。

（四）至于将来假使各地党建立起来，民主运动开展时，应利用各种公开合法的形式去组织广泛的群众。对于一部分较进步的群众，为了加强他们〈的〉教育，满足他〈们〉的政治需要，并经过他们去推动和团结更广大的群众，

---

[1] 书信资料来源：徐塞声．中共中央南方局历史文献选编（下）[M]．重庆：重庆出版社，2017:1066-1067.

则可用各种不同的，如座谈会、研究会、同情小组等等团结他们，不必另建有系统的秘密的共产主义青年团类似的组织成为第二党。所以秘密的群众的青年工作委员会也不必要，应是由党统一领导。这就要连［联］系到党在城市的组织形式。我们认为将来在城市党的组织形式，应按生产部门建立工作委员会，如学生工作委员会、工人工作委员会、文化工委会等等，假使如青年组所提的意见及现在民青民协等，则似乎是新民〈主〉主义青年团，这当然比共产主义青年团会广泛些，但是否必要？从抗战初期和目前都是似乎总脱不了一种统一的类似青年团的组织形式。我们尚不了解这是否因实际情况的需要，还是因过去旧的传统所影响。特将此材料附来，请你仔细研究后给我们一个回答，帮助我们研究，为要。此致

布礼！

钱瑛

一月六日

阅后请即研究并希千万给我回示，如无机会带详细文件亦请以电报简单告之为要。

此次附廖志高同志信中的两个草案也请你研究，回示。

瑛又及

（三）书信解读

这是钱瑛针对青年组织问题写给刘宁一的一封信。刘宁一（1907—1994），原名史联甲，河北满城人，1925年加入中国共产党，无产阶级革命家、中国工人运动的杰出领导人。1946年，抗日战争已经结束，中国人民终于迎来了来之不易的和平。中国共产党的规模和影响力也在这场战争中得到了明显的扩大和提升，新民主主义革命和共产主义的思想越来越广泛地浸润到青年人的思想中，各种以新民主主义抑或是共产主义为旗帜的青年组

织涌现，中国共产党内部也在思考是否应当成立新的青年组织或革新青年组织的组织形式。对此，钱瑛给出了明确回应，她强调要从实际出发考虑青年组织的问题，若脱离了客观实际，那无论何种的组织形式终归是要失败的，应该具体问题具体分析，灵活采取组织形式。针对成立新民主主义青年团一事，钱瑛提出了“但是否有必要”的问题。钱瑛始终以全局和整体视角来看待革命问题，工作的每一项任务，也终归是为革命而服务的。钱瑛同志将马克思主义理论密切联系实际，用以解决实际问题，体现了一位马克思主义者良好的思想觉悟与个人修养。

彻底地着实地消灭敌人，胜利才真正属于我们

——穆汉祥

（一）人物简介

穆汉祥，1924年出生于湖北武汉，祖籍天津，回族，幼年时全家迁居重庆。中学毕业后，进兵工厂做工，经常和工人一起议论时事政治，由于特务的迫害，他被迫离开工厂。1945年秋，他考入在重庆的交通大学，抗日战争胜利后随校迁往上海。在学校里，他努力学习马列主义，积极从事革命活动，1947年5月加入中国共产党。他庄严宣誓："我要做泥土，献出自己的血肉，给人民铺成通向共产主义的道路。"1949年上海解放前夕，穆汉祥同志接受党的指示，负责徐家汇地区各工厂迎接解放的准备工作，不幸被国民党特务逮捕。同年5月20日英勇就义，时年25岁。

（二）书信原文

给杨锡林的信[1]

锡林[2]：

今天反倒收到你八月二十二日的信，很奇怪？但是我是高兴的。

久未给你写信，一方面因我时间大部分被工作占据，剩余的时间我都很疲倦，懒得写信，现在我又在打哈欠了，但是看到你的信，我兴奋，我不愿时间拖延不回你的信。

从前我在考虑是否给你写信，因为我的思想、我的言论，总是反对现在执政的政党，我觉得他们是总理[3]的叛徒，他们走上了袁世凯第二。几十年的革命，没有把中国走［引］上进步的路上去，反要把几千万人民〈用〉血汗得来的胜利送掉。贪官、污吏、政治的腐败，跟满清末年一样，比那时还要利［厉］害。那时他们嚷国家危急，要革命，现在不危急吗？他们糊里糊涂就要把这四万万人的国家送掉，那时我不愿写，一写我就是憎恨，这要影响你平静的生活，会给你带来不幸。

对的，反对内战，全中国的人民谁不反对内战，只有王八蛋不反对。对的，八年的抗战[4]你受了好多苦，中国的老百姓都在受苦，那时一切贪污、腐败，人们都原谅。人们还有一个梦想一个希望，战后美满的梦，希望他战后会改好。但是胜利了，旁的事都不干，只晓得接收贪污，反而比战时坏。全国大部分在闹灾荒，他们偏要打内战。从前打日本只知会跑，现在打内战倒得意得挺凶，这些我们人民还有什么希望？……奴才不能受的一天也会反［翻］脸，看吧有

[1] 书信资料来源：中国青年出版社 . 革命烈士书信 [M]. 北京：中国青年出版社 ,1979:209.

[2] 锡林：杨锡林，穆汉祥烈士小学时的同学。

[3] 总理：指孙中山先生。

[4] 八年的抗战：指 1937 年抗日战争全面爆发至 1945 年取得胜利。

那一天！

你沉闷好吗？我不希望你有所行动，我只望你多读书，认清现在的中国。

祥弟

九月十五日

穆汉祥的家信[1]

父亲，母亲，奶奶：

钱已经收到了，请勿念。

上海这两天物价又在飞涨。鸡蛋已经卖到七元一个，合起法币来是两千多万了，这样的通货膨胀世界上全倒找不出第二个国家来的。

教育部一直在打算迁校，学生不愿意迁，教授也不愿意迁，谁都看得很明白，现在还有什么地方可以一迁呢？迁反而是死路，看见唐山交大迁校的例子真是惨不忍睹，倒不如老师学生团结在一起，一切问题都可以解决，清华、燕京就是一个好例子。

学校组织了应变委员会[2]，我被全校同学选出了，在这个时候当然应该尽力服务才对，存粮工作和寒假上课都大致完成了。忙虽然忙点，倒是非常安心的，上海局势这两天看来还平静，但实际上却是外弛内张，战争是一触即发的，看看就是旧年后的光景。上海随便都可以发生事体，在学校里三千多人，问题是可以解决的。在那时，请家里不要过于担心。动乱的时候，一个短时的没有信息是不足以为奇的。看看北平就知道了，过两天它们那里不就是一个快乐

[1] 书信资料来源：中国青年出版社．革命烈士书信 [M]. 北京：中国青年出版社，1979:210.

[2] 应变委员会：新中国成立前夕，地下党领导下的群众组织，主要任务是保护学校，迎接解放。

的都市吗？厂里加工，父亲又要辛苦的［地］工作了，心里是很不安的。

庆祥 秀刚 好

男 汉祥敬上

穆汉祥给交大同学的信[1]

四〇社[2]的朋友们：

争民主的斗争里，多少朋友牺牲了生命，我流点血，算不了什么，实在担受不起诸位友情的慰问。

自己这点伤，躺在医院，比起逮捕在集中营中的同学实在是够人惭愧。

够得上致敬的是他们。

今后望我们“团结”的工作更坚强，团结所有受苦难的人民，不幻想，不妥协，彻底的［地］着实的［地］消灭敌人，胜利才真正属于我们。

汉祥

二月二日

（三）书信解读

第一封信是穆汉祥写给杨锡林的信。杨锡林（1927—1953），出生于浙江省余姚市，生前为陆军战士。穆汉祥在信中用激昂的文字痛斥国民党反动政府的黑暗腐败，为国民党反动派撕毁和平协议发动全国内战之事气愤万分。展现了穆汉祥同志为改变旧中国黑暗环境的迫切心情，忠贞的爱国情感溢于字里行间。

第二封信是穆汉祥 1949 年初写给父母及奶奶的信。穆汉祥于 1947 年 5

[1] 书信资料来源：中国青年出版社．革命烈士书信 [M]. 北京：中国青年出版社，1979:211.

[2] 四〇社：是上海交通大学 1947 年进校的同学的进步组织。

月在上海交通大学学习期间加入中国共产党，从事学生运动。1949 年 5 月上海解放前夕，奉党的指示，穆汉祥负责领导各工厂迎接解放的准备工作，不幸被国民党特务逮捕，5 月 20 日英勇就义，时年 25 岁。他在这封信里结合周围发生的事实，分析了当时严峻的政治形势，向父母亲人表达了自己革命到底的决心。

第三封信是穆汉祥写给交通大学学子的信。1948 年 1 月 29 日，交通大学学生前往支援同济大学学生的斗争，穆汉祥同志在与国民党的搏斗中受伤。他躺在病床上仍不忘斗争，坚持写信给交通大学的同学，勉励他们要更努力地工作，为改变旧中国的面貌而努力斗争。

穆汉祥同志将改变旧中国与旧社会作为己任，面对反动派的垂死挣扎和对共产党人的疯狂扑杀，他面无惧色，在生命垂危之际仍然不放弃斗争，勉励后人继续前行。穆汉祥将自己的一生奉献给了祖国的解放事业，展现了一名共产党员的底色。

我精神上之重负第一大包袱算已解除

——徐向前

（一）人物简介

徐向前，原名徐象谦，1901年生于山西五台。黄埔军校第一期毕业生。曾任国民军第二军第六混成旅教导营教官、参谋、副团长。1927年任武汉中央军事政治学校少校队长，同年加入中国共产党。在广州起义中任工人赤卫队第六联队长。土地革命战争时期，历任工农革命军第四师第十团党代表、师参谋长、师长，中国工农红军第三十一师师长，红一军副军长兼第一师师长，红四军参谋长、军长，红四方面军总指挥，红军右路军总指挥、西路军军政委员会副主席。参加了长征。抗日战争时期，历任八路军一二九师副师长、八路军第一纵队司令员、陕甘宁晋绥联防军副司令员兼参谋长、中国人民抗日军政大学代校长。解放战争时期，历任晋冀鲁豫军区第一副司令员、华北军区副司令员兼第一兵团（后改为第十八兵团）司令员和政委。新中国成立后，历任中央人民政府人民革命军事委员会（中央军委）副主席、解放军总参谋长、中共中央军委副主席、国务院副总理兼国防部部长、国防委员会副主席、全国人大常委会副委员长。1955 年被授予元帅军衔。1990 年 9 月在北京逝世。

黄杰，又名黄书莲，1909 年 11 月 16 日出生于湖北省江陵县郝穴镇一书香门第。1928 年初加入中国共产党，是徐向前元帅的夫人。早年由于不甘忍受封建包办婚姻，黄杰离家出走，只身一人来到武汉。1927 年初入黄埔军校武汉分校女生队学习，她成为黄埔军校第一批女学员。黄杰曾任中共松滋县委书记，领导松滋县九岭岗农民起义。后任中共中央军委、临时中央局机关交通员，中共上海市闸北、沪东区委女工部部长，新四军军部服务团女生队队长，中共鄂西中心县委及施巴七县工作委员会常委，重庆第一保育院工场主任。1940 年，黄杰离开工作多年的白区，来到了日夜向往的延安，担任陕甘宁边区延安第一保育院院长、陕甘宁边区妇联组织部部长、青岛市总工会女工部部长兼纺织工会组织部部长等职，并在延安认识了同是黄埔军校毕业的徐向前。1946 年 5 月，经张琴秋介绍，黄杰与徐向前结为伴侣。新中国成立后，黄杰先后任纺织工业部人事司副司长、司长，后任政治部顾问和纺织工业部顾问；1985 年，当选为黄埔军校同学会理事；是第三届全国人大代表，第五、六、七届全国政协委员。2007 年 6 月 18 日，因病医治无效在北京逝世，享年 98 岁。

（二）书信原文

我精神上之重负第一大包袱算已解除。

——徐向前致妻子黄杰[1]

（1948 年 5 月 22 日）

黄杰：

临汾于十七日最后为我兵团攻下，顽敌为我全歼，总计自三月七日开始作战以来已整整七十天矣，不管伤亡消耗如何大，但总算最后取得了全胜！而我精神上之重负第一大包袱算已解除。因这个新诞生的婴儿新兵团，武力不强，装备又差，我自作战以来常常担心，甚至有时通夜少眠而焦虑万分。万一伤亡很大，消耗很大，而临汾又未能攻下，那时如何办呢？现总算最后的努力把它打下了，伤亡与消耗虽大，但总算过了难关，缴获亦不小（你看公报就可知道了），对以后内地打通后方的建设意义更大。尤其我们这个新兵团在这次战斗中得到了实战的大大锻炼，战力、士气大为提高，攻坚信心更为提高，这是物质以外难得到的收获。但因时间拖延甚久，伤亡和消耗甚大，心中深以为憾，有时自己竟觉得惭愧万分！

现晋南战役已结束[2]，部队和我正忙于休息与总结经验[3]，准备新的晋中战役的一切工作。作战后忙，似乎比打仗还要忙得多了。不过，我的身体还算争气，不只没有垮下去，而且日益有点进步。

这次部队对城市政策纪律执行得很好，系长时的多方教育与再三严申纪

[1] 书信资料来源：红色家书编写组 . 红色家书 [M]. 北京：党建读物出版社，2016：140−141.

[2] 1948 年 3 月 7 日至 5 月 17 日，经过 72 天的激烈战斗，解放军攻克国民党军重兵固守的临汾，使晋南地区全部解放，晋冀鲁豫和晋绥两个解放区连成一片。

[3] 临汾战役结束后，徐向前写下了《临汾战役经过和主要经验》《临汾敌之防御配系及工事构筑的实际情形》和《临汾战役战术总结》等报告。

律所获的结果。但东关之商业区因久处战斗中，已破烂不堪了；城内尚好，惟[唯]不及以前东关之繁荣。

已嘱张双友[1]注意给鲁溪[2]和小岩儿[3]买点好弄的东西。因时间来不及，如能买到的话，下次有便当带来。请告诉他们姐弟二人，不是爸爸忘记了，而是时间来不及。

你如还在冶陶，以早搬去邯郸附近找一适当村子住下为好，万不可让小孩住在市内，免飞机轰炸受惊。

乾[4]

五月二十二日

于临汾东之南乔村

（三）书信解读

这是徐向前1948年5月22日写给妻子黄杰的一封书信，在信中，徐向前告诉妻子临汾战役取得全胜的喜讯，自己精神上之第一大包袱算已解除。徐帅在信中提到，临汾战役自开战以来已整整70天，战役耗时长，消耗大，而新兵团武力不强装备又差，这样的持久战令自己甚至有时通夜少眠而焦虑万分，好在最终能攻坚克难取得胜利，能卸下负重，但又因“时间拖延甚久，伤亡和消耗甚大，心中深以为憾，有时自己竟觉得惭愧万分”。军队中的高级将领，在战斗中往往比普通士兵承受着更大的精神压力，因为他们做出的每一个战略决策都关系到上万甚至上百万士兵的生死，而上百万士兵的身后是上百万个家庭与希望，所以纵使战役最终取得了胜利，但由于战略消耗太久车马劳顿，徐帅心里感到深深的愧疚。战场与战将相

[1] 张双友：徐向前的警卫。

[2] 鲁溪：徐向前的女儿。

[3] 小岩儿：徐向前的儿子。

[4] 乾：徐向前的自称。

互成就也相互折磨。

汇报完喜讯，徐帅在信中也讲述了自己目前所做的工作，即部队休整与经验总结，也就是后来发表的《临汾战役经过和主要经验》《临汾敌之防御配系及工事构筑的实际情形》和《临汾战役战术总结》等报告，同时也谈到军队的纪律问题。书信结尾，作为一位丈夫，徐向前对妻子和子女的关怀在短短几句嘱托中充分彰显。1940 年，在延河水畔，黄杰与徐向前走在了一起，两个孤独的人仿佛找到了照亮人生的微光，从此相依，彼此携手走过战火的摧残，走进平凡的安宁。黄杰是我国革命历史上赫赫有名的女性，徐向前是驰骋沙场的杰出战将，端起“枪杆子”为民族，提起“笔杆子”为爱人，为国为家的理想。饱满丰盈的人格，使两人惺惺相惜。问世间情为何物？大抵如此。

我为了要保家卫国，便志愿来抗美援朝[1]

——4 位抗美援朝烈士

（一）杨泰炳烈士家书

（1）人物简介。

杨泰炳烈士，湖北省宜都市枝城镇何阳店村明月寺（新中国成立前属枝江县洋溪乡第七保）人，1947 年被国民党军抓去当兵，1949 年 7 月在华东参加人民解放军，编入二十七军八十师二四〇团三营八连任战士。1950 年 11 月入朝参战，后在朝鲜战场牺牲。

（2）书信原文。

双亲[2]大人膝下：

敬禀[3]者：男解放有半年光景，没有来信告诉我的情形，为儿有不孝之罪。不知大人玉体[4]是否安康？泰全[5]怎样？今年有结婚之日吗？请弟来信告诉我。男不能在大人面前拜年，只有在纸上向大人拜年慰问，表示儿的一点孝心。现

[1] 4 位抗美援朝烈士书信资料来源：湖北省宜都市老区建设促进会 . 宜都红色印记第一辑 [M]. 武汉：湖北人民出版社，2014：142-154.；湖北省宜都市教育局 . 宜都近代先贤家书选 [M]. 武汉：湖北人民出版社，2017：139-142.

[2] 双亲：指父亲和母亲。

[3] 禀：报告。

[4] 玉体：敬辞，犹言尊贵的身体。

[5] 泰全：杨泰炳之弟。

在把旧社会推倒了，成立了新社会。但是得到伟大的胜利，也是最困难的一年。请大人要努力生产，多想办法，为此生活，把今年过去。以后在毛主席的领导下，一天一天地就好了！不是在旧社会那样的［地］黑暗。男现在部队一切不一样，身体很好，请大人不要挂念。

古〈历〉元〈月〉三日泰炳寄

（1950年2月19日）

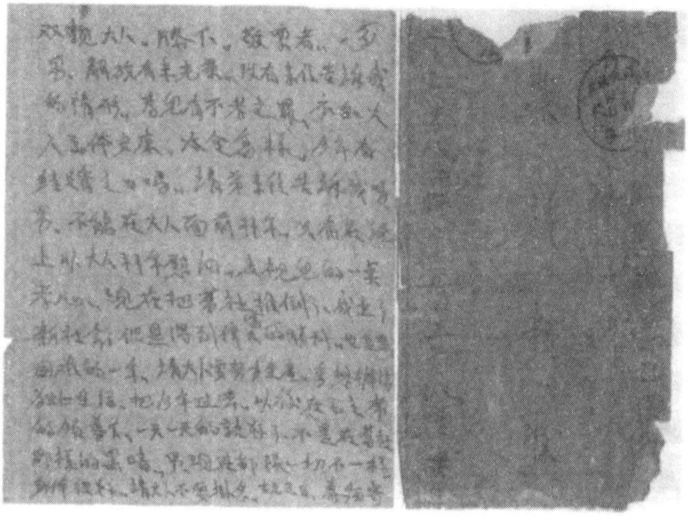

杨泰炳烈士家书

图片来源：湖北省宜都市老区建设促进会．宜都红色印记第一辑[M]．武汉：湖北人民出版社，2014：143.

双亲大人膝下：

敬禀者：男自出外有三次，就没有予大人寄信问候，这是儿不孝之罪，真是惭愧！在今天很是想念大人，但不知大人玉体是否安康？男在外不能尽孝，请大人要保重身体，不要替儿挂念。再者要请泰全弟在家要多多寻事做，父母年迈，就是你一人，好好予大人尽孝，再要替兄把小孩好好看照。兄在营身体很好，事事如意，请弟不要挂念。下次再谈吧。

祝全家平安！

男杨泰炳寄

古历三月初二日

（1950年4月18日）

（二）江德新烈士家书

（1）人物简介。

江德新烈士，1926年生，湖北省宜都市枝城镇九道河村人。1949年1月被国民党七十九军抓去当兵；10月在四川参加人民解放军，调赴江苏整训，编入二十军特务营三连任战士。1950年11月入朝鲜参战，后在朝鲜战场牺牲。

（2）书信原文。

双亲大人：

我军住江苏整训期中寄给家中一信，现不知收到否？不知大人近来身体好否？祖母外婆兄妹均好？家中已解放一年之久，大约实行了土改吗？以后家中生活就得好些。自已有了田种，再也不受剥削。我已正式参加人民解放军数月，政府对参军家庭是有照顾，已有困难一定要解决的，请大人放心。……（原件字迹不清处用省略号代替，下同。）我在整训结束后便参加九兵团二十军。那时的美帝正在发动侵略朝鲜战争，我为了要保家卫国，便志愿来抗美援朝。我军共与他们几支侵略军打了三仗，将他赶回南朝鲜，北朝鲜已全部解放。我在战场光荣地受了小伤，经医治后，现已能照常工作。我军正在休整期中，进行抗美援朝教育，并在准备再向前进。当地的一个共产党员的老……向全团来控诉美帝在他家将他的家人杀掉，若不是我们部队来得快，他全家都要被杀光。美帝在朝鲜……没有他做不出来的事情，比日本还要厉害。时间很短很短，现在在报纸上也可看到。

敬祝大人身体安康！

儿德新上

（1951年2月24日）

江德新烈士家书

图片来源：湖北省宜都市老区建设促进会.宜都红色印记 第一辑[M].武汉：湖北人民出版社，2014：144.

（三）李文椿烈士家书

（1）人物简介。

李文椿，又名李文春，湖北省宜都市陆城中笔社区丰家店人，1946年被国民党军队抓去当兵，1948年8月在河南省加入人民解放军中原野战军第九纵队（1949年2月改编为第二野战军第四兵团第十五军），1949年2月任第二野战军第四兵团第十五军四十四师一三〇团一营一连战士，参加淮海战役、渡江战役、解放大西南等战役战斗。1951年3月随军参加抗美援朝，后在朝鲜战场牺牲。

（2）书信原文。

李文椿烈士致父母的信[1]

……听说家乡被解放，男心中非常高兴。

[1] 信文前半部分缺失，仅存后半部分。

但男出外数年，家中事情不知如何，祖父大人现是否在也？福体健康吗？弟妹们现是否在家？身体是否强健？再其余我的妻子现还在家吗？如在者，叫她不必悲痛，要好好料理家事，男在胜利后可请假返里。如不在我家，请大人不必灰心，等男将来返里再说。余言后禀。

顺颂金安！

男文椿上

国历八月二十日自笔

（1949年）

李文椿烈士致伯父伯母叔父叔母的信

伯叔父母大人尊前：

启者：侄自别后无和大人面谈，只因侄参加人民解放军，在河南省和国民党军队相战，所以没有来音给大人，请大人不必挂念。

再因侄家中事情，请伯叔父母多多照顾料理，侄将来回家感谢大人之恩！现在文常哥嫂在家身体好吗？工作顺利？三弟文掌及侄女在家是否上学？请大人来信告知。侄现在第二野战军第四兵团第十五军四十四师一三〇团一营一连，如有回音，请寄上面部队番号。

祝你们身体健康！

侄李文椿上

八月二十日笔

（1949年）

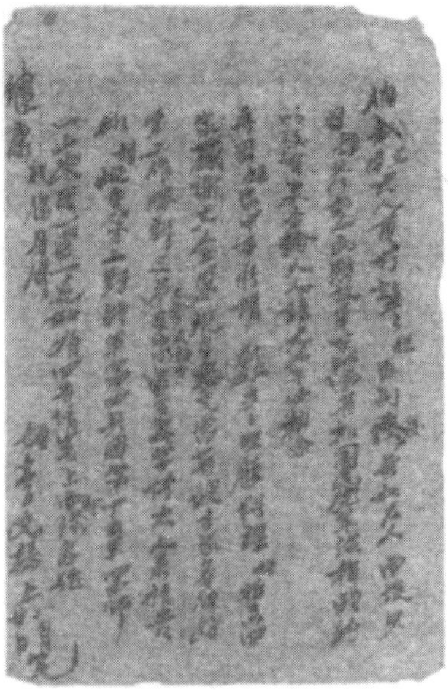

李文椿烈士致伯叔父母的信

图片来源：湖北省宜都市老区建设促进会 . 宜都红色印记 第一辑 [M]. 武汉：湖北人民出版社，2014：148.

（四）杨杰烈士家书

（1）人物简介。

杨杰，原名杨先加，1923 年 4 月生，湖北省宜都市枝城镇九道河村人。参军前在四川省眉山县学校读书，1950 年 6 月在眉山参加人民解放军第十八兵团六十军一八〇师五三八团三营七连任文化教员，1951 年 3 月随军参加抗美援朝，后在朝鲜战场牺牲。

（2）书信原文。

杨杰烈士致父母的信

亲爱的父母大人：

儿二月三日接到您们寄来的鞋袜，但里面并没有信件，不知是未写还是遗失了，儿也不得而知，请大人来信告知为盼。

敬悉大人福体安康，一切如意，哥哥与嫂嫂、妹妹、侄儿均好。关于今年收获方面谅也很好，念！念！

儿本应该收到鞋袜后立即回音的。儿明确了革命道路，光写家信是不能解决问题的，为什么呢？因为我们开学以来至今已经学了三月之久了，同时也学了四个阶段，可说只有第三个阶段最宝贵了。因为我们在第三个阶段是思想大革命，除旧换新，大胆揭露坏的思想，吸收马列主义思想与毛主席的思想。因为我们在蒋管区的统治下，受了十多年的奴化教育，所以这次才来了一个思想大革命。

儿学了四个阶段：

一、社会主义发展史。明确了劳动创造了世界——人，因为没有劳动的创造，就不会有今日的人类历史，所以世界上的事事、万万物都是由于劳动创造出来的。如：我们在蒋匪的统治下只晓得“万般皆下品，唯有读书高”。这都是鄙视劳动者、轻视劳动者，认为劳动都是下等人作的。现在我学了社会发展史，明确了劳动是光荣的、伟大的，阶级斗争是推动社会的原动力，阶级社会里面的阶级斗争是社会必然的产物。

二、中国革命与中国共产党。明确了划分阶级成份［分］，才晓得家庭是一个什么成份［分］，同时也知道了没有共产党就没有新中国。

三、思想大革命。同学们能把在旧社会里所受的毒素——如：有的参加三青团、国民党这种反动组织，能够在这次思想革命中均能大胆暴露出来。再者，有一部分人是在旧社会里曾经杀过人放过火的，强奸妇女、做小偷的，也可以大胆揭露出来，作［做］一深刻的认识，并且能够痛改前非。

四、人民军队一切是为人民利益出发的。不拿老百姓一针一线，不打人、不骂人，帮助老百姓生产，态度和蔼，处处礼貌。尤其是剿匪几天不吃饭、不睡眠，日夜追剿土匪，在四五月的当中消灭五万余人土匪。

现在我们校中（学习生活）要结束了，马上就要离开本校，到工作岗位上去为人民服务。儿现在经过数月来的改造，能够把从旧社会里所带来的污秽洗刷干净，成一个完整的新人。儿现在坚决背叛原来阶级立场，为人民做一个好长工。

最后，希望哥哥、嫂嫂在家庭好好生产，因为我们从前受了三个敌人残酷的剥削与压迫，现在已经翻身过来了，再也永远不会受它们的剥削与压迫了。三个敌人：封建势力、官僚资本主义、帝国主义，另外就是地主恶霸现在都打倒了。儿现在站在革命阵营上，绝对为新民主主义社会奋斗到底！儿现在就要革封建势力、官僚资本主义、帝国主义与地主恶霸的命呢！

本校六月二十八日行毕业典礼，想我的内人在家辛苦，我不能返家亲爱，因路隔千里，难以如愿。望祈双亲大人对于我的内人格外原谅看待，为祷为盼！

儿近来身子均好，请勿念！时间不早了，再谈。

专此敬祝福安！

儿杨杰叩

六月二十三日

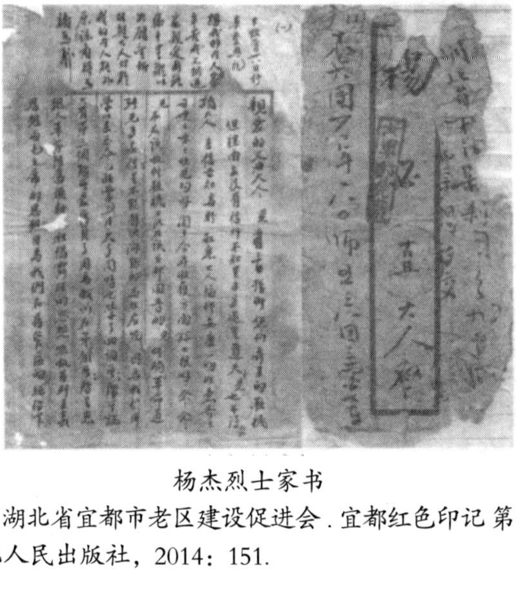

杨杰烈士家书

图片来源：湖北省宜都市老区建设促进会 . 宜都红色印记 第一辑 [M]. 武汉：湖北人民出版社，2014：151.

杨杰烈士革命军人证明书

图片来源：湖北省宜都市老区建设促进会 . 宜都红色印记 第一辑 [M]. 武汉 : 湖北人民出版社，2014：152.

（五）书信解读

1950 年 6 月 25 日，朝鲜战争爆发，美国为维护其在亚洲的领导地位和利益，立即出兵干涉，并命令美国第七舰队驶入我国台湾地区的基隆、高雄两个港口，在台湾海峡巡逻，阻止中国人民解放军渡海进攻台湾。10 月 1 日美军越过北纬 38° 线，同时美军飞机多次侵入中国领空，轰炸丹东地区，战火烧到鸭绿江边。10 月 8 日，朝鲜政府请求中国出兵援助。美帝国主义明目张胆的挑衅行为对新中国的战略安全构成重大威胁，我国政府做出“抗美援朝、保家卫国”的决策，组建中国人民志愿军入朝参战。10 月 19 日，中国人民志愿军在彭德怀的率领下，跨过鸭绿江，赶赴朝鲜战场，“抗美援朝，保家卫国！”的号角正式吹响。

以上收录的正是在抗美援朝战争中为国牺牲的 4 位烈士的家书。4 位烈士生前都曾是解放军战士。艰苦卓绝的斗争推翻了压迫的旧社会，新生的中国如雨后春笋般成长起来，新旧社会的鲜明对比，他们对黑暗的旧社会无比憎恶与仇恨，对光明的新中国无比热爱与向往。当新中国的安全受到威胁时，他们义无反顾地加入百万大军，跨过鸭绿江，保家卫国，巩固新生的政权。他们在战场上浴血奋战，也不忘鼓励亲属在百废待兴的土地上："努力生产，多想办法，为此生活，把今年过去，以后在毛主席的领导下，一天一天地就好了！"不忘宽慰亲人"实行了土改，以后家中生活就得好些。自己有了田种，再也不受剥削"。因为从黑夜里抓住了希望，至此便愿意为希望奋不顾身。

在抗美援朝的战场上，他们是为国拼杀的勇士；在魂牵梦萦的故乡，他们为人子、为人兄、为人夫、为人父。卸下盔甲，提笔寄思。"烽火连三月，家书抵万金"，对亲人的思念只能通过薄薄的泛黄的信纸传达。他们为不能尽孝而愧疚："儿有不孝之罪。"为不能欢度佳节而失落："不能在大人面前拜年，只有在纸上向大人拜年慰问，表示儿的一点孝心。"从弹火纷飞、冰天雪地的朝鲜战场寄去书信："敬祝大人身体安康！"他们挂念弟弟的婚事和祖母、外婆、兄妹，还有侄女的学业，为不能尽到丈夫、父亲之责而愧疚，戎装在身只得嘱咐兄弟伯叔帮忙料理家事。他们急盼得到故乡亲人的消息，在信封上加批"请勿遗失，火速回音"。他们挂念的太多太多……可为了守护挚爱的中国，他们不得不抛开这一切。"我为了要保家卫国，便志愿来抗美援朝。""请大人不必挂念。"哪有什么岁月静好，只不过有人替我们负重前行。国之大爱者，生者不敢忘，也不能忘。

革命之友谊，永无磨灭之日

——陈秀山

（一）人物简介

陈秀山，湖北洪湖人。1920 年起在新堤市当搬运工人。1926 年加入中国共产党。曾任新堤市总工会委员长兼市码头工会委员长、湖北省总工会委员长。1930 年出席在苏联召开的赤色职工国际第五次代表大会。回国后，任中共湖北省委委员。1938 年底参与领导应城矿工起义。后任鄂豫边区第一支队政委、中共随枣中心县委书记、汉沔中心县委书记、天汉地委民运部部长、辽南五地委城工部部长、旅大市总工会党组书记、全国总工会执委。新中国成立后，历任武汉市劳动局局长、湖北省总工会副主席，是第三届全国人大代表。

刘崇龙，又名启沛，湖北省监利县白螺韩家埠人。1925 年在武昌荆南中学任职员，同年加入中国共产党。1926 年以湖北省农民协会特派员的身份回监利县领导农民运动，任县党部农民部部长、县党务讲习厅厅长。大革命失败后，回韩家埠开展革命活动，并将监利县委、鄂中南部特委机关设在自己家里。先后担任监利县委委员、鄂中特委委员、湘鄂西特委委员等职。1930 年底，不幸被捕，壮烈牺牲于小沙口，时年 32 岁。

（二）书信原文

明理老伯赐鉴：

日前由京参加全国劳动局长会议返汉，行装甫卸，即拜读来函，循诵再三，百感交集，真不啻从天而降也。函中所言，去年古七月之来信，至今尚未获悉。

忆革命之初。韩家埠乃革命之策源地，老伯暨崇龙同志致力于革命工作，餐风露宿，备尝艰辛，其崇龙同志对革命之忠诚及与为革命捐躯之英勇尤为人所敬佩。

革命之友谊，永无磨灭之日。年来秀山虽为革命南北奔走，然对老伯之怀念，无时稍释。抗战初期，秀山在监沔一带游击时，即开始寻觅诸烈士之遗孤，拟予加以培植或给以抚恤。是时，秀山曾指派兴田卢君取得联系，但老伯不允外出，致使诸同志之初心化为泡影，遗憾殊深。

至函中所言，家无劳动力，生活清苦之事，亟希解决。秀山拟于近日渡江谒李主席面陈此事，并拟手函至新堤专署恳予给以照顾。专此拜复！恭送夏绥。

晚

陈秀山

四月二十一日[1]

陈秀山书信正面 （监利博物馆供图）

[1] 书信资料来源：监利博物馆特别提供。

陈秀山书信背面 （监利博物馆供图）

（三）书信解读

1926年6月，中共韩家埠支部成立，支部地址就设在刘崇龙家中，刘崇龙担任支部书记。1927年5月，反动军官许克祥在湖南长沙发动反革命政变，史称“马日事变”，在此期间，陈秀山带领自卫团以韩家埠为根据地开展革命运动，同刘崇龙并肩作战、朝夕相处。为了领导鄂中各县党组织发动农民武装暴动，1927年9月，中共鄂中（南部）特委成立，于是，在刘崇龙等人的领导之下，韩家埠成为秋收起义时洪湖地区的暴动指挥中心。刘崇龙的父亲刘明理也是一位具有爱国热情的仁人志士，十分支持儿子参加革命运动，在自己家里开了一间鱼行，替刘崇龙和他的战友做掩护。

然而，1928年，在贺龙的领导下，荆江两岸爆发了激烈的年关起义，同时，也遭到了反动派的顽固反扑。1930年底，刘崇龙在沔阳白庙被捕，后于小沙口英勇就义。此后，陈秀山将战友的父亲当作自己的父亲尊敬爱戴。并于1950年参加完全国劳动局长会议后给刘崇龙的父亲写下这封信，从书信的字里行间，我们能够看出，陈秀山对刘明理老伯的至深感情。

陈秀山对革命烈士的敬仰，以及对其子女的关怀是至深至切的，在抗日战争期间，他仍然关照革命烈士的遗孤，为他们解决生活困苦的问题。

陈秀山对革命友谊的珍重，对革命战友的想念，在这封书信中表现得细致、立体。在信中，他以谦卑、细腻的口吻，向革命战友之父表达了深切的思念之情，以战友之父为父，侧面体现了他与刘崇龙的至深友谊。

笔者于监利博物馆搜集资料，第一张图片为笔者与监利博物馆李毅馆长的合影，第二张图片为李毅馆长带领笔者参观馆内陈列资料

共产党人以打破压迫剥削，创造劳动者的幸福为乐

——刘真

（一）人物简介

刘真，原名刘绂传，号公黼，1913 年 1 月 14 日生于湖北省宜都县陆城一个大地主兼商人家庭。其曾祖父靠承办县衙田赋、契税而发家，拥有良田千余亩，商铺、作坊近 10 家。其祖父是清末秀才，曾任县商会会长，家境较富足。刘真 7 岁入学，先后就读于宜都县立高等小学、尚实中学附小、湖北省立第八中学。九一八事变后，刘真投身于抗日救国运动，任湖北省立八中救国会干事。1933 年 3 月在上海加入共青团，后因病回乡。1936 年考入武汉大学文学院史学系。1938 年 3 月加入中国共产党，历任中共宜都支部书记、当阳县委书记、荆当远中心县委委员兼宣传部部长、襄西地委宣传部部长、襄河地委常委、新四军第五师第三军分区政治部主任、襄西中心县委书记兼襄西指挥部政委、江汉区第四地委副书记兼第四行署专员等职，为襄西抗日民主根据地的发展作出重大贡献。中华人民共和国成立后历任中共宜昌市委副书记兼宜昌市市长、宜昌地委副书记兼宜昌专署专员、湖北省财经委员会秘书长、武汉

大学党委书记、湖北省委副秘书长兼省委办公厅主任等职。1978年9月离职休养。2009年1月26日，刘真在武昌逝世，享年96岁，生前留下遗嘱，要求死后丧事从简，不在媒体上发表讣告、不举行遗体告别仪式、不保留骨灰。在人生的最后时刻，他再次以超凡的襟怀，展现了一位老共产党员的高风亮节。

（二）书信原文

共产党人以打破压迫剥削，创造劳动者的幸福为乐。

——致儿子刘景苏[1]

春儿[2]：

两〈封〉信都收到，第二〈封〉信说你的思想波动，不安心工作，已获得解决，我很高兴！

从你第一〈封〉信看，什么原来志向是投军从戎[3]，而结果成了投军从笔，当誊写，不是学技术，在部队不如在学校进步快。这是个人英雄主义，不愿做埋头苦干的无名英雄。人民需要你去“从戎”，你就去“从戎”，如果人民需要你去“从笔”，组织上决定了你去“从笔”，你就应当服从组织决定，老老实实去做一个誊写员。从你这次思想波动，看出来你（或你们）的“从戎”不全是响应祖国的号召，不全是为了人民，这其中有个人主义，因为一个真正全心全意为祖国为人民的革命青年，他会毫无二心的［地］去接受人民给他的任何工作，而把个人所谓兴趣、爱好等等，放在极次要的地位。要知道什么是个人兴趣？把人民给你的工作任务（任何的工作）完成，获得经验，

[1] 以下几封书信资料来源：湖北省宜都市教育局．宜都近代先贤家书选[M]. 武汉：湖北人民出版社,2017:125-134.

[2] 春儿：刘景苏的乳名。

[3] 从戎：指投身军旅，同“从军”。

提高了革命觉悟，锻炼了组织性，这就是最大的快乐！“个人兴趣”是从属于阶级生活与事业的。地主资产阶级以压迫剥削劳动者为乐，而共产党人则以打破压迫剥削，创造劳动者的幸福为乐。

誊写是小事情吗？不如技术重要吗？认为誊写是小事、誊写员是小人物，这是剥削阶级的思想。共产党人所理想的新社会，事情、人物都无大小之分，只是各人的工作岗位不同罢了。社会生产和工作各按其能胜任的分工合作，才能办好。一架伟大的机器少了一个螺丝钉却不能活动。应当反躬自问[1]：是不是把誊写工作做好了？例如没有丝毫差错、印刷出来清楚、按时完成、没有积压等等，做好了，即是进步。内战时代，上海秘密党一个刻写中央刊物的同志，写的［得］又小又清楚又从来不出差错，成了刻写工作的旗帜，党当时号召我们向他看齐（我当时也当刻写员）[2]。如果做不好，写印的［得］不清，使人们看不懂或看得很费力，或写错了弄错了辞意，更可能误大事，则是退步或不负责任，或没有好好为人民服务。你的誊写工作做好了没有？不见你提到，而空洞地讲什么不如学技术，没有进步，这是不对的。因工作不安心，而抱怨到老干部在生活学习上不关心你，但今天你来信又说同志们帮助你解决了思想问题，很显然不是老干部不帮助你，而是你自己思想出了毛病。而且，怎样才算帮助呢？同情你闹情绪吗？同情你不屑于做小事情的个人主义吗？我很放心他们恰恰没有这样做，而利用思想斗争武器帮助了你，这才叫真正的帮助。要求他们在生活上体贴关心，这是小资产阶级的情绪。革命者是由于政治上、思想上的团结一致而建立起革命感情来的。

[1] 反躬自问：回过头来检查自己的言行得失。反：反过来。躬：身体。

[2] 1933年3月，刘真经同学苏震介绍，到上海参加中共地下斗争，又经宜都同乡、中共上海闸北区委委员张翩介绍加入共青团，从事刻写革命传单、刊物的工作。

改发票那件事[1]，虽然不大，但是问题性质是严重的，应向组织作[做]检讨。小田[2]的家庭困难，待我查明后予以解决。希告他安心工作，勿挂念。

爸爸

五一年三月二十三日

这不是一个革命青年军人应有的性格。

——致儿子刘景苏

春儿：

信悉，同学们检查你的思想，指出几个重点，我认为是完全对的。但恐还不全面，你应当自己再检查一下，是否有地富[3]思想？它表现在什么具体问题上？例如对土改[4]、镇反[5]的政策与实际斗争，思想情感的真正情况如何？在

[1] 1951年，南京军事学院保卫部的一位老同志出差后报销时，有一张发票少了200元（旧人民币，相当于新人民币2分钱，按1951年物价，旧币200元可买一个鸡蛋），刘景苏建议他改动发票后报销。在随后的反贪污、反浪费、反官僚主义运动中，刘景苏对此事主动进行了自查、检讨，并写信告诉了父亲。

[2] 小田：刘景苏在宜昌行政干校读书时的同学田义杰。1950年12月与刘景苏同时参军，分配到南京军事学院，后派往苏联留学，离休前任国务院重大装备领导小组办公室总工程师。田义杰的父亲是宜昌市一名个体船工，子女多，家境贫寒，生活困难。刘景苏参军后，写信请父亲刘真对其家庭给予照顾。

[3] 地富：地主、富农。1950年6月30日，中国开始了全国范围的农村阶级成分的划分。即根据当时中国的土改现状和需要，将农村阶级划分成了地主、富农、中农、贫农、工人。地主：指家庭拥有土地，其成员不参加劳动的人。富农：一般都占有生产工具和活动资本，大多有一部分土地出租，但他们一般都自己参加劳动，因此又是农民的一部分。

[4] 土改：指1950年冬至1953年春开展的土地改革运动。土地改革彻底摧毁了封建剥削制度，使全国3亿多名农民无偿分得了约7亿亩土地和大批生产资料，而且不必每年再向地主缴纳约3000万吨以上粮食的地租。这是中国几千年来土地制度的一次最重大、最彻底、最大规模的改革，封建土地所有制从此被彻底消灭。

[5] 镇反：指1950年12月至1951年10月在全国范围内进行的清查和镇压反革命分子的政治运动。镇压反革命运动基本上肃清了国民党残留的反革命势力和土匪，并清除了一批帝国主义间谍，使我国的社会秩序获得了前所未有的安定。

旧社会制度下生活十年余，所产生的思想意识往往潜伏很深，平时好像没有什么，到了关头（例如你伯父[1]被处决）才可能暴露出来，如不经过长期艰苦理论学习与严格的组织生活（经常开展群众性批评）和思想斗争，是不可能被揭发而获得解决的。

你到校不满三月，实较在宜读书一年半进步为快为大，我很高兴，希多请工农同志帮助你。

一团和气，好坏不说，没斗争性，这是由于你没了父母〈在身边〉，在恶霸人家寄养[2]，长期养出来的一种不良的卑顺性格。这不是一个革命青年军人应有的性格，要改正。

妈妈[3]到武昌开会去了。我在五月初将去汉口开会。

为你寄去午阳[4]近照一张。

爸爸

五一年四月二十八日

把工作做好是一个革命军人应尽的责任。

——致儿子刘景苏

景苏：

赵同志[5]今天会见我们，看到你的来信，知道你工作还好，听了很高兴。希望你努力工作、学习，如有一点进步，如果工作中取得了一些成绩，千万不

[1] 伯父：指刘景苏的堂伯父刘祝庚（刘祝庚的父亲刘礼忠与刘真的父亲刘礼孝是嫡亲兄弟）。刘祝庚，名经传，号祝庚，陆城大地主兼商人，曾任国民党宜都县参议会副参议长、县商会会长等职，1950 年冬在镇压反革命运动中被判处死刑。

[2] 在恶霸人家寄养：1939 年，刘景苏的母亲冯发贞病故后，因父亲刘真在外参加革命，刘景苏与两个妹妹被寄养在堂伯父刘祝庚家，1949 年 7 月，三兄妹回到父亲身边。

[3] 妈妈：指刘景苏的继母敏克，当时在宜昌市总工会工作。

[4] 午阳：刘景苏的大弟刘午阳。

[5] 赵同志：刘景苏在南京军事学院保卫部的战友，出差途经宜昌，受刘景苏委托看望刘真。

可自满自骄。把工作做好是一个革命军人应尽的责任，但如果工作中犯了错误，或有什么过失，应该勇于自我检讨，并虚心欢迎同志们的批评，能改正就是进步。任何因犯了过失，受了批评而灰心丧气，工作闹情绪，是不对的。

你的工作环境太好了，周围都是老革命同志，应虚心向他们学习。

遇见王鸿荣[1]和张卓吾[2]同志，说我问候他〈们〉。

寄你两张照片，都是最近照的。

爸爸

五一年十二月十日

毛主席指示每一个青年团员要做到“三好”

——致儿子刘景苏

景苏：

接到来信，一家人都高兴。因我们都正盼着你的信。毛主席指示每一个青年团员要做到“三好”[3]，似乎你正朝着这指示的方向在努力，工作已安心了，身体也比去年暑天强壮，只是学习不大好，也知道是缺点，有决心改进。但我认为你最缺乏的是阶级斗争的知识，自小在旧家庭和旧学校中长大，虽对旧家庭旧社会不满，但对劳动人民在过去受压迫受剥削的痛苦自己没身受过，也没实际经验，所以缺乏切肤之痛的阶级情感，所以不免养成你在斗争中表现软弱（在宜昌时）。这种思想状况，在参加部队的一年后，受了党和部队同志的教育、实际工作锻炼，我相信一定有进步。但似乎从来信中还看不出你已很重视这一问题，只提出学习抓的［得］不紧，这是不够的。

---

[1] 王鸿荣：陕西省礼泉县人，1932年参加红军，解放战争时期刘真在江汉区第四地委工作时的老战友，时为南京军事学院高级系学员，后任广州军区副参谋长。

[2] 张卓吾：宜昌县（今夷陵区）人，抗日战争时期刘真的老战友，时任南京市文教局局长。

[3] “三好”：思想好、学习好、身体好。

着重学习什么呢？锻炼从何入手呢？你现在机关工作，暂时可能没有直接参加社会改革的群众运动，或参加连队的群众工作的机会，但并非在机关就不能锻炼，应从学习中和你担任的工作中注意检查，锻炼自己观察与处理问题的立场、观点。比如对一个案子，为什么首长观察的[得]那么尖锐深刻？又[有]那么高的警惕性？而自己则麻痹一些，糊涂一些，这样联系批判自己思想，日久了就会进步，日子更久，就会使你锻炼得真正坚强。这些意见是我偶尔想到的，可给你的直接首长看看，作为他们教育你以及你自己学习的参考。

工作一定要负责、积极，身体一定要注意锻炼。爸爸身体坏，吃了大亏。我见你说工作已安心了，肯钻研了，身体也好起来了，这些证明你确有进步。因为任何三心二意、患得患失的人是不会愉快工作、学习的，也不会得到快乐的休息。

妈妈又生了小弟弟，叫喜雨，因天旱望下雨，生他那天正下雨。已两月了，长得很胖，和午阳同像，过几天为你寄照片去。你最近的照片即寄一张回来。望亲[1]已放假，念慈[2]大约最近几天回家。

给你寄去十五万元[3]。

爸爸

五三年七月二十七日

[1] 望亲：刘景苏的二妹刘望亲，当时在武昌读高中。

[2] 念慈：刘景苏的大妹刘念慈，当时在湖南长沙上大学。

[3] 十五万元：旧人民币。相当于新人民币十五元。

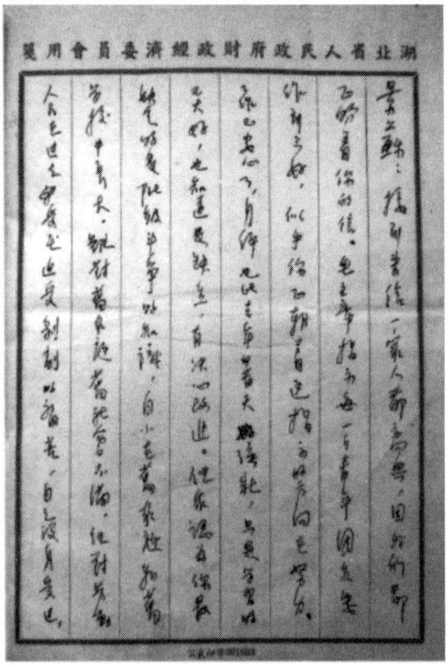
湖北省人民政府财政经济委员会用笺

1953 年 7 月 27 日，刘真给长子刘景苏的家书首页

图片来源：湖北省宜都市教育局 . 宜都近代先贤家书选 [M]. 武汉：湖北人民出版社，2017:134.

（三）书信解读

以上收录的是 1951 年 4 月至 1953 年 7 月刘真任宜昌市市长、宜昌专署专员、湖北省财经委员会秘书长期间，给时任解放军南京军事学院保卫部技术员的长子刘景苏的 4 封家书。

刘景苏，原名刘克群，乳名刘春，1932 年 5 月生于湖北省宜都县陆城。1939 年其母冯发贞病逝而父亲刘真在外参加革命，他与大妹刘念慈、二妹刘望亲被寄养在堂伯父刘祝庚家。1949 年 7 月回到父亲身边，进入宜昌行政干校学习。父亲为了纪念牺牲的战友苏震，将他改名为“刘景苏”，即“景仰苏震”之意。1950 年 12 月，刘景苏在抗美援朝运动中加入解放军，在南京军事学院保卫部历任工作员、技术员、助理员、干事等职。后任湖南邵阳军分区政治部宣传科副科长、南京解放军政治学院学员队副政委、江苏省司法厅公证管理处处长等职，1993 年离职休养。

在第一封书信中，作为一位父亲，刘真在意识到儿子不满于誊写员的工作时耐心教导其要踏实、安心做好党和人民交给他的工作，培养“螺丝钉”精神。在第二封信中针对同学对儿子的批评，刘真建议他要坚持理论学习，并敢于同自己身上的旧思想、旧文化做斗争。在第三封书信中，刘真告诫儿子有所作为要戒骄，有所过失要戒躁，敢于自我检讨。在第四封信中，刘真提醒儿子要理性地认识自己的不足，并在社会实践中锻炼自己、提高自己，同时要重视体育锻炼，身体是革命的本钱。

4 封家书，让人感到亲切无比。革命烈士对子女的严格要求与殷切期盼，如山水之情，坚毅温柔。前方是国，身后是家，忠于国，爱于家，在那个战火纷飞的年代，这样拳拳的深情像滋养初芽的春雨，给人希望，给人力量。

莫忧儿女事，常笑偕吾老

——董必武

（一）人物简介

董必武，原名董贤琮，又名董用威，号璧伍，1886 年生于湖北黄安一个清贫的教书先生家庭，17 岁时考中秀才。青少年时期的董必武，目睹清朝政府的腐朽专制和西方列强对中国人民的欺压掠夺，立志救国救民。是中国共产党的模范领导者，中国共产党的创始人之一，杰出的无产阶级革命家、政治家和法学家，是中国共产党第一代领导集体的成员和国家的重要领导人。

1911 年 10月 10 日，武昌起义爆发。董必武毅然奔赴武昌投入战斗，追随民主革命先行者孙中山先生，先后加入同盟会和中华革命党，参加辛亥革命和反对北洋军阀袁世凯的斗争。在俄国十月革命的影响下，董必武开始学习马克思列宁主义。五四运动爆发后，他在上海参加了这场反帝爱国运动。1919 年 8 月，董必武从上海回到武汉，创办私立武汉中学，这所学校成为培养新型革命人才的摇篮。在上海共产党早期组织的指导下，

1920年秋，董必武与陈潭秋等同志在武汉创建了中国共产党早期组织。1921年七八月间，董必武出席中国共产党第一次全国代表大会，成为中国共产党的创始人之一。董必武还积极发展中共湖北党组织，是湖北地区革命运动重要领导人之一。

1927年，蒋介石、汪精卫相继背叛革命，董必武与宋庆龄、邓演达、毛泽东等二十二人联名发表《中央委员宣言》，痛斥蒋介石、汪精卫，号召进行坚决斗争。1927年11月，中共鄂东特委举行黄麻起义，以董必武的名义出布告、发传单，号召工农开展武装斗争。在白色恐怖日益严重的情况下，董必武根据党的指示东渡日本。1928年，党组织派他到苏联学习。1932年董必武回国后进入中央革命根据地，为中央苏区的干部教育、纪检监察工作和法制建设付出大量心血。1934年10月，年近半百的董必武参加长征，他以超凡的勇气和毅力，历经千难万险，走完长征路。到达陕北后，他担任中央党校校长，为国家培养了大批领导骨干。中华人民共和国成立后，董必武担任重要职务。1975年4月2日，于北京病逝。

（二）书信原文

莫忧儿女事，常笑偕吾老。

——致何连芝[1]

贺连芝四十二生日日历稍迟纪诞辰，我先君后不须论。

层层世网都冲破，壤壤人寰已革新。

莫用心情悬两地，好同花鸟乐三春。

[1] 前4封书信资料来源：董必武，董绍壬．董必武家书[M]．北京：生活·读书·新知三联书店，生活书店出版有限公司，2016:2–13.

阳光普照身应健，保卫和平合大群。

一九五二年三月廿七日

一九六一年三月三日为连芝同志五十晋一诞辰为小诗祝之。

贻我含笑花，报以忘忧草。

莫忧儿女事，常笑偕吾老。

连芝同志：

我们已于昨日下午六时一刻安抵广州，车速比以前快六个多小时，在路上连停车的时间在内，只走了四十二个小时多一点，可说很快了。我在车上睡得多也睡得好，吃得比在家时多。沿途望见的地上都种了麦子，河北干一点也种上了。河南南部正在下雨，经过湖北湖南也是雨天。广东的晚稻成熟，已开镰收割。两湖和广东收成都比去年好。

我住在以前住过的大房子里，今年改住右边卧室。招扶我们的除小赖外都换了新人。我吃得睡得都很好，除在走廊散步外，今天一早起来，就出外散步，午前午后打乒乓球两次，球后又在室外兜圈子，今后就打算这么过。上车后大便也正常了，一天一次。

你咳嗽好些没有？小胖温度减低了吧！良羽[1]想必回京了，良翮[2]今天谅已出发。良翚[3]要她今后多到家里看看你。

我有一支老牌黑管自来水笔，这次没有带，放在我办公桌中间抽屉里，请告诉小曹清出来，洗一下，搁着，不要带来，我用不着。

---

[1] 良羽：即董良羽，董必武的儿子。当时在第七机械工业部三院工作。

[2] 良翮：即董良翮，董必武的儿子。当时在北京上中学。

[3] 良翚：即董良翚，董必武的女儿。当时在北京大学读书。

请告诉丁秘书把山东廿六军党委关于植树给我的第二次报告[1]和许秘书给烟台刘专员的信都交军邮带给我，将来和地方驻军谈谈，可能在植树造林上起点推动作用也。

牛医生很殷勤，丁毓奎、小梁都很好。顺问寓中诸人都好！

必武

一九六五年十一月十八日夜

为连芝同志抄主席语录一百条毕，题七言绝句一首。

百条语录见精神，革命箴言字字新。

反复诵歌基础奠，用之不尽葆终身。

一九七六年一月十二日

董必武给程致远的信

致远兄鉴：

日昨谈尊处训练队员材料事，特介绍桂涛声兄前来候教，希予接洽为盼。桂君系一有名作家，新刊物中多见其著作，如蒙竭诚相与，当于兄等工作裨益不少也。手此。

即顺

大安

[1] 第二次报告：1964年夏，董必武在烟台同中国人民解放军第二十六军党委负责人谈关于军队植树造林问题的设想，该军党委十分重视，并提出全军每年植树100万株的规划。1965年5月12日，第二十六军党委就去冬今春全军植树15.9万余株向董必武作了书面报告。6月19日，董必武在复信中指出："植树造林，消灭荒山荒地，绿化大地，是后方驻军常年工作之一。"10月20日，第二十六军党委又就部队参加植树造林是否妨碍战备以及地方机关与部队配合植树造林等问题向董必武作了第二次书面报告。

弟董必武

十一月十八日

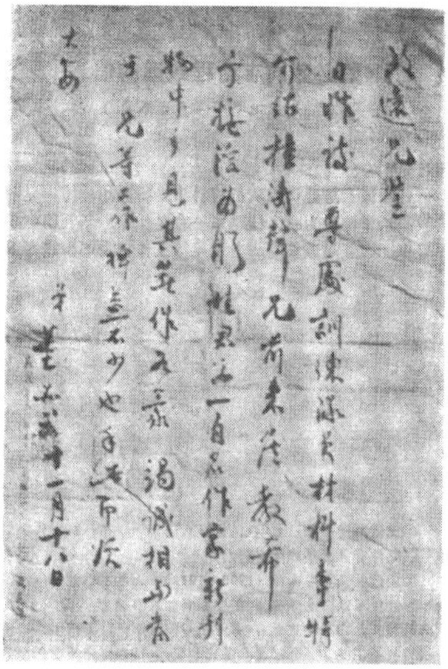

董必武书信原件

自满是进步最大的障碍。

——致董良新[1]

良新侄：

5 月 13 日信收到了。你想来京看看我们，这意思是可感的，但你已有一定的工作岗位，三反运动[2]后业务工作必定很紧张，我们伯侄单纯为一次见面而担［耽］搁工作是不好的，还是把这个念头扔掉，好好作［做］革命工作吧！你“能将个人利益服从革命利益，有勇气争取做一个光荣的共产党员”，这几

[1] 书信资料来源：董必武，董绍壬．董必武家书 [M]. 北京：生活·读书·新知三联书店，生活书店出版有限公司 ,2016:150.

[2] 三反运动：指 1951 年底至 1952 年秋在党政机关、部队和国营企业中开展的反对贪污、反对浪费、反对官僚主义的斗争。

句话很好，就照着这样干吧！党在考验你言行一致，一定会吸收你成为党员的。在三反运动中党已看出你的积极性，提拔你做了一些负责任的工作，你自己也学习了一些东西，千万不要自满，继续努力在团和党领导下工作着学习着，就会不断地进步。自满是进步最大的障碍。你母亲身体不健，年龄已高，仍想学习前进，我们不仅很高兴，而且很佩服她。她写给你的信很好，学习有进步，慢慢帮助她看浅近的报纸，使她也能注意世界上劳动人民的消息，不专想个人或一家的事，她的心胸就逐渐广大了。我们的像［相］片都是以前照的，清出三张寄给你收存。专此。

问候你母亲和你都好！

你母亲给你的信仍寄还。

伯父伯母字

五月廿八日

董必武同志给何小新的信[1]

（一九五〇年三月十七日）

小新同学：

接到来信，知道你别来这些年的经过。你愿意今后致力于人民的教育工作，并从事革命理论与文艺理论的学习，方向是对的。新国家的建设产业中，文化教育工作，也占很重要的位置，如能坚持岗位，努力工作，不仅可积累经验，日长见益，亦适合建国需要。至盼望贯彻始终，精进勿怠，好好为人民服务，此覆并祝进步！

董必武

三月十七日

[1] 书信资料来源：中共黄冈地委党史资料征编委员会办公室．鄂东革命史资料 第二辑 [Z]. 中共黄冈地委党史资料征编委员会办公室，1984:4–7.

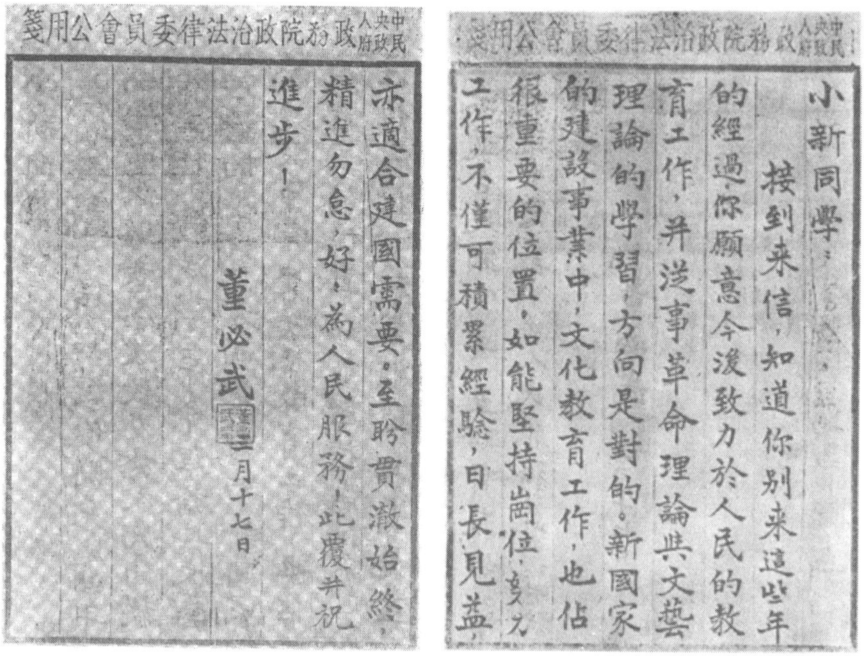

中央人民政府政務院政治法律委員會公用箋

小新同學：

接到来信，知道你别来這些年的經過，你願意今後致力於人民的教育工作，并從事革命理論與文藝理論的學習，方向是對的。新國家的建設事業中，文化教育工作，也佔很重要的位置，如能堅持崗位，多方工作，不僅可積累經驗，日長見益，

中央人民政府政務院政治法律委員會公用箋

亦適合建國需要。至盼貫澈始終，精進勿怠，好好為人民服務！此覆并祝

進步！

董必武

二月十七日

董必武给何小新的信

（三）书信解读

（1）前四封书信解读。

关于董必武的书信大多收录于《董必武选集》，信的原件现大多存于董必武纪念馆（位于湖北省红安县）。本节收录的前四封信分别是 1952 年、1961 年、1965 年、1967 年董必武写给妻子何连芝的家书。第一封和第二封信是他写给何连芝用以祝寿的，第三封信董必武讲述了自己的日常琐事，第四封是他写给妻子用以振奋精神的。

第一封和第二封信表达了董必武对妻子的深切爱意。第二封信中，“含笑花”和“忘忧草”出自元代白朴的《庆东原 · 忘忧草》，劝人忘却忧愁，常含笑口。“常笑偕吾老”这一句十分具有情景感，让我们不难想象二人白头偕老、相濡以沫的情境。第四封信中，“日历稍迟纪诞辰，我先君后不须论”一方面写出了董必武对妻子生日的祝福，另一方面也表达了他对社会环境和平宁静的真挚祝愿。“含笑”“忘忧”“莫忧”“乐”是董必武对妻子最美好的祝愿，他希望妻子在革命期间仍然能够拥有积极乐观的心态。两封书信都充满了诗歌的独特气息，富含雅韵，格调优美，反映了董必武对妻子的一片深情。

在第三封信中，董必武向爱人分享琐碎的生活日常，从沿途的天气、地里的庄稼、身体状况到文末的公务安排，从生活到工作，每一件小事的报备都是爱的证明。“我吃得睡得都很好”是叫爱人不要为自己担心。“你咳嗽好些没有？”是对爱人的牵挂。一件件琐事，透过细腻的笔触，流露出潺潺爱意。在信息化时代，静下心来提笔为爱人写信变成了非常奢侈的事情，但值得庆幸的是，这些前辈留下的红色书信能够让我们在当下细细品味过去那种“小火慢炖”的爱情滋味。

第四封信虽然文字简短但是却藏着感人之处。“为连芝同志抄主席语录一百条毕”，通过这一句，笔者推测在董必武给妻子寄这封信时也将《毛泽东语录一百条》的抄写本寄了过去，特别叮嘱妻子要牢记革命誓言，并把自己的知识经验传授给妻子。由此可见两人互相督促、共同进步，他们感情十分深厚，理想信念十分坚定。

（2）第五封书信解读。

这封信是董必武写给程致远的。程致远，原名程咏吾，字志远，浠水县东湾人，1906 年生。1937 年七七事变后，抗日战争全面爆发，程致远奉党指示，北上组织抗日游击队。信件中董必武所推荐之人，名为桂涛声，原名桂浩然，云南省沾益县卡郎村人，回族，1901 年生，是著名抗战歌曲《在太行山上》的词作者。1937 年 8 月，桂涛声为纪念在淞沪会战中英勇作战的抗日将士，激励国人的抗日士气，慷慨激昂地写下了《八百壮士歌》，鼓舞着无数中华儿女进行英勇不屈的抗战，同月，他在汉口参与《旧中国》《战斗》两个杂志社的工作，以手中的笔作为武器，同敌人展开激烈的斗争。董必武时任武汉八路军办事处领导人，在程致远北上抗战之时，为了将桂涛声介绍到程致远部队任教导员，随部队一同北上参与抗日的激烈斗争，便写下了这封珍贵的书信。

这不仅是一封简单的介绍信，更是对抗日将士英勇抗战、不畏牺牲的历史的真实写照，它所承载着的，是无数革命先烈抛头颅、洒热血，抗击侵略者以造就未来中国之和平幸福的努力。我们可以在这封信中看见伏案操劳的身影，听见战场枪炮的轰鸣，感受以笔为枪的激昂。我们仿佛能透过纸张，看到那段万众一心只为了一个目标——保家卫国——的岁月。革命先烈们用血肉筑起长城换取和平岁月，这段具有丰富历史内涵的红色故事应当被我们始终铭记。

（3）第六封书信解读。

这封信是董必武与妻子何连芝一同写给侄子董良新的信。董必武拒绝侄儿来京探望自己，劝告说："单纯为一次见面而担［耽］搁工作是不好的，还是把这个念头扔掉，好好作［做］革命工作吧！"这在今天来看确实难以置信，但董必武就是这样要求晚辈的，不仅不同意堂侄来京看望自己，还说了许多鼓励其好好工作、好好学习的话，真可谓一片苦心。更值得注意的是信中还鼓励同辈人："你母亲身体不健，年龄已高，仍想学习前进，我们不仅很高兴，而且很佩服她。"可见董必武把对亲属政治上的关心和鼓励当作处理自己与亲属关系的一条重要原则，这在今天来看，是多么难能可贵啊！

（4）第七封书信解读。

这封信是董必武写给何小新的。何小新，湖北省黄冈县马曹庙人，是董必武的同学。1950 年 3 月 17 日，新中国成立不满 1 年，但中华大地上早已是一片欣欣向荣的光景，人民成为国家的主人，众多社会主义建设者都在为祖国的发展奉献自己的力量。董必武对何小新的奉献精神表示了肯定，也对他的工作寄予了很大期望，同时提醒他要始终不忘初心，勤勉地为人民做事，展现了董必武作为老党员高度的思想觉悟和作为国家领导人的胸怀气度。

我不是无情的人啊

——黄海明

（一）人物简介

黄海明，1907年5月13日生于湖北省枣阳县新市镇。1926年加入中国共产主义青年团，1927年加入中国共产党。1926年秋北伐军占领武汉后，她奉中共湖北省委指示，赴黄埔军校武汉分校学习，学习结束后，任省总工会女工纠察队训练队队长。1927年，“四一二”反革命政变后，武汉形势危急，她带领一批妇女参加中央独立师，任女生连连长。1927年6月，受中央派遣，赴苏联莫斯科东方大学学习。1930年回国，在上海做地下工作，任上海工人联合会女工部部长。1932年7月丈夫陆更夫（中共两广省委书记）牺牲后，她仍坚持地下斗争。1933年被捕，带着不满周岁的女儿曼曼，被关进国民党南京监狱。1937年，七七事变后，国共再度合作，国民党释放政治犯，她获释出狱。回到老家，黄海明在枣阳办起农民夜校，宣传抗日。这期间，她先后动员50多名青年奔赴延安参加革命。1938年，黄海明带着女儿赴中国人民抗日军政大学学习，毕业后任延安保育院院长，后又进入中央党校学习。1945年，日本投降后到山东，先后任山东省妇联福利部部长、省妇联秘书长、省妇联主任等。后调北京，任轻工业部副司长、部纪检组副组长等职。曾当选第三届全国人大代表，第二、三届全国政协委员等。1991 年 9 月 1 日，黄海明于山东逝世，终年 85 岁。

（二）书信原文

致陆更夫弟弟妹妹、母亲[1]

承志、达夫二弟及承贵妹[2]：

很惭愧的，自我与更夫[3]同志结婚后，由于环境的关系，始终没有与你们直接通过信，仅在岳凤高表弟[4]处略知家庭情况，可是怕连累了你们，也不敢写信给你们。

我是一九三三年带着刚满周岁的孩子[5]在上海被捕，后解押到南京判徒刑十岁［年］，直到一九三七年七七事变才放出来。后到延安，在中央党校学习，看到岳红表妹[6]，还不知你们的情况。我在一九四〇年已经又结婚，生了一个孩子。自鬼子投降后，同后夫和长女、次子来山东工作，不巧到山东后，适敌人重点进攻山东，长女要求学，因战争不定，随［遂］携带长女和次子撤到东北，在那里住了两年，长女已初中毕业。她要到苏联去学技术，随［遂］在一九四八年春由哈尔滨往苏联学习，常有信来，请转告母亲不要挂念。现代的儿女是社会上的一份［分］子，只要她能学习技术，将来为人民服务，也就对得起她先父了。

---

[1] 书信资料来源：张丁．红色家书 [M]. 北京：中国画报出版社，2006:47–56.

[2] 承志、达夫是陆更夫的弟弟；承贵是陆更夫的妹妹。

[3] 更夫：陆更夫，原名陆承楠，号梗夫，化名张清泉。四川叙永人。生于教师家庭，自幼随父读书。陆更夫是黄埔军官学校第四期政治科学员，参加过广州起义，参与创办文艺刊物《心波》及《红涛周刊》，宣传新思想，1928 年赴苏留学期间与战友黄海明结婚。1932 年 3 月，陆更夫被捕。经过党组织营救出狱后，于 5 月 6 日在赴上海的轮船上，又遭敌人逮捕，押解回广州，于 1932 年 7 月 15 日壮烈牺牲。

[4] 岳凤高表弟：是陆更夫叙永老家的亲戚，也是一同参加革命的战友。

[5] 刚满周岁的孩子：即陆曼曼，系陆更夫和黄海明之女。

[6] 岳红表妹：岳凤高的妹妹。

未见过面的弟弟妹妹，你们长期处在敌人的统治下，生活如何？你们都能念书吗？母亲今年多大年纪了，身体还健康吗？岳凤高表弟现在何处？以上的一些问题请来信告知为盼。

更夫同志的遇难情形待以后慢慢告知，往事不堪回首……我现在山东省民主妇女联合会工作，以后希望常来信，将你们情形多告诉我一些，是我很需要的。

我并不是齐鲁大学的学生，而是一个初通文字的农村妇女，信有不周之处，请你们不要见笑。即此祝母亲大人身体健康和你们努力。

黄海明

于五月廿一号上[1]

来信寄山东省济南市省民主妇女联合会黄海明收不误。

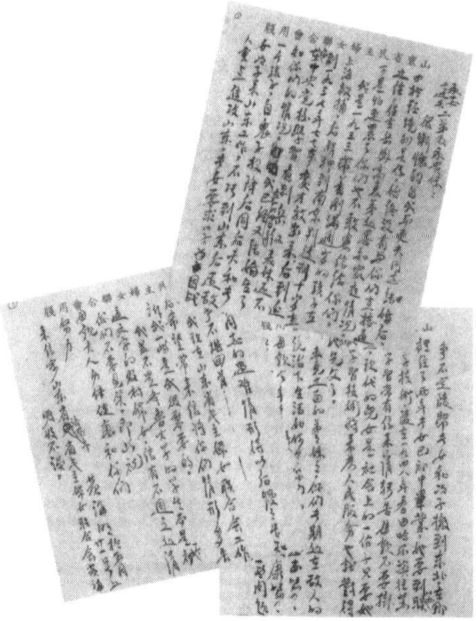

黄海明致陆更夫弟弟妹妹、母亲的信

图片来源：张丁 . 红色家书 [M]. 北京 : 中国画报出版社 ,2006:48.

[1] 据家书捐赠者、陆更夫烈士的侄子陆能介绍，此信写于 1952 年。

致陆更夫母亲

亲爱的母亲：

我在全国妇联开会之际，忽然接到你老人家的来信和像［相］片，使我说不出的高兴。但亲爱的妈妈，当我看完了你的信和像［相］片，使我不禁的［地］又落下泪来。

妈妈！我不是无情人，我对更夫同志始终没有忘记过。只因我的身体年来多病，自顾不暇，故没有给你老人家写信去，请加原谅。

我和更夫同志是革命过程中的战友，也是患难中的好夫妻。他牺牲以后我不但没有消极态度对工作，相反的［地］使我更坚强了，我步着他的后尘，踏着他的血迹，抱着对国民党仇恨的心情，为更夫同志报仇，担负起他未完成的事叶［业］。妈妈！我不是无情的人啊！请妈妈谅解罢。

曼儿去苏学习再有一年半即可归国，我想待她回国后我同她一起回到永叙[1]一趟，到那时我母子们再谈叙已［以］往。你老人家的身体很健康，我们一定可以见面的。妈妈说：把全家聚在一起照个像［相］给我，我很高兴，最好把更夫同志的遗像也洗在上面。

妈妈！写到这里我心十分伤痛，暂时止笔。

儿　黄海明 1/2[2]

妈妈！希将信保存起来，将来给曼儿看。

来信仍寄山东省妇联勿误。

[1] 永叙：即叙永，陆更夫的家乡。

[2] 据陆能介绍，此信写于 1953 年。

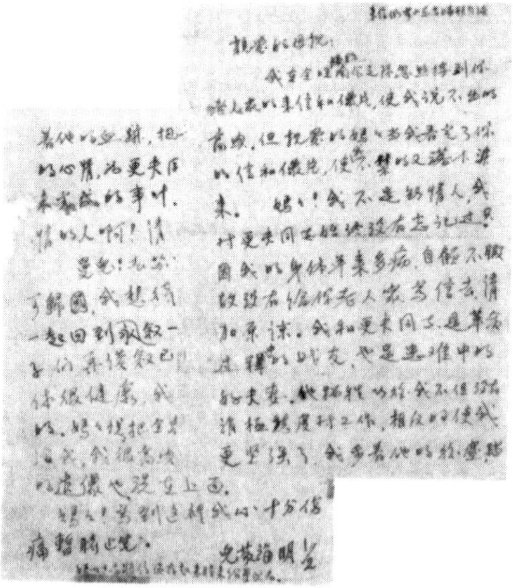

黄海明致陆更夫母亲的信

图片来源：张丁 . 红色家书 [M]. 北京 : 中国画报出版社 ,2006:50.

（三）书信解读

本节收录的两封书信是黄海明在丈夫陆更夫去世后写给素未谋面的婆婆及其弟弟、妹妹的。

1928 年，黄海明与陆更夫在苏联一见钟情并结为革命伴侣。1930 年，二人从苏联莫斯科东方大学学成回国，黄海明因怀有身孕，留在上海妇女部工作，陆更夫则被中央军委派到广州。1932 年 7 月，陆更夫壮烈牺牲，年仅 26 岁。黄海明听闻噩耗悲不能已，心如刀割。但是她很快靠着强大的信念继续，带着不满周岁的女儿继续开展地下工作。1933 年，黄海明不幸被捕，女儿曼曼也一同入狱。在狱中，黄海明遭受非人的折磨，每天只能吃到掺沙发霉的饭，同时又要挤出母乳喂养女儿。暗无天日的囚牢与无休止的审讯并没有摧毁黄海明，反而坚定了她革命的信心。在狱中她不仅积极组织斗争活动，同时肩负起一个母亲的伟大职责，苦苦斗争到 1937 年才被释放出狱。陆更夫生前曾写信告诉家人自己结婚的消息，但出于工作需要并未透露女方的信息。长时间的地下工作使得家人也不知道陆更夫牺牲的消息，直至 1950 年他的弟弟与中组部联系，才知道这一噩耗。陆家开始积极寻找陆更夫的遗孀和女儿，直到 1953 年才取得联系。黄海明得知消息后高兴地落下泪来，给从未谋面的婆婆还有陆更夫的弟弟、妹妹写下了上面两封信。

在信中，黄海明交代了陆更夫牺牲以及自己被捕的事，不联系是怕自己的身份让家人受到牵连。在那段白色恐怖的岁月里，不光黄海明同志自身，就连她的亲人也都生活在国民党反动派的威压之下。念及往事，黄海明只字未提自己这些年受过的苦难，只表达了自己对陆更夫浓浓的思念，希望自己开展的革命事业能得到婆婆的谅解，得到陆更夫弟弟、妹妹的理解。

正如黄海明所说，“我不是无情人”。黄海明是一位母亲，是一位遭受丧夫之痛的妻子，更是一位刚强的无产阶级女战士。我们在她身上看到女性的力量。是啊，革命者们并非为革命而不顾其他的铁石心肠之人，每一位革命者都是有血有肉的鲜活的人，都会心系亲友的安危，都会因亲友的离去而感到悲伤。或许有多少个夜晚，他们也会看着窗外而黯然神伤；或许就在撰写书信之时，他们也一边执笔一边潸然泪下。但是，革命者们并不会沉湎于悲痛之中，而是擦干泪、抬起头，宁愿牺牲自己的幸福、献出自己的生命，而去成就大部分人乃至全中国人的幸福。他们步着前人的后尘，踏着前人的血迹，担负起前人未完成的事业，坚信革命的胜利曙光一定会来到。正是有众多革命者此般前仆后继，中国的大地才会不断燃起星星之火，中国的伟大革命事业才能够不断向前。

为时匆匆，末及畅谈，颇为惆怅

——黄松龄

（一）人物简介

黄松龄，原名黄克谦，1898 年出生于湖北省石首县岳军乡一个富户人家，幼年父母双亡，全靠祖父抚养。他 5 岁入私塾读书，1915 年考入北京的中央法政专门学校学习法律。在校期间，他如饥似渴地阅读进步书刊，接受新思想，从而坚定了自己为中国人民的解放事业奋斗终生的革命信念。1919 年春，在巴黎和会上，西方列强漠视中国主权和战胜国的地位，非法决定让日本继承战前德国在山东的特权。消息传来，全国震惊。黄松龄获悉北京大学正酝酿请愿示威，立即在中央法政专门学校发动同学响应，被推举为该校两名学生代表之一，与北京大学等十三所高等学校代表共同筹划全市学生游行集会。1919 年 5 月 4 日，黄松龄组织学生参加了天安门集会，带领学生“火烧赵家楼，痛打章宗祥”。1920 年春，黄松龄结识早期革命活动家恽代英、林育南，阅读了《共产党宣言》等马克思主义著作，开始了对革命真理的追求。1921 年，黄松龄进入大学学习，组织进步学生，以“进德修业，互助互学”为名，成立勖社，研读《向导》等革命书刊，评论国家大事。随后，他与林育南、向警予等战友一道秘密出版进步思想杂志《长江》。1924 年初，黄松龄东渡日本，进明治大学研究生班学习，在此期间，他参加中国社会主义青年团；1925年1月，转为中国共产党党员，并受党组织安排，以个人名义加入国民党，并当选为国民党东京总支部三位常委之一，任中华留日学生总会干事。1926年初，他被选为国民党第二次全国代表大会代表。1926年3月，黄松龄应恽代英之邀，回国任黄埔军校政治教官。北伐军占领武昌后，黄松龄奉调赴武汉，先后任中央军事政治学校教官、武昌中央农民运动讲习所政治教官。此间，他常到毛泽东住所开会，讨论农民运动问题，深受毛泽东农民运动思想的启迪。大革命失败后，黄松龄历任中共湖北省委宣传部秘书兼省委机关报《大江》主编、湖北省济难会秘书、江西省委宣传部长兼秘书长，并暂代军委主席。1928年5月，江西省委遭到破坏，黄松龄被捕，他的妻子杨淑贞机警地将党的机密文件秘密藏匿，使他未暴露党内职务。在狱中黄松龄坚持斗争，领导难友成立党支部并任书记。国民党当局查不出黄松龄的真实身份，便以“重大嫌疑犯”的罪名，将他判刑7年。1930年春，黄松龄经党组织多方营救出狱，到北平任中国大学教授，并在民国大学、北平大学、朝阳大学等兼课，开设“中国经济问题”“农民土地问题”等课程，在授课中，他分析精辟、说理透彻、形象生动，被誉为当时十大名教授之一。

九一八事变后，黄松龄在北平从事抗日救亡运动，先后组织世界论坛社、文化劳动者同盟、华北文化界救国会，开办骆驼书店，主编《时代文化》。1935年，在中共地下党北方局的领导下，黄松龄利用中国大学经济系主任的身份，组织成立中国大学生救国会，宣传“反蒋抗日，救亡图存”的主张，推动了“一二·九”学生运动的爆发。七七事变后，黄松龄先后赴济南促韩复榘抗战，到武汉推动组织湖北战时乡村工作促进会。1938年朝阳大学南迁，黄松龄和邓初民、马哲民受聘任教授，编《大声周刊》，专载三人联名文章，宣传党的抗日路线，推动抗日救亡运动。1940年7月底北上延安，分配在中央财政经济部任指导员。1941年春，黄松龄与毛泽东就当时政治、经济诸方面的问题进行长时间的谈话。不久，他写了《论新民主主义经济》

的提纲，参加了延安整风学习。1945年出席中共七大。1947年1月任晋冀鲁豫中央局财经办事处研究室主任兼北方大学财经学院院长。

1949年1月15日，黄松龄随黄克诚部进驻天津市，任中共天津市委常委、宣传部部长，市军管会文教部部长，领导出版了《天津日报》，开设广播电台。1952年底，黄松龄任高教部第一副部长；1955年当选为中国科学院哲学社会科学部委员。1958年他辞去高教部职务，专门从事社会主义经济理论问题的研究；1960年10月任中央高级党校经济学教研室顾问兼中国人民大学副校长、国家计划委员会委员。

1972年11月28日，黄松龄在北京病逝，终年74岁。

（二）书信原文

致陈望道校长

陈校长：

为整理祖国文化遗产，中央指定中国科学院标点《资治通鉴》与校绘杨守敬著《中国历代沿革图》。中国科学院因人力不足，且无历史地理方面的专家，提请借调你校谭其骧教授至该院工作一年。根据杨守敬编著的《中国舆地沿革图》，加以校正重绘，与《资治通鉴》一并印行，以利青年读者。对此重要任务，各综合大学应极力支持，拟请谭教授于今年寒假期内来京，务希惠允，并请函覆为盼。

此致

敬礼

黄松龄

十一月九日[1]

[1] 书信资料来源：徐忠．复旦大学档案馆馆藏名人手札选 续集[M]. 上海：复旦大学出版社，2005:103.

黄松龄书信原件
图片来源：徐忠 . 复旦大学档案馆馆藏名人手札选续集 [M]. 上海 : 复旦大学出版社 , 2005:103.

给郭述申同志的信[1]

何斌同志与湖北战时乡村工作促进会。

——给郭述申同志的信

述申同志[2]：

半年以前，晤于协和医院，为时匆匆，未及畅谈。颇为惆怅。一月前我又

[1] 书信资料来源：中共咸宁市委党史办公室 , 咸宁市地方志办公室 . 何功伟烈士纪念文集 [M]. 北京 : 中国医药科技出版社 , 1990:261−262.

[2] 述申同志：郭述申，1904 年 12 月生，湖北省孝感县城关镇人。原名郭树勋，号耀珊，曾用名李振寰。1922 年 5 月加入中国社会主义青年团，1927 年加入中国共产党。土地革命时期，曾任鄂豫皖特区苏维埃政府人民委员会副委员长，领导军民参加鄂豫皖苏区第三、第四、第五次反“围剿”斗争。后任红二十五军政治部主任、中共鄂陕特委书记兼中国工农红军鄂陕游击总司令部政治委员等职，领导开辟鄂陕边游击根据地。新中国成立后曾任中共辽宁省委常委、中共中央监察委员会委员、中纪委副书记、中央顾问会委员。曾当选第五届全国人大常委，中共七大、八大代表。1994 年 7 月 14 日因病在北京逝世。

因气管炎咳［咯］血住了20来天的医院，10月底出院。见到您的来信，得悉您还好，甚慰。因急于看了几天十中全会文件，拖迟了给您回信，请原谅！

1937年底到1938年初，我在董老（必武）领导下做湖北战时乡村促进会的工作，董老派来何斌（功伟）同志做我的助手，名义为乡促会的秘书，实际上该会的一切政治活动和在外地开展支会工作，都是由他主持进行的。与长江局和湖北省委的联系，也是由他负责的；党的指示都是由他向我转达，再通过我用开会的名义执行的。

乡促会的中心任务是到各县、镇建立分支会，发动群众，建立基础，准备沦陷后打游击的。在武汉附近各县曾做了一些工作，如应城、皂市、武昌县、黄冈县、嘉鱼县、崇阳县，后来在沙市、襄阳、宜昌等地建立了分支会和某些群众工作点，主要都是何斌同志在省委领导下进行的。他给我的印象很好：精明强干，埋头苦干，政治思想文化水平都相当高，作风朴实。为时不到三月，工作很有成绩。他调走后，党派张执一同志接替他的工作，那时我已离开乡促会了。

黄松龄

1962年11月5日

（三）书信解读

上面收录的是黄松龄的两封工作信函。1954年9月，第一次全国人民代表大会中，毛泽东和吴晗被选为北京市人大代表，并分处同一小组中，其间，毛泽东向吴晗提到标点《资治通鉴》一事，要求吴晗同范文澜一起组织筹备此事，此外，毛泽东还提到，读书应有地图，可以将杨守敬的《历代舆地图》用新方法加以改绘，以便指导工作。此后，吴晗和范文澜二人高度重视这项工作，于同年11月组成标点《资治通鉴》及改绘杨守敬地图工作委员会，并选择北海公园的一处画舫作为工作地点，黄松龄担任委员。在工作开展过程中，《资治通鉴》的标点工作开展得较为顺利，然而，《历代舆地图》改绘工作，未能得到理想进展。于是，时任高教部副部长的黄松龄主动要求承担了这项工作。黄松龄成了杨图改绘工作的主要负责人后，积极分析了工作进展不够理想的主要原因是人员不足与地理专业人员缺乏。于是，经委员会商议，决定请历史地理学家、复旦大学教授谭其骧担任主编，故黄松龄写下第一封书信。复旦大学谭其骧教授接到书信后，深刻了解修订此地图对于中华文化之整理工作的重要性，毅然决然于约定时间内来到北京，参与到杨图改绘工作之中。此后，工作取得了较大进展，历时数十载，最终完成了《中国历代地图集》的工作。从这封书信可以看出，黄松龄对《历代舆地图》的改绘工作高度重视，字里行间体现出他以振兴中华文化为己任的民族意识与责任担当。

第二封信是黄松龄向时任中共中央监察委员会委员的郭述申写的一封回忆性的书信，信中介绍了湖北战时乡村工作促进会的一些基本情况，以及何功伟烈士的个人事迹。湖北战时乡村工作促进会，即黄松龄信中所简称的乡促会，是七七事变后，黄松龄离开北平后，参与组建的一个爱国组织，吸收各界知名人士参加活动。后来，得到了董必武的支持，得以创办《战时乡村》《民族战线》等刊物，此外，董必武还派遣何功伟前来协助黄松龄的工作。在信中，黄松龄赞扬何功伟工作态度积极端正、思想文化水平高、作风朴实。这封书信，不仅是研究何功伟、黄松龄、郭述申生平的辅助材料，也是研究湖北战时乡村工作促进会历史、中国共产党党史、中国历史的辅助材料。

实现社会主义社会更可早日到达

——贺炳炎

（一）人物简介

贺炳炎，原名向从炎、贺明言，1913年2月5日出生于湖北省宜都县江家湾。12岁至15岁在松木坪等地帮人放牛，15岁到松滋刘家场铁铺当学徒。1929年参加中国工农红军，同年加入中国共产党。在革命生涯中，历任红军连长、大队长、团长、师长，八路军第一二〇师七一六团团长、第一二〇师独立第三支队司令员、第三五八旅副旅长，江汉军区司令员，晋北野战军副司令员，西北野战军第一纵队司令员，第一野战军第一军军长。参加过第二次国内革命战争，经历了举世闻名的长征，参加过抗日战争和解放战争。贺炳炎先后11次负伤，身上留下16处伤疤，失去右臂，被称为“独臂将军”。新中国成立后，贺炳炎任中国人民解放军第一军军长兼青海省军区司令员、西南军区副司令员兼四川省军区司令员、成都军区司令员。1955年被授予上将军衔，荣获一级八一勋章、一级独立自由勋章、一级解放勋章。1960年7月1日贺炳炎在成都病逝，贺龙元帅亲笔书送挽联：“卓越功勋传千秋，革命精神永长存！”

姜平，贺炳炎夫人，1925年10月生于湖南湘乡，1937年5月在延安参

加革命，1945 年 11 月加入中国共产党。历任西北野战军第一纵队、解放军第一军卫生部医生，四川省军区司令部门诊部、原成都军区门诊部副主任等职。1955 年被授予少校军衔，1962 年晋升为中校，1990 年享受副军职医疗待遇，2000 年 6 月 10 日在北京病逝。

（二）书信原文

实现社会主义社会更可早日到达。

——贺炳炎上将夫妇致姐姐、女儿、女婿[1]

福秀姐、文寿、雷珍：

我们将有一月余未能给你们写信，但是也未能看到你们的来信，想必你们现在正忙于社内的事情。自从毛主席指示做好以发展农业生产为中心内容的全面规划，指明了今后唯一走农业生产合作社道路，农业合作化运动[2]有了迅速的发展，祖国伟大建设事业中成就更显著，实现社会主义社会更可早日到达。

必须揭发和批判过去农业工作中的右倾保守主义倾向，要求进一步加以

[1] 书信资料来源：湖北省宜都市教育局 . 宜都近代先贤家书选 [M]. 武汉 : 湖北人民出版社 ,2017:114-117.

[2] 农业合作化运动：农业合作化是在中国共产党领导下，通过各种互助合作的形式，把以生产资料私有制为基础的个体农业经济，改造为以生产资料公有制为基础的农业合作经济的过程。这一社会变革过程，亦称农业集体化，大体分为 3 个阶段：1949 年 10 月至 1953 年，是农业合作化运动的第一个阶段，以办互助组为主，同时试办初级形式的农业合作社；1954 年至 1955 年上半年，是农业合作化运动的第二个阶段，初级社在全国普遍建立和发展；1955 年下半年至 1956 年底，是农业合作化运动的第三个阶段，也是农业合作化运动迅猛发展时期。到 1956 年底，参加初级农业合作社的农户占总农户的 96.3%，参加高级农业合作社的农户达到农户总数的 87.8%，基本上实现了完全的社会主义改造，完成了由农民个体所有制到社会主义集体所有制的转变。

克服，并且改进工作作风，组织参观，总结和推广先进经验，以搞好农业生产合作社的工作、今后对农业生产合作社的经营管理和财务会计工作；并且要发动增产竞赛，奖励劳动模范，组织各种参观，举办展览会，以便互相学习，交流增产经验。

福秀姐您们入社否？我们还希望你们入社。如果有困难，我们可以帮助。现在身体如何？还有什么困难来信告知。

文寿和雷珍你们入社是很好，这表明你们的进步。当然，刚成立，各方面没有基础，合作社必会碰到一些困难和波浪。特别是文寿当领导者，每日很辛苦而劳累，但对个人家中照顾会少一些。这等等不可避免的有一些损失。

雷珍你的病如何？身体怎样？胃病常发作吗？多注意饮食与吃饭时匀平，同时少生气和不吃生冷食物。另外小宝贝们好，亮生[1]及小女好。他们需要什么吗？来信告之。但因路程远，不能见到他们，非常想念，以后有机会再会面吧！

侄女儿们好。吴治秀[2]仍应读书，有困难可设法。

祝你们都好！

炳炎　姜平

12月29日

贺炳炎夫妇与其子女

[1] 亮生：贺炳炎外孙、贺雷珍长子胡宗荣的乳名。

[2] 吴治秀：贺炳炎的外甥女，向从秀的三女儿。

1951 年 11 月，贺炳炎回乡探亲途中在枝江县城（今宜都市枝城镇）向县直机关干部和枝江中学师生做革命传统报告。右后是枝江县长叶云，左后是枝江中学（今宜都二中）校长周绍镛（姜平摄影）

（三）书信解读

本节收录的书信是解放军原成都军区司令员贺炳炎上将与夫人姜平于1955 年 12 月写给姐姐向从秀（乳名福秀，住宜都县松木坪村东溪冲）、女儿贺雷珍、女婿胡文寿（住松滋县刘家场区蔡家坪）的一封书信。信件由原松宜矿务局办公室主任胡经之提供。20 世纪 50 年代，他曾为贺炳炎的女儿、女婿代写过家信。

1955 年下半年至 1956 年年底，正值新中国农业合作化运动迅猛发展时期，举国上下多种多样的农业合作化运动正如火如荼地开展。在这封信中，贺炳炎夫妇向其姐姐、女儿、女婿说明了农业合作化运动对新中国建设和实现社会主义的重要意义，以及怎样呵护好、发展好农业合作化运动，并列举了一系列具体的措施，体现了老一辈革命家对新中国向好向快发展的热切期盼。此外，在信中，贺炳炎夫妇赞扬、支持女儿、女婿积极入社，也鼓励姐姐一家尽早加入，并表示会对面临的困难提供帮助。他们将自身热爱祖国、建设祖国的热情与决心传递给身边的亲人，让人感受到共产党人鲜活的生命力。同时，贺炳炎夫妇在向家人宣传进步思想之余也不乏对家人的关心爱护，细心地化解女儿、女婿因工作困难可能会产生的矛盾冲突，贴心地嘱咐亲属照顾好身体，要求辍学的外甥女吴治秀返校读书，可见其对亲属教育的重视。一方面是政治上的以身作则与严格要求，另一方面是亲情的潺潺暖流，字里行间，老一辈革命家的伟大形象跃然纸上。

一天到晚是没有一点空的

——王树声

（一）人物简介

王树声，原名王宏信，汉族，1905年5月26日生于湖北麻城。中华人民共和国开国大将，忠诚的共产主义战士，久经考验的无产阶级革命家，杰出的军事家，我军军械装备建设和军事科学研究事业的重要奠基人和领导人。1926年加入中国共产党，参与创建了麻城县第一支农民武装。1927年参与领导麻城暴动和黄麻起义。1928年后历任中国工农红军团长、副师长、师长，红四方面军副总指挥兼第三十一军军长、西路军副总指挥兼第九军军长等职。他英勇善战、战功显赫，为创建鄂豫皖、川陕革命根据地和红四方面军建立了不朽的功勋，1955年被授予大将军衔。王树声是第一届全国人民代表大会代表，第一、二、三届国防委员会委员，中国共产党第八、九、十届中央委员。1974年1月7日病逝于北京，享年69岁。

（二）书信原文

秀珍、翠荣：

你们冬月廿九日来信收到。知道你们都好，我很高兴。我们这里工作很忙，正在搞生产节约等工作，一天到晚是没有一点空的。加之天气很冷，路上很不方便，望你们都不要往武昌来，因为太没有功夫，没有人招待。而且还有很多困难。待我们工作上有点空或天气暖和时，等我告诉你们再来。这个机会是有的，请你们放心，不要性急。

我们都好，请勿挂念。你们全家都好？

王树声

元月六日 [1]

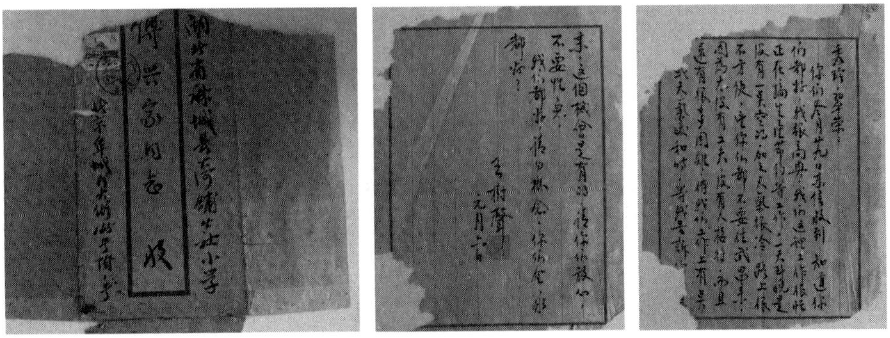

王树声书信原件

图片来源：麻城红色文化研究会．王树声大将写给侄女秀珍、翠荣的信 [EB/OL].（2020-11-19）. https://mp.weixin.qq.com/s/6VGHnd9ElmJMMqKPwXNMyA.

（三）书信解读

本节收录的书信是中华人民共和国开国大将王树声将军于 1955 年写给

[1] 书信资料来源：麻城红色文化研究会．王树声大将写给侄女秀珍、翠荣的信 [EB/OL].（2020-11-19）. https://mp.weixin.qq.com/s/6VGHnd9ElmJMMqKPwXNMyA.

侄女秀珍、翠荣的书信。王秀珍是王树声堂兄王幼安烈士（湖北麻城第一个共产党员）之女，自幼当童养媳，放牛讨饭，并不识字。王翠荣是王树声胞兄王宏忠烈士之女，自幼当童养媳，也不识字。所以这封书信实际上是由王翠荣的丈夫傅兴家签收的，他是当时麻城县大河铺公社小学的一名老师，由他念给王秀珍和王翠荣听。

王树声的家族是麻城全家革命的家族，一人革命带动全家，满门英烈。王树声的堂兄王幼安是麻城第一个加入中国共产党的人，对麻城农民运动作出了重要贡献，黄麻起义后不幸被捕牺牲，王幼安的家庭也妻离子散，子女东躲西藏，流落四方。王树声的同胞大哥王宏忠在苏维埃时期任麻城县委委员，后患病身亡，大嫂张厚花在万字山大血案中被敌杀害。王树声的其他兄弟姐妹以及亲朋好友在动荡革命的年代也都相继牺牲。到 1933 年担任川陕根据地红四方面军副总指挥时，王树声是同一个祖父的同辈兄弟姐妹中唯一的幸存者。亲人被杀，房屋被烧，无家可归，又被人收作童养媳，在苦难中长大的王秀珍与王翠荣四处流浪辗转，过着凄苦的生活，直到 1944 年才听说王树声还活着。新中国成立后，家乡的一些亲戚听说王树声当上了开国大将，于是纷纷前来拜访，希望能通过他的关系谋个一官半职，但是都被王树声严正拒绝了，所以王树声的侄儿、侄女一直在老家务农。1954 年 12 月 23 日，侄女托人写信问候王树声，当时王树声担任国防部副部长，负责筹建中国人民解放军总军械部。书信在路上辗转了十几日才送到王树声手上，收到侄女的来信，王树声得知侄女尚安好的消息，1955 年 1 月 6 日于百忙之中抽出时间迅速回了信，要侄女放宽心生活。1965 年，中国的局势基本稳定下来，王树声将侄女接到北京同住，一大家子人挤在小小的平房里生活。王翠荣就在那间小小的平房里讲述了王家人颠沛流离的一生与死难经历。

王树声的一生，朴素廉洁、刚正不阿。他虽然身居高位，但一直坚守党性原则，从不利用自己的身份搞特殊，不为家人亲属谋利。在这封书信中，他对两位侄女的关爱之情也跃然纸上，将帅的温情在最细微之处流露出来。

想把这件事做好，要靠各方面的努力

——徐海东

（一）人物简介

徐海东，原名徐元清，中华人民共和国开国大将。1900 年 6 月 17 日生于湖北省大悟县新城镇，1925 年加入中国共产党。参加了北伐战争。曾任鄂东暴动委员会总指挥、副军长，红二十八军军长，红二十五军政委，红十五军团军团长。参加了长征。抗日战争全面爆发后，任八路军一一五师三四四旅旅长。1937 年 8 月底，率部东渡黄河，抵达华北抗日前线；9 月参加了平型关战斗，指挥六七八团配合兄弟部队歼灭日军 1000 余人；之后率部破袭敌人从灵丘到团城口，大营、张家口到代县的交通线，并在沙河伏击从代县增援繁峙的敌人；11 月，太原失守后，出兵河北，深入华北敌后开展山地游击战，伏击正太路和平汉路之间的敌人。1938 年 2 月，奉命率部转移到山西南部，拨归一二九师指挥；3 月，率部在正太线反击敌人的九路围攻，指挥部队袭击南峪、北峪敌军，并予石家庄、娘子关增援敌军以沉重打击，而后在余桥岭杀伤来犯之敌 100 余人；4 月底，率部进占长治，追歼南逃敌军，收复黎城、潞城；6 月，指挥所部在阳城以北的町店地区，全歼日军 1 个联队，毙伤日军近千人，并击退从阳城增援之敌；10 月，在延安参加了中共扩大的六届六中全会。1939 年 9 月，随刘少奇赴华中，任中共中央中原局（后改为华中局）委员、新四军江北指挥部副指挥兼第四支队司令；12 月，在周家岗率部打垮日军 1 个营，毙伤俘敌 160 多人，取得了新四军成立后的第一个重大胜利。此后，又指挥了对平汉、正太、道清等铁路线的十几次大规模的交通破击战，有力地巩固和发展了皖东抗日根据地。1941 年 1 月，因在长期战争中 9 次负伤，积劳成疾，离开前线养病。中华人民共和国成立后，担任中央人民政府人民革命军事委员会委员、中华人民共和国国防委员会委员；是中共第八届、第九届中央委员。1955 年，被授予大将军衔。1970 年 3 月 25 日，在反革命集团的残酷迫害下，含恨逝世于郑州。

（二）书信原文

为梁立标正名的信[1]

郭氏同志，你夫梁立标同志在一九二七年就同我在一起工作，他是一个对革命坚决忠实、为党为人民服务的好同志。一九二九年九月因他身患重病故于黄陂县塔岗陈家楼，他病故时是黄陂县工委副书记……

此致

祝你安好

1958 年 1 月 7 日

徐海东[2]

[1] 书信资料来源：周志兵，彭小萍．徐海东写信为家乡烈士正名 [EB/OL].（2020-06-19）.http://www.hbdsw.org.cn/jcfb/jscq/202006/t4530992.shtml.

[2] 由于书信过于老旧，无法辨认信的全部内容，故只摘录部分段落。

郭氏同志，你第一次的来信，我早已收到。知道政府已按抚恤条例的规定对你家中进行了照顾，我也感到很高兴，一方面应感谢党和政府，另一方面这也是由于梁立标同志过去对革命事业的贡献应该得的报酬……

祝你

春节安好

1958年2月10日

徐海东

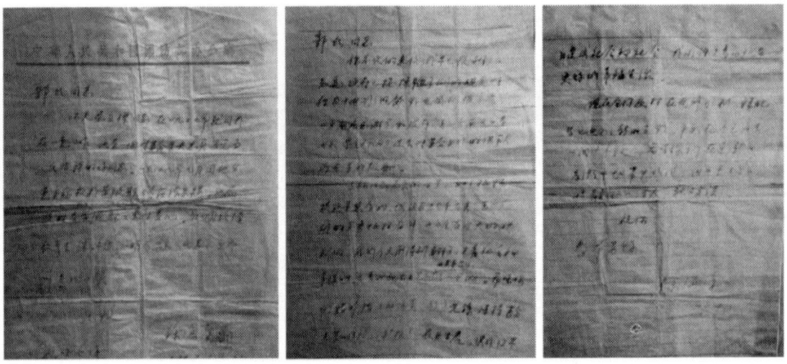

徐海东书信原件，书信藏于大悟县革命历史博物馆

图片来源：苗倩.红色记忆，追寻信仰之光[EB/OL].(2019-11-12). http://yangxin.cjyun.org/p/71407.html.

关于组建战史办公室给韩先楚等同志的信[1]

韩先楚、刘震、陈先瑞、张池明同志：

收到战史编委会办公室送来的《红二十五军战史编写规划的意见》、《学习毛主席著作的计划》以及《红二十五军战史编辑委员会编制计划》等几份文件，想必你们也已收悉。

[1] 书信资料来源：徐海东纪念文集编委会.徐海东纪念文集[M].北京：军事科学出版社，2000：602-611.

对于编委办公室所提出的问题，现提出我初步的意见。由于我对情况了解不多，对一些问题无精力仔细考虑，意见如有不尽之处，希你们考虑决定。

编委会首先要抓组织机构建设，编制人数主要依据任务大小来决定。按我们初步预定的编写任务，是从新的红 25 军成立起，直到陕北与红 26 军合编为止。时间是 1932 年 8 月至 1935 年 9 月。为了能更好的［地］进行编写工作，我同意再酌情增加若干干部，但仍应本着精简的原则，机构不要大，而要精干。编委办公室提议从各部门要的干部，除吴伟同志，因他犯有错误，群众中威信不高，我不同意调来以外，其余的我都同意。关于要求增加 15 名干部的问题，我已于 12 月 25 日给谭主任、萧副主任去信，呈请军委批示。待军委批准以后，要编委办公室与干部部主动联系。后勤部的得案选同志，我离京前曾与他当面谈过，调他到编委会工作，总后的邱部长和李政委也已同意，不知现在是否到职工作，如果没有什么变化的话，希望催问一下。

我同意编委办公室所提出的关于战史编写工作的规划，希望在征求各同志的意见后，即定稿印发各委员，并主要由编委办公室组织实施之。

为了便于工作，同意在编委办公室设党委，具体组成，要编委办公室按组织手续呈报上级党委批准。关于红 15 军团的战史和陕北红军的战史编写问题，编委办公室所提出的意见很好，但在目前不易同时解决，故暂不做考虑，待日后我和你们见面时，再作商讨。但我同意在搜集资料的同时，也注意搜集红 15 军团的材料，为下一步的工作打下基础。

编委办公室的干部陆续到职后，除了积极组织进行工作和学习以外，在生活上还要注意安排，尽量做到住好、吃饱、吃好，并注意劳逸结合。这一点要编委办公室自己管理。我们意见，他们最好把一个同志分工，多负责这方面的工作。

另外，先瑞同志来电话谈，为了联系工作方便，需要刻制正副主任的名章，我完全同意。

最后，我想再一次的［地］说明一点，红25军的战史编写工作，是一项艰巨的任务，要想把这件事做好，要靠各方面的努力。虽然，我对红25军的情况多知道一些，但确因多年疾病，现心有余而力不足，不能多参与实际领导工作，编委会里，我及程子华、郑位三、郭述申几个同志，都因身体不好，只是挂名而已。今后，有关编委办公室工作领导，主要的由你们几位负责。如有解决不了的问题，再来信我们共同商量。

此致

敬礼

徐海东

1960年12月26日

关于建议由韩先楚等同志负责审稿工作给谭政、萧华转军委的信

谭主任、萧副主任转军委：

红25军战史（送审稿）写好后，于今年5月发给原红25军的一些老同志征求意见。现已将各地区的意见集中起来，编委办公室正研究修改，预计今年11月底可修改完毕，再提交编委会审查定稿。

战史已经写了两年半，能否达到预期的质量，在很大程度上将取决于编委审查工作。因此，必须认真、细致地把这段工作搞好。鉴于编委委员分散各地，有的工作很忙，有的身体不好，不可能全部集中；我则因身体不好，保健部门不允许多参加工作；编委几个副主任也因身体或工作原因，难以参加全部的审查工作。故建议：

一、由韩先楚、刘震、陈先瑞、张体学、张池明、张天云、傅家选、李金

德共8位同志负责进行具体审查，由韩先楚同志召集。并请编委副主任程子华、郑位三、郭述申三同志尽量参加。

二、为早日完成此项工作，并便于召集，可就今年年底或明春，中央和军委召开会议的机会，让上述同志早来几天迟走几天，抽会前会后的时间，集中对史稿进行审查修改。预计编委审查需1个月左右的时间。

如上述建议可行，请军委批转或通知上述同志所在单位的党委转告其本人早作［做］准备。

此致

敬礼

徐海东

1963年10月15日

关于审稿的10条意见给韩先楚等同志的信

韩先楚、刘震、陈先瑞、张体学、

张池明、张天云、傅家选、李金德　同志：

红25军战史已编写了两年多，编委会办公室全体同志克服了不少困难，做了很多工作，初稿写成后，经过征求意见，又作［做］了进一步的修改。我因身体不好，还未看过。现在经军委同意，由你们8位同志进行具体审修，我想等修改了，最后一定看一遍。对战史审修中要注意的问题，我有一些简单的想法，现提出来供你们参考。

一、要充分体现毛泽东思想。中国革命的历史证明，只有遵循毛泽东思想，才能胜利，离开毛泽东思想就要遭受失败或挫折。红25军的斗争发展过程，也深刻地说明这条规律。当然体现毛泽东思想并不是生拉硬套，而主要的是以毛泽东思想来分析、观察、认识红25军的历史。

二、要充分体现群众的作用。战史主要是写军事斗争，但军事斗争中一步也离不开人民群众。因此，在战史中应该要充分表现人民群众，特别是老苏区群众，对自己部队的热情爱护和大力支援。就部队本身说，全体指战员英勇牺牲、艰苦奋斗的精神，也要很好地反映出来。

三、关于作战原则和战例。25军有许多成功的战例，有些战斗有很重要的政治、军事意义，战史中要表现出来。通过一个个战例，来体现毛泽东军事思想的伟大和正确。战史中既要通过具体战例写出我们的战术原则，又要反映出这些战术原则产生的真实情况。我们当时所采取的战术原则，虽有许多是符合毛泽东思想的，但远不能跟上主席的思想，此点请你们特别注意。

四、关于部队建设。要把部队中好的传统和作风实事求是地写出来，不能评价过高，部队的各项建设如党的建设、政治工作、群众工作等等，不是那么完整无缺的，不能孤立的只写好的方面，要写出发展的过程。

五、关于红25军的评价。这支红军在党的领导之下二次国内革命战争中，起了积极的作用，但就全局斗争来说，它只是处于局部斗争之中，不能夸大它的作用，地位要摆的[得]恰当。

六、关于人物评价。写战史必然要涉及到人，一方面要注意防止某些个人突出，但同时也要写出一些主要领导人在斗争的严重关头和原则问题上所持的态度，是非要分明，不能含混过去。

七、关于战史结构。截止时间可根据各方面的意见加以考虑。我原则上同意写到永坪会师，但以后一段历史也要交代出来。这样不是为了求全，可以表现出25军走过一段艰苦曲折的路程，终于回到了党中央和毛主席的怀抱，使它走向一个完全新的阶段。

八、对各地区老同志对战史初稿提出的意见，要认真地研究。我听过了沈阳、广州、武汉、济南、兰州等地区座谈会记录，觉得其中有很多好的意见，值得研究采纳。

九、对基本总结部分，要很好地逐段逐句进行推敲。它是整个战史的重要部分，必然涉及到对部队、对领导人的总评价，也是能不能体现好毛泽东思想的一个重要部分。这部分必须写好。

十、关于材料根据，应该重视历史资料，但是也要注意材料产生时候的历史背景，鄂豫皖省委当时是执行三“左”错误路线的，又受张国焘路线的影响，因此对有些事情的提法是否恰当或是否真实，今天应有所分析。前年我住西直门，听了十几篇省委向中央的报告，其中有一些是明显不符合事实的。今天写战史就要根据各方面的材料，包括许多老同志的回忆录、访问记，加以分析对照，去伪取真。从敌方和俘虏中得到的材料，只能作［做］研究参考，不能做［作］为主要根据。

最后，我还想到：战史审修中，可能还会有一些不能彻底澄清的问题，对这些问题，能研究解决的，当然更好，一时不能解决的，也不必急于结论，可以将几种不同意见保留下来，以待将来写全军战史的同志作［做］研究。

徐海东

1964年3月6日

关于战史编辑室的工作给张天云等同志的信

天云并转刘震、先瑞同志：

2月初天云同志来我处谈战史编辑室的工作情况，当时我同意大部分人员可分配工作，只留一个小组继续负责审修定［订］稿工作。现不知你们办理情况如何？

刘震、先瑞同志春节来看我。因正在病中未能见面，顺致谢意。听说天云同志身体不好，不知近来可好些？我这次患感冒，接着又并发了气管炎，拖延至今尚未复原。关于战史编辑室的工作，想到几点意见，因精神不好不能面谈，特函告请你们斟酌处理。

一、编写红25军战史是军委交给的光荣任务，前一段工作很有成绩，我们必须坚持到底善始善终，即使不能完全定稿也要拿出一个基本定稿。否则，不好向军委作交待［代］。

二、我的意见仍然保留办公室，人员可以精减，保留一个小组继续担任审修工作。关于人选问题，我曾和天云、先瑞同志面谈过，认为留王文治、时青野、王时春同志和一个资料员较好，请你们斟酌。希望留下的同志安心，同时对他们的实际困难，应予照顾。

三、至于小组住在何处？由谁负责领导？我原来听了天云同志的意见，又和先楚、刘震同志商量过，觉得由刘震同志代管较好。如何更方便，请你们研究决定。

四、审修工作要抓紧，尽快地把8个同志的意见搜集起来修改到史稿中去，能争取在半年左右的时间完成更好。我对史稿的具体意见，争取在定稿之前，用书面告诉你们。

最后，我还想到，战史编辑室的同志们辛勤努力地工作了3年，在大多数同志返回工作岗位之前，想请刘震同志代表我请大家吃便饭，具体时间请你们根据工作情况安排。

此致

敬礼

徐海东

1964年3月6日

给战史编委办公室审修小组的信

战史编委办公室转审修小组各同志：

关于红25军战史的审修工作，去年10月23日军委曾批示由韩先楚等8

个同志负责。经过他们及战编室修改的第三稿，我早就收到了。我因身体不好，在战史委员会中虽然挂了个名，但实际上不能多参加意见，特别是最后的审修工作，完全是信赖审修小组能够做好的。

最近，在身体稍好的情况下，让秘书把史稿重点讲读了一遍。本应把我听讲读以后的感想及意见，请你们来当面谈谈，但精力有限，特别是不能多说话，现把一些初步看法和想到的几点意见写给你们。

这次听读以后，才算是比较全面地了解了战史的轮廓和反映的问题，我认为编委办公室的同志在编写工作中，“必须以毛泽东思想为指针，必须鲜明体现毛泽东思想”这一方针是明确的，因而在史稿中，特别是在结束语中，以主席的思想、观点分析研究了历史，总结了经验教训。同时，史稿反映了红25军发展成长的过程，以及在作战、部队建设、战斗作风等方面的基本面貌；反映了党的领导、群众斗争；注意做到了谦虚；文字上还生动活泼。所有这些成绩是与编委办公室的同志3年来的辛勤工作分不开的。

总起来说，我对史稿是满意的，没有更多的意见。虽然在史稿中有些不完全符合我的记忆，但出入不大，不是原则性问题，我就没有作考虑。还有些地方与事实出入较大，又是比较重要的问题，我想还是提出来。这些意见除了在史稿上作[做]了标记说明以外，对有些问题标记不清的，再作[做]如下补充。

一、写战史应以主席的思想、观点来认识问题，总结经验教训。关于这一问题，军委的指示是十分明确的。我在1963年11月4日的10条意见中已讲过。这次听讲读了三稿，觉得有些章节还是比较着眼于历史事实叙述，如第二、三章引用主席的话来明确的[地]说明问题还不够，反而在全史中引用了不少省委的报告、决议等。我认为这个问题在再次修改中应该引起注意。如果在二、三章里也像结束语中多引用一些主席的话，问题说得更明确了，体现主席的思想就更鲜明了。

二、我在10条意见里提到了如何写部队建设问题。看了这个稿子，认为

50～53页和115页里的许多写法，在分寸上还要加以斟酌。如50～53页接连写了健全了政治领导、加强了政治思想工作、加强了基层组织建设等等，这些工作当时都做了，也是符合主席建军思想的。但在当时红25军处于三“左”路线统治之下，又有张国焘错误路线的影响，因此在政治思想建设、群众工作、瓦解敌军等方面不可能像毛主席直接培育下的红军那么成熟。特别是军队的政治工作，是比较薄弱的一环。比如长期没有健全的各级政治机关，政治思想工作是有的，但不能估价过高。我看在写好这方面的同时，还可以写写不足之处。这样才符合历史情况和更好地体现主席的思想。

三、在史稿中是贯串了两条路线斗争的，批判了三“左”路线的错误，这是十分必要的。但是“左”倾路线是通过具体人来贯彻的，史稿中看不出省委的领导人当中，谁是正确路线，谁是错误路线，只是笼统讲省委如何如何，特别是有的省委领导人多次出现，都未加分析，对个别人虽加了小注仍不明确。我看有些是非不清。应该根据贺总关于吴自立反党问题的报告的精神，对省委领导人如何写法加以分析研究。比如有些人当时是不正确，是违背毛主席思想的，而后来也不是毛主席正确路线的忠实执行者，他们在战史中不能笼统的［地］出现名字。

四、在过去别人帮我整回忆录时，我曾多次提出在回忆录中不要突出个人，主要是写毛主席思想，写党的领导，写群众斗争。我想在战史中也不能离开这些。从现在的史稿中看，对体现主席的思想、党的领导和群众斗争，都是比较好的，但对领导人的活动写的［得］多了，我看在不是大的序列变动和原则性的问题上，一般的可再省略一些（当然，在关系到路线斗争的有些地方还是应该交待［代］清楚的）。当时的领导人，包括我在内，也都有各种不同性质、不同程度的错误和缺点。我这个人是窑工出身，文化低，当时没有读过多少马列主义书，对毛主席正确的军事思想和建军路线懂得的不多，现在来看，虽然在重大的原则问题上没有什么大错误，作战指挥上有一些是符合了主席思想，但不是处于完全自觉的。在个人修养和工作方法上亦有不少的缺点和错误，如骄傲情绪、工作方法简单生硬、军阀残余作风等，所有这些都是不符合毛泽东思想的。至于吴焕先同志，当时毛泽东思想也是不多的，他虽有许多突出的优点，但也有错误和缺点，如军队“肃反”扩大化的问题上，他有更大的责任，个人修养存在着骄傲情绪、家长式的领导等。总之，我的意思是在战史中虽然没有写我们这些缺点，但要考虑到这些方面，实事求是，掌握分寸，不要夸大个人的作用，不必要提名的地方，应尽量不提名。

五、史稿中单独写了74师斗争的一节，我本来不准备看了，但据有的同志反映，红军时期像这样独立进行活动的小部队还不少，在其他方面军的战史中都没有单独写。我不了解这方面的情况，不知是否这样。74师坚持陕南一年多，是有贡献的，在战史中应该有所表现。但现在这种写法，只概述了个过程，没有站在更高的角度以主席的思想观点来总结经验教训，甚至连主席的一句话也没有，不能单独成篇。

最后必须再次说明的是，由于我这次对史稿不是从头至尾的［地］细看，因此所提的意见肯定是不全面的。我想待再次修改以后，我身体有所好转的情况下，争取再看看，如果有什么意见的话，我想还可以提出来。（附我所标记的第三稿一本）

徐海东

1964年9月1日[1]

（三）书信解读

美国作家埃德加·斯诺在其《西行漫记》中曾这样写道：“中国共产党的军事领导人中，恐怕没有人能比徐海东更大名鼎鼎的了，也肯定没有人能比他更加神秘的了。”这位从小被别人呼作“臭豆腐”，在人们嘲笑声

[1] 原载于《中国工农红军第二十五军战史资料选编》。

中长大，干了11年窑工的中国革命领导人，凭借“大丈夫纵也天下、横也天下，干革命去”的凌云壮志，为中国革命立下了汗马功劳。他是对中国革命有大功的人。

常年征战南北让这位开国大将9次负伤，全身17处伤痕，左腿落得二级残疾。但面对命运的摧残，他总能报之以歌，即使卧病在床也常常笑声不绝：“人总有一死，死了脸朝上，不死就人模人样地活下去。共产党员是为人民而生，为人民而死。”这位功勋卓著、身经百战的开国大将，赤胆忠心只为人民。

对党永远是一颗红心的徐海东，一生凛然正气、铁骨铮铮，可他从来不是一位居功自傲之人。革命年代毛主席向他借2500元钱，他却从仅有的7000元中送给中央5000元。在大连养病时见到周总理他总念叨：“授我大将太高，我受之有愧啊！”即使重病在床，他也日夜为关于红二十五军战史的编写工作日夜操劳。甚至在生命的最后时刻仍在昏迷中重复说：“我想见毛主席……”一生忠勇、居功不骄是徐海东一生真实的写照。

本节收录的这几封信中，第一、二封是为梁立标正名的书信，由于年代久远，字迹模糊不能完全辨认，但从仅有的字句当中我们仍能感受到徐海东大将质朴真诚的人格魅力。1958年，大悟县刘集公社召开会议，确定革命烈士名单，落实抚恤待遇。会上，梁立标同志的烈士身份存在争议，且需证明郭氏和梁立标的夫妻关系。郭氏在村民的建议下写信求助徐海东，徐海东得知后连写两封书信回乡，为烈士梁立标正名，关心烈士家属的抚恤问题。虽身居高位，但在人民有需要时愿意俯下身来为人民服务的人，永远受到人民的尊重。

关于红二十五军战史编写工作的5封书信，是1960—1964年徐海东写给韩先楚等同志的，收录于《徐海东纪念文集》。当时的徐海东身体抱恙，不能亲自参与编写，但是始终为此事操劳，因此多次致信战史委员会的各位同志，希望大家鼎力合作，多加努力，并就编写过程中的一些细节问题谈了自己的看法。可见其对党的事业的毫无保留与无私奉献。

徐海东的一生，是战斗的一生、光荣的一生、为党的事业奋斗的一生，是值得我们永远铭记的一生。

数风流人物，还看今朝

——李四光

（一）人物简介

李四光，地质学家，1889年出生于湖北省黄州府黄冈县。1919年获英国伯明翰大学硕士学位，1931年获该校自然科学博士学位。1948年当选中华民国时期中央研究院院士。新中国成立后，历任全国政协副主席、地质部部长、中国科学院副院长、中国科协主席等职。提出了我国东部第四纪冰川的存在；用力学观点研究地壳运动及其成矿分布规律，建立了地质力学和构造体系概念；提出了新华夏构造体系3个沉降带有找油前景的认识，为大庆、胜利等油田的发现提供了理论依据；开创了活动构造研究与地应力观测相结合的预报地震途径。对中国地质教育、地质科学和地质事业的发展作出了巨大贡献。1955年被选聘为中国科学院学部委员（院士）。

（二）书信原文

就石油的生产自给告台湾科技界的朋友[1]

台湾的科学技术界的朋友：

在全国人民欢度春节的时候，我向你们表示亲切的问候，祝你们健康愉快。我也想趁这个机会，同台湾的老朋友们，谈谈祖国大陆上科学技术方面的一些情况。

最近，有一个振奋人心的消息，这就是我国的石油生产，已经达到基本自给的程度。我是一直从事地质工作的人，在这方面，自然感到格外深切。

自从新中国建国以来，在中国共产党和中央人民政府的领导下，我们投入了大批的力量，在全国范围内寻找石油。在旧中国有这样一种说法，说什么“我国的地虽大而物不博。石油资源，尤其缺乏”。十几年来，在全国范围内所进行的大量地质工作，证明这种结论做得太早了，太草率了，它是极不正确的。当然咯，我们在祖国大陆上从事地质工作的人员，并不是一开始在思想上就完全摆脱这种悲观论调的束缚。但是我们本着实事求是的科学态度，自力更生、发奋图强的精神，在短短几年的时间里，就完成了大量的勘测工作，包括各种物理勘探和钻探工作，终于发现了大量的石油。

大家知道，发现资源是一回事，把资源利用到国家建设事业中去又是一回事。就石油工业来说，把原油加工提炼成几百种产品，是要经过一系列复杂程序的，也是要求有高度工业技术水平的，并且还需要现代化大型设备。对于这些复杂的大型设备，我们不能从国外输入，那怎么办？这也只能依靠自力更生，依靠我国其他工业部门提供必需的材料、原料和技术，来自已从事设计、制造、安装等等工作。由于广大职工、工程师、科学家们和从事行政管理的工

[1] 书信资料来源：韩存志，王克美. 院士书信[M]. 上海：上海科技教育出版社，2002:61–63.

作人员，紧密地团结起来，困难终究一个一个地被克服了。特别值得提一下的是，在这几年的工作中，从发现油田到开发油田，我们都没有请教过外国人。而且，在许多方面，并不比外国专家做得差些，甚至还可以说，在某些方面，比外国做得还要好一些。

在工作过程中，许许多多老年的、青年的工程师、科学专家们，在许多科学技术问题上的见解，并不是完全一致的。对每一个问题大家都有机会提出自己的意见。其中中肯的意见，一般都在实际工作中发挥了积极的作用。这种情况，在科学技术界的其他方面，也是相当普遍的。正是因为这样，学术气氛一天一天地活跃起来。我国的科学技术界已经不像解放以前那样暮气沉沉，而是一片欣欣向荣和蓬勃发展的景象。

各位朋友们，最近几年来，有不少从国外归来的学者、专家朋友们，在祖国都受到了极大的尊重，都在从事他们热爱的专业工作。有关的机关为他们购买了必需的设备，建立了实验室，包括各种各样的器材，为他们提供了必要的助手，支持他们自由地开展学术讨论，发挥他们的潜在力量。科学家和工程师们，只有在祖国这样蓬勃发展的时代里，才能够真正充分发挥自己的专长。

各位朋友，回想起旧中国的时代，许多科学界的朋友们，大家都抱着爱国的热忱，可是当时的情景往往是使人感到心有余而力不足，甚至个人的生活也毫无保障。而在今天祖国大陆上所有的工程师、教授乃至 30 多岁的年轻科学技术人员，在很重要的生产和研究岗位上，都担负了重要的责任。各行各业的人才，到处涌现，真是“数风流人物，还看今朝”。

在台湾的科学技术界的朋友们，我们许久不见了，怀念你们的心情，真是一言难尽。再一次祝贺你们新春愉快。

李四光

1964 年春

（三）书信解读

新中国成立后，李四光带领研究团队在中国大地上进行了长久而艰苦的勘探，终于在中国发现了石油资源，摆脱了旧中国“我国缺少石油”的悲观论调。在给台湾学者的信中，李四光不仅兴奋地描述到祖国大陆发现了石油，更描绘了新中国所有劳动者齐心协力、人才涌现、科技进步的欣欣向荣的景象。不论是思想还是科技，在人民当家做主的社会建立后，都解放了！正如李四光所说，“只有在祖国这样蓬勃发展的时代里，才能够真正充分发挥自己的专长”。而同时，正是如李四光一样的建设者和奋斗者的奉献，我们的祖国才能够实现改天换地，才能够让人民真正成为国家的主人。当今的中国正向第二个百年奋斗目标迈进，处在中华民族伟大复兴关键节点的我们，要以更加昂扬的姿态投身到为人民服务和祖国的建设事业中去，不辜负时代的责任与祖国的期待。

我们不作侥幸打算，我们已准备万一

——李书城

（一）人物简介

李书城，字晓园，又名筱垣、小垣，1882年6月24日生于湖北潜江县坨埠垸一个农民家庭。李书城是李汉俊的二哥，中国近代民主革命家。早年考取秀才，入武昌经心书院肄业。1902年以官费留学日本，就读于东京弘文学院师范科，结识孙中山、黄兴等，次年参加创办《湖北学生界》，并加入拒俄义勇队。1903年夏归国，参加武昌花园山聚会，负责秘密联络新军。翌年参与组建同盟会，又加入“丈夫团”。1908年毕业归国，任广西陆军干部学堂监督，后兼陆军小学堂监督，趁机培植革命力量。1911年入京任职军咨府。武昌起义爆发后，辗转回鄂，任中华民国战时总司令部参谋长，协助黄兴指挥汉阳战役。1912年1月南京临时政府成立，任总统府秘书。临时政府北迁，任南京留守府总参谋长。1913年参加二次革命，失败后流亡日本，后随黄兴赴美国。1916年回国后，曾参加护法运动，任广州护法军政府军委会委员。1924年任冯玉祥部顾问，参与发动北京政变。1926年任北伐军总司令部顾问，次年脱离国民党。1935年任湖北通志馆馆长。1948年与张难先等在湖北发起反蒋和平运动。新中国成立后曾任农业部部长、全国人民代表大会常务委员会委员、政协全国委员会常务委员。1965 年在北京病逝，终年 83 岁。

（二）书信原文

李书城致觉明的一封信[1]

觉明[2]兄惠鉴：

两信奉悉，因赴北戴河休假未及奉复，至以为歉。现将来信所述提纲，就我所知略述于下：

汉俊出身的家庭：其祖父家明先生是潜江县沱埠境的中农，父亲风亭先生是一个秀才，在潜江县城内作［做］私塾的教师。

汉俊生于光绪十六年庚寅年三月。

在日本进东京法国教会学校晓星中学校，升入日本高等学校后，改为清政府的官费学生，以后考入东京帝国大学工科，当时与日本进步人士河上肇氏以师生关系常有往来。他信仰共产主义，得河上肇之启发甚多。学成回国后，即在上海同陈独秀等发起中国共产党，在党组织初期，他对马克思主义的宣传鼓动起了一定的作用。他在上海《星期评论》和在上海办的《新青年》杂志上写过文章。1920 年第三国际代表魏金斯基到上海访问五四运动的领导人物，并商量成立中国共产党，汉俊参加这一运动很早，中共成立之初，他在党内的地位仅次于陈独秀。1920 年冬，陈独秀赴广东任教育委员会委员长时，他代理上海共产党书记，至 1921 年 7 月止，约 9 个月，他对各地党组织联系发动尽力独多。1921 年 7 月，中共第一次全国代表大会会议中，汉俊为上海区代表，会议的会场就设在法租界贝勒路树德里三十号汉俊的家里，他的兄书城住在

[1] 书信资料来源：罗仲全．中共一大代表李汉俊 [M]. 成都：四川人民出版社 ,2000:173–176. 据原出处所示，此信及注释由李书城的夫人薛文淑提供。

[2] 觉明：原北京市文史馆馆员华觉明，已故。

楼上，他住在楼下[1]，法租界巡捕听他们用法语讲话，即时回捕房派人来捕，他们马上将文件藏匿，有些人离开，只有几个人留在那里谈话，法巡捕扑了个空。他们以后转在嘉兴小船上继续开会。

汉俊由上海回武汉后，为掩护计，曾在武汉市政督办公署挂名义。民国十二年，汉口铁路罢工发生，“二七”惨案时，当夜有工友送信到武昌汉俊家中，嘱其速避，他即夜离开武汉转到北京，住其兄书城寓中，从此与党脱离了关系，由其兄介绍曾任北京外交部秘书。他常与苏联驻京大使馆有联系，并与李大钊经常会谈，曾到张家口向冯玉祥讲述俄国革命情形，赞扬苏联社会主义制度。以后又在北京教育部任职。随后回到武汉，在武昌师范大学当教授，编有马克思唯物辩证法讲义，与该校教授耿丹提倡新学说，为学生们敬服。由此与当时在武汉教育界的落后顽固分子结了私怨，种下他以后被杀的根源。

1926 年，北伐军兴，汉俊与董必武先生等在武汉策划响应北伐军的活动，曾组织湖北各界代表团到长沙欢迎北伐军，汉俊为湖北教育界代表。北伐军光复武汉后，湖北省政务委员会成立，汉俊任湖北政务委员会委员兼教育科长[2]。湖北省政府成立，汉俊任湖北省政府委员兼教育厅长。是时，他加入了国共合作的国民党，与董必武先生同为国民党湖北省党部委员，听董先生的领导。

1927 年，蒋介石叛变革命，国共分裂，共产党退出武汉，湖北省政府改组，由孔庚、李书城、叶祺为省政府常务委员轮流为主席，孔庚兼民政厅长，李书城兼建设厅长，李汉俊兼教育厅长，张国恩、邓初民为委员，继续执行省政并兼管武汉中央政府遗留的中央机关的职务。西征军将到武汉之前，湖北省政府决定由司法厅长郝筱章将当时在武汉所捕获共产党嫌疑分子二三百人全部

[1] 中共一大开会期间，李书城正在湖北主持驱逐军阀王占元的运动，不在上海，因此对有些一大的情况不尽了解，而薛文淑当时就住在楼上。据她回忆，李书城和李汉俊的住室都在楼上，楼下是用餐的地方，一大的头几天会议就是在楼下开的。

[2] 原来邓演达要郭沫若同志担任教育科长，但郭坚持不干，遂推荐了李汉俊任此职。当时的教育科长还要管文化、宣传工作。

释放。及西征军到武汉后，总指挥程潜兵力小，不能指挥桂军，桂军十九军军长胡宗铎、副军长陶钧藉武汉卫戍司令部职权，乱捕共产党人，派其外交处长同日本驻汉领事交涉，将李汉俊、詹大悲、詹的秘书危洪生捕至公安局，未经审讯，即擅行枪杀。其兄书城知道他们被捕消息后，即时往见程潜，程潜即时打电话给卫戍司令部，电话已不通，遂派其秘书长李某到卫戍司令部去交涉，但市街已戒严，不能通行，在这时，李、詹两先生即被害，以后几天危洪生亦被枪杀。以后武汉工人、农民、学生、妇女被以共产党“罪名”诬杀的不下数百人，武汉人称胡、陶为屠户。杀李、詹两人的第二天，武汉卫戍司令部又派人捕捉孔庚、李书城，软禁在卫戍司令部楼上，派卫戍司令部参谋长某（参谋长非袁济安）监视，经过一百多天才释放。中华人民共和国成立后，湖北省党和政府照烈士抚恤其家族。

再，李祖敬是安陆县人，不是李汉俊而是另一个人。汉俊安葬时，是我任湖北建设厅长时期，在武昌安葬的，不是省葬，也不是在张岳军主持省政府时安葬的[1]。

以上就寄来的提纲，以我所知的加以补充和更正。有些材料是包惠僧先生前几年写给我的[2]，他与汉俊是中国共产党第一次在上海建党时的共产党员。此致

敬礼

弟李书城启

1964年9月12日

[1] 1932年4月29日，在湖北省政府委员会会议上，李书城（当时又重任建设厅厅长）与孔庚联名提出抚恤前湖北省政府委员兼教育厅厅长李汉俊、兼财政厅厅长詹大悲遗属的议案。当时夏斗寅是省政府主席，因夏在护法战争时是李书城的部下，所以就决议同意了安葬李、詹二人（参见《湖北省政府公报》）。

[2] 包惠僧曾于1958年寄给李书城一份亲笔写的《怀念李汉俊》的材料。

李书城致女儿[1]

小文爱儿：

你来信问及最近听过什么报告，我在上月底听过周总理在人大常委会创作的国内外时事报告，他所讲的斗士很乐观，他说美帝陷入南越泥淖中左支右绌、进退两难。他现在还不能发动世界大战，因为无此力量，他在南越派出五万军队被南越一千四百万人打得惨败。他若侵略中国，中国有七亿人口，比南越多五百倍。照他在南越的打法，他要派出五百万军队才行，但他全国只有两百七十万军队，派在全世界各处军事基地和据点共两千多处已有一百多万军，留在国内的只有一百多万军队，要同中国打战，他没有足够的军队可资调遣。他如果拿核战争来轰炸我国，他将遭全世界反对，而且只能让中国受一部分损失，最后还不免失败。处理巴基斯坦总统来中国访问时，我告诉他你还要到苏联访问、到美国访问，如果他们问中国态度，你可告诉他们说我有四句话告诉你：一、中国绝不挑起战争；二、中国说话算数不讲空话；三、中国已准备好迎战；四、美国若向中国开战，他有他的打法，我有我的打法（总理没有详细说明，我从战略战术推测，美国在亚洲夸他海空优势，他开战后我国有轰炸机或者导弹可携带原子弹摧毁他舰队和航空母舰及在亚洲的空军基地、海军基地，可让他全部消灭，没有海空军他派来陆军也就一个都回去不成？再我们的打法不仅在越南，可在朝鲜、老挝一齐出动，并可帮助菲律宾、泰国的起义军队赶走美军，也可帮助日本人民驱逐美国势力，这样可在很短时期内把美国在亚洲的势力消灭干净，其影响一定让非洲、拉丁美洲人民也彻底得到解放）。总理指出果然估计美帝弱点杂多、兵力不够、战线太长、离后方太远、士气不强、兵力太分散，要与我作战是很困难的，但我们不作［做］侥幸打算，我们已准备万一，他是小打、中打或大打我，我们都完全准备好，不作［做］被动，所以我们现在加紧两件事，一是备战，一是援越，望大家不要耽

[1] 书信资料来源：潜江市博物馆。

[担]心战祸，要大家认清时局，不打很好、打必获胜，要具有这种雄心壮志，关于苏修问题也读了一段话，你看今天北京各报登在头板[版]的一篇《把反对赫鲁晓夫修正主义斗争进行到底》，一篇文章看看，就是同总理所之料的大致差不多，关于国内工业发展、农业丰收及文教科技国防各方面的进展都谈及过，总理在国外国内都是大的形势。

我现在身体逐渐恢复，关键问题在于饮食要极端注意，要少吃多餐，吃软的不吃硬的，并且不要吃饱，大概每餐少吃一点，胃就舒服些。若不注意，多吃一点胃就有点发胀，所以我在这方面多注意一点，恢复就会快些。我大概再修[休]养两三个月可以完全恢复健康，现在体重尚未恢复，体力尚觉虚弱，但精神而不衰颓，有乐观的情绪也有信心完全恢复健康。你现在的各项工作和任务都可让你受到锻炼，做一个很好的革命接班人，为你高兴，我也高兴。祝你工作好学习好身体好。

父亲

1965 年 6 月 14 日

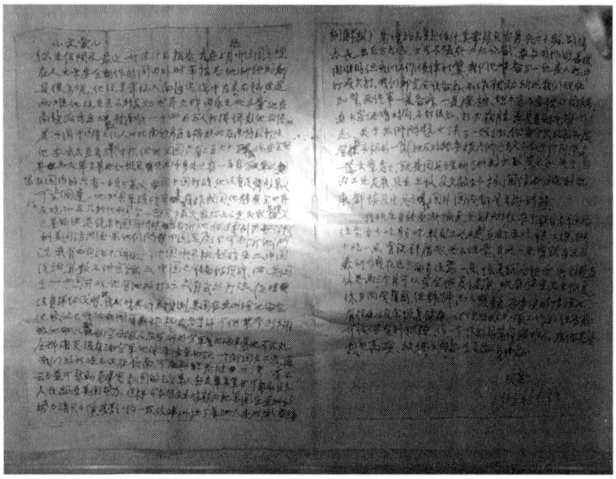

李书城写给女儿的书信

（潜江市博物馆供图）

（三）书信解读

本节收录的第一封书信是1964年9月12日李书城写给时任北京市文史馆馆员华觉明的一封信，目的是向其提供李汉俊的一些材料。

1964年，82岁高龄的李书城因胃癌折磨正在北戴河休养，收到北京市文史馆馆员华觉明来信，希望他能就所述提纲提供一些李汉俊的材料。想起为党和人民的事业英勇牺牲的胞弟，李书城强忍病痛折磨，写下了这封关于李汉俊的答信。这封信后来也成为研究李汉俊生平的重要材料。考虑到历史研究的客观性，李书城在信中完全以第三人的口吻冷静地讲述李汉俊的生平，以期还原最真实的情况。在信的开头，李书城对李汉俊的出生做了简单的介绍，接着又对其早年留学日本，受河上肇影响而树立马克思主义信仰，并与陈独秀、李大钊一起创建党的早期组织，推动中国共产党成立做了简要叙述。当回忆起“二七”惨案与1927年蒋介石反革命叛变，李汉俊被胡宗铎杀害时，尽管信中语气冷静客观，也不难看出李书城的愤懑与悲伤。在信中，李书城尽可能地还原客观历史真相，为研究李汉俊与那段尘封的历史提供力所能及的帮助。

作为李汉俊的二哥，同时也是李汉俊革命和创建中国共产党的鼎力支持者，李书城对李汉俊的情谊已超越了简单的血脉亲情。这种亲情不仅包含着手足情深，还包含着革命者对革命者的惺惺相惜，包含着对国家与民族的铁肩道义。李书城也利用自己的职务之便，为各种革命刊物的撰写出版提供庇护场所，为党的各种活动提供安全基地，甚至为党的第一次代表大会提供了会议场所，可以毫不夸张地说，李书城的寓所成了中国共产党的“产床”。新中国成立以后，李书城受毛主席之邀赴北京共商国家大事，担任中华人民共和国第一任农业部部长，为我国的建设与发展作出了重要贡献。

这封信寄出之后，1965年8月，李书城因胃癌医治无效在北京逝世，这位一生为中国革命与建设奔走的革命者、中国共产党的亲密伙伴，永远地闭上了眼睛。

在给女儿的信中，我们不仅看到了一位心系国家大事、关注国家发展的爱国志士的形象，更看到一位父亲的温情脉脉以及其对子女家国观、价值观的耐心教导，这样的红色家风，同样值得我们慢慢品味与学习。

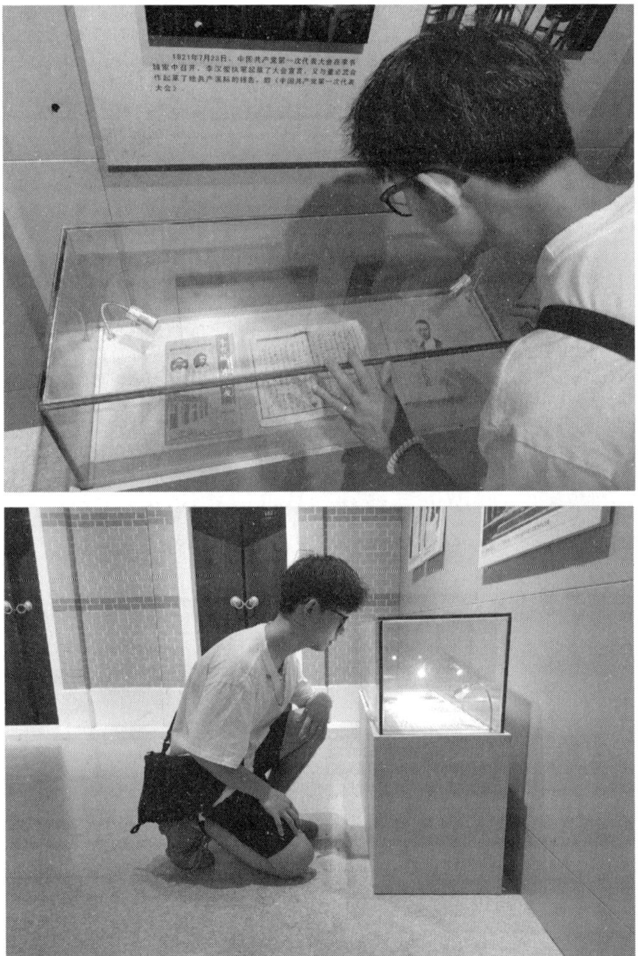

2022 年 6 月，笔者于潜江市博物馆搜寻李书城同志的书信

把毛泽东思想伟大红旗举得更高

——李全洲

（一）人物简介

李全洲，1946 年出生于湖北省应城县。1964 年 3 月参加中国人民解放军，1966 年 2 月加入中国共产党。李全洲生前先后 7 次完成艰险任务，5 次临危不惧抢救战友。1968 年 3 月 22 日，在山西省长治市执行销毁收缴的武器弹药任务时，在操作中出现意外，因导火索点燃后弹回，引燃弹药堆上易燃物，在那千钧一发的时刻，李全洲以自己血肉之躯扑向着火点，试图拔除导火索消除灾患但未果，献出了年仅 22 岁的生命，实现了自己“当兵为人民，永做毛主席的好战士”的誓言。

（二）书信原文

一九六六年十二月二十八日写给弟、妹[1]

元旦快到了，我借休息机会，提前给你们写个祝贺信，祝你们在新的一年

[1] 本节书信资料来源：上海市出版革命组 . 无限忠于毛主席的好党员 : 李全洲 [M]. 上海 : 上海人民出版社 , 1970:14–23.

中大学大用毛泽东思想，把毛泽东思想伟大红旗举得更高，让毛泽东思想统帅一切，要尽最大的努力，把毛泽东思想真正学到手，真正掌握起来，做一个毛主席的好学生。为了表达我的一点心意，我特地邮去两枚最珍贵的毛主席像章，我相信你们一定感到非常高兴。因为毛主席是我们心中最红最红的红太阳，毛泽东思想是我们的命根子，所以，我们最热爱伟大领袖毛主席，最爱读毛主席的书，最爱听毛主席的话，最爱照毛主席的指示办事。

一九六七年二月三日写给弟弟

总的来说，要注意的最根本〈的〉问题是：坚信不疑地听毛主席的话，坚定不移地照毛主席的指示办事，誓死捍卫毛泽东思想，永跟毛主席彻底闹革命。谁热爱毛主席就要跟谁亲，谁要反对毛主席就跟他拼！

一九六八年二月十五日写给父母

伟大领袖毛主席号召我们："人民解放军应该支持左派广大群众。"我们响应伟大领袖毛主席的号召，又要执行新的支左任务。通过前一阶段支左使我深深明白阶级斗争是复杂、尖锐的。毛主席教导我们："阶级斗争并没有结束。无产阶级和资产阶级之间的阶级斗争，各派政治力量之间的阶级斗争，无产阶级和资产阶级之间在意识形态方面的阶级斗争，还是长时期的、曲折的，有时甚至是很激烈的。"不管到什么地方，任务再紧，情况再复杂，我要一个心眼忠于毛主席，做到生为保卫毛主席而战斗，死为捍卫毛主席革命路线而献身。

一九六五年三月三十一日写给父母

我们部队掀起大学毛主席著作高潮。为了更高地举起毛泽东思想伟大红旗，把毛泽东思想真正学到手，我很需要一套《毛泽东选集》。自己深深体会到：毛主席著作是指引工人、农民翻身求解放的书，能使自己解决一切问题，自己越学越爱学。但是，我现在只有一本《毛泽东著作选读》，想买一套《毛泽东选集》，到处写信联系，都缺售，写信到云南昆明市才买了一本乙种本。请你们在本县设法买到一套。我确实渴望得到一套毛主席著作。

一九六五年九月六日写给父母

关于我入党的问题，现在是组织上正在考验我的时候，只看自己是否经得起考验。入党是为了更好地为全人类实现共产主义而奋斗。现在我还没加入组织，这说明自己条件还不够成熟，不过我要更好地加强毛主席著作学习，积极创造条件。父亲，希望您以党员的身份对待我，用严格的条件批评要求我，我坚决以共产党员的条件要求自己。

一九六六年十二月某日写给弟弟

弟弟，我总有这样一个想法：我和你都是毛主席教育出来的新青年。我们怎样才能不辜负毛主席对我们的希望呢？我认为首先就是不忘阶级苦。不忘阶级苦这句话容易说，但不容易做。因为我们都是长在新社会，对于旧社会的苦没有亲身受过，只从电影或小说上面看到一点，听别人说点，体会不深。因此，我们要很好地注意，千万千万不要忘记阶级苦。只有不忘阶级苦，才能有深厚的无产阶级感情学习毛主席著作。因为毛主席的书是我们各项工作的最高指示，最英明的领导。不论碰到什么事情，什么困难，什么问题，都向毛主席著作请教，老老实实地照毛主席指示办事，就会使自己有无穷的力量。在学习中要经常不断地“拼刺刀”，善于刺刀见红，这就是对自己的私心要狠斗。因为人的脑子里往往有两种思想在斗，一个是“我”字，也就是资产阶级思想，一个是“公”字，也就是无产阶级思想，这两种思想在脑子里只能装一个，有“我”字那就必然无“公”字，有“公”字必然无“我”字。因此，“拼刺刀”就拼“我”字，“刺刀见红”也就是要把“我”字斗倒、斗垮、斗臭。毛主席教导我们：“对于马克思主义的理论，要能够精通它、应用它，精通的目的全在于应用。”我们学了毛主席著作就要用，还要狠用，要用于改造世界观上。总之，我们一定要读毛主席的书，听毛主席的话，照毛主席的指示办事，要把毛主席的书当作我们生活中的第一需要，当作我们的命根子，永远紧跟毛主席干革命。

（三）书信解读

李全洲在加入人民解放军之后，党支部给他发了一本《毛泽东著作选读》，李全洲捧着《毛泽东著作选读》，内心无比激动，立志一定把毛泽东思想真正学到手。李全洲怀着深厚的无产阶级感情，如饥似渴地学习毛泽东思想，越学越爱学，为了买一套《毛泽东全集》，他还跑遍了附近的所有书店。他说：“饭可以不吃，觉可以少睡，学习毛主席著作一刻也不能放松。”

李全洲始终以高度的思想觉悟对待任务和工作，严格以一名共产党员的标准和毛主席的学生的身份来要求自身。在李全洲战士的家信中，他将对待毛主席和对待无产阶级的深厚感情毫无保留地表达了出来，并带领家人坚定政治信仰，对党忠诚、对毛主席忠诚，劝导家中的后辈们加强学习、加强思想改造，始终保持坚定的无产阶级世界观。李全洲在阅读毛主席著作的过程中深切体会到应学以致用，要将马克思主义的理论切实地应用到生活实际中来，改造自己的生活、改造自己的思想，以切实行动践行共产主义信念，将青春奉献给祖国的革命和建设事业。李全洲舍己为公，谨遵党和毛主席的教导，直至生命的最后一刻，他心中所想的仍然是牺牲小我而成就大我，于是奋不顾身地扑向着火点。李全洲的一生无愧于毛主席，更无愧于一名共产党员的光荣称号！

你要锻炼成为钢铁般意志坚强的战士

——王近山

（一）人物简介

王近山，亦名文善，中华人民共和国公安部原副部长、中将。1915 年生于湖北黄安高桥乡许家田村的一户贫苦农家。他 1930 年 6 月参加红军，在红一军一师三团五连当战士；9 月加入共青团后，调任三团机枪连通讯员。1931 年 2 月任红四军十师三十团机枪连班长、排长。1932 年加入共产党。后任机枪连副连长，六连指导员、连长，一营副营长、营长。参加了鄂豫皖革命根据地反“围剿”和西征入川的战斗。1933 年 2 月后，任三十团二营营长、二十八团一营营长、二十九团团长、二十八团团长。参加了川陕革命根据地反“围攻”战斗。1935 年 5 月参加长征；7 月任红四军十师副师长。1936 年 9 月任红三一军九三师师长。参加了山城堡战斗。抗日战争全面爆发后，任八路军一二九师三八六旅七七二团副团长，三八五旅七六九团团长。1939 年初任三八五旅副政委。1940 年 6 月起，任新编八旅副旅长、代旅长，政委。1941 年任陕甘宁留守兵团新四旅旅长。1942 年任三八六旅旅长。1943 年任太岳军区二分区司令员。1945 年任太岳纵队副司令员。曾入中共中央党校学习。参加了响堂铺、长乐村等战斗和百团大战。抗战胜利后，任晋冀鲁豫军区六纵队副司令员，中原野战军六纵队司令员，第二野战军三兵团副司令员兼十二军军长和政委。参加了鲁西南、襄阳、淮海、渡江等战役。

中华人民共和国成立后，王近山任重庆警备司令部司令员、川东军区司令员。参加了抗美援朝战争，任志愿军三兵团副司令员，参与指挥上甘岭战役。回国后先后担任山东省军区副司令员、代司令员，北京军区副司令员，公安部副部长，南京军区副参谋长、顾问。1955 年 9 月被授予中将军衔，获一级八一勋章、一级独立自由勋章、一级解放勋章。1978 年被选为第五届全国政协常务委员。1978 年 5 月 10 日在南京病逝，终年 63 岁。

（二）书信原文

岩：

你好吗？我很想念你。

你要锻炼成为能吃苦、能耐劳、钢铁般意志坚强的战士。你不要想家，要把部队当成最可敬爱的革命大家庭。要按照毛主席的教导，下定决心，不怕牺牲，排除万难，去争取胜利。

岩，希望你要经常地高标准要求自己。最最重要的是，你要经常注意戒骄戒躁，谦虚谨慎，更好地为人民服务，俯首甘为孺子牛。要更好地服从领导，团结同志，要注意团结那些和自己意见不同的同志。要以无产阶级的宽容［宏］大量的态度待人，不断地提高自己的阶级、路线觉悟。要有一个坚定的无产阶级立场，钢铁般的无产阶级意志，永远无限忠于毛主席，上刀山、下火海，都能冲上去，在任何艰难困苦的环境中都不动摇，不想家，我们过去在各个革命时期都是这样锻炼出来〈的〉。

毛主席万岁，万岁，万万岁！

祝你政治思想进步。

1968 年 9 月 7 日

近山 [1]

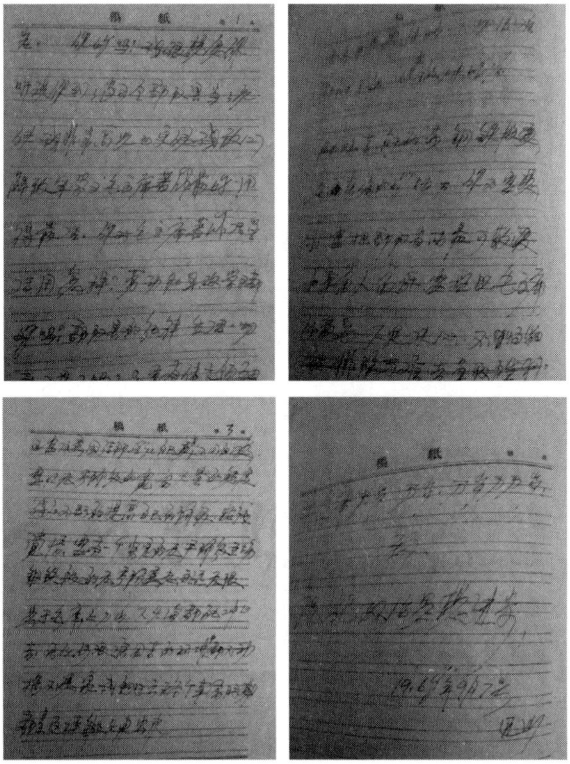

王近山书信原件

图片来源：红安这 4 位开国将军的书信写了啥？一起来看看 [EB/OL].（2019-11-03）.https://www.sohu.com/a/351385109_100084054.

（三）书信解读

上面收录的这封信是王近山 1968 年在河南黄泛区农场工作时写给儿子王岩的一封家书。1964 年初，王近山调到河南省黄泛区农场任副场长。

[1] 书信资料来源：翟国胜．一封家书寄深情 [N]. 周口晚报 ,2019-08-14(8).

1968年初，因各种原因，王近山副场长职位被剥夺，和乡亲们一同参加生产劳动。这一年，王近山19岁的二儿子王岩身着军装赴南京入伍。得知这一消息，回想起自己15岁就参军入伍的激情岁月，王近山提笔给儿子写下了这封语重心长的书信。这位战功卓越的老将在不如意的春秋里，对儿子寄托的希望已经超越了父母对子女的普通之爱，更包含着对党和人民的深远诚挚的感情。

王近山的一生是充满传奇与苦难的一生，他15岁就加入红军，跟着徐向前南征北战，年仅20岁就成为师长。他在战场上被人称为“王疯子”，在军队被誉为二野的“朱可夫”，同陈锡联并称为“二野两朵花”。在战斗中，王近山总是身先士卒，屡建奇功，他的威名震慑敌人，连邓小平同志都称他为“一代战将”。王近山的“疯”实际上是革命的英雄主义。就是这样一位铁骨铮铮的战场硬汉在自己的儿子面前也流露出柔软的内心世界。由于与儿子长期分居，他在信的开头就表达了对儿子的思念，浓厚的舐犊之情跃然纸上。但在信中我们更能体会到一位饱经风霜的共产党人对子女的殷切嘱托。王近山在信中教导王岩要不怕吃苦、不怕牺牲，做拥有钢铁般意志坚强的战士；不要想家，要把部队当成最可敬爱的革命大家庭；要经常高标准要求自己；重要的是，希望儿子谦虚谨慎，更好地为人民服务，俯首甘为孺子牛。王近山的这些嘱托与自己的经历有很大的关系，仿佛这就是他一生的写照。在战场上他被子弹打穿肺部，手臂和大腿面临截肢的风险也从未动摇保家卫国、革命到底的决心。所以他在信中说：“我们过去在各个革命时期都是这样锻炼出来〈的〉。”他从来不把苦难当作苦难，而是当作人生的历练、思想的洗礼，并且希望自己的儿子也能这么做。

舐犊之情乃人之常情，但王近山在信中表达出来的显然是超越这种人之常情的无疆大爱。

师德医德，杏坛杏林

——陈敬业

（一）人物简介

陈敬业，字文山，1896年2月17日出生于湖北省应城县长江埠陈家湾的一个农民家庭。幼时家境贫寒，难以负担学费，但这并没有阻碍陈敬业热爱学习的心，他向邻居家的孩子熊渭清请教学业，因天资聪慧，两年不到就能将《新国文》倒背如流。1911—1913年，陈敬业完成了小学学业，最终以优异的成绩考取武昌勺庭中学。陈敬业饱读经典，爱国之心浓厚，1919年，声援五四运动。此外，陈敬业勤于学习中华优秀传统文化，做了《老子笔录》和《论语》笔记，对这两位人物的思想十分推崇，这也成了他教育思想的重要来源。陈敬业的教育思想很大程度上还得益于陶行知的教育理念，在《敬业笔录》中，第一个专题便是《学习陶行知教育思想，尽心尽力的［地］办好师范》。

教育是陈敬业一生的事业，他的教育生涯经历十分丰富。1923年，他到当时董必武任校长的武昌共进中学任博物教员，同时也在湖北省立第一师范学院兼任此职位。他的一生中，先后担任过十多所学校的老师或校长，一心扑在教育事业上，鞠躬尽瘁。在抗战时期，陈敬业先生在湖北省立第四师范学校工作期间，带领师生 4 次迁校，历经艰苦。后来，这所在陈敬业的呵护下“漂泊”了十多年的学校，终于在荆州城内扎下了根，更名为湖北省立江陵师范学校，陈敬业仍任校长。1999 年，此校更名为荆州师范学院（现长江大学）。

陈敬业先生的一生，与教育事业相伴，他在荆州教育史上留下了浓墨重彩的一笔。1974 年 9 月 5 日，陈敬业先生病逝，享年 78 岁。

（二）书信原文

陈敬业先生给子锦明的书信[1]

南京中医学院编《中医学概论》（1958 年 9 月第一版北京）第二章后，“附录”（p558），“医德”，对于医生品德修养，可作“攻玉”（古语：他山之石，可以攻玉）之资，特抄录以贻之。（贻音移，寄送，赠送之意） 1973.6.20

1. 谦虚是一种美德，毛主席说“谦虚使人进步，骄傲使人落后”，这的确是至理名言，古人说：“学无止境。”若满足现状，不求广知，必然落后于形势的发展。嫉妒的思想根源是自私自利，具体表现是毁谤同道，抬高自己，打击别人这些恶劣作风，是不符合做一个人民医生的要求的，其结果也必然会在群众中孤立，学术上得不到进步。为了共同提高技术，解除人民疾苦，在技术上应该做到相互交流，而不是自私保守，作为一己谋利的手段。

2. 夫为医之法，不得多语调笑，谈谑喧哗，道说是非，议论人物，炫耀声名，訾毁诸医。自矜己德。偶然治瘥一病，则昂头戴面，而有自许之貌，谓天下无双，此医人之膏肓也。（孙思邈论大医精诚）

3. 吾道中有等无行之徒，专一夸己之长，形人之短。每至病家，不问疾，

[1] 书信资料来源：王昌厚，梁邦奎，熊邦桢．陈敬业先生纪念集 [Z]. 荆州：湖北省水文地质工程地质大队印刷厂，2001.

唯毁前医之过，以骇患者。设使前医用药尽是，何复他求？盖为一时，或有所偏，未能奏效，岂可概将前药为庸耶？（龚迁贤 万病回春）

4. 为医无才，无学无识，不可也，而为医恃学恃识，亦不可也。必也平心以察之，虚心以应之，庶手其可也夫！（回春录序）

5. 医家误、强识病，病不识时莫时病，恭谦退位让贤能，务俾他人全性命。医家误，不克己，见人开口便不喜，岂刍荛有一能，何况同人说道理。（程钟龄 医学心悟）

6. 证最要者在问，问其饮食好凉好热，初病因何而起，曾服何方，服某方合，服某方不合，逐一问□，已得其大概。（不知医必要）

7. 夫用药之道，贵乎明变，夫用药之法，贵乎明变。如风会有古今之异，地气有南北之分，天时有寒暑之更，禀赋厚浓薄之别，受病有新旧之差，年寿有老少之殊，居养有贵贱之辨。用药之际，勿好奇，勿执一，勿轻妄，勿迅速。须慎重精祥［详］，圆融活变。不妨沉会，以期必妥。（李杲珍 珠囊指掌）

8. 善诊者，察色按脉，先别阴阳，审清浊而知部分；视喘息，听音声，而知所苦；观权衡规矩，而知病所主；按尺寸，观浮沉滑涩，而知病所生以治，无过以诊，则不失矣。（素问阴阳应象大论）

9. 凡欲为大医，必须谙素问、甲乙、黄帝针经、明堂流注、十二经脉、三部九候、五脏六腑、表里孔穴、本草药对，张仲景、王叔和等诸部经方，又须妙解阴阳……如此乃得为大医。若不尔者，如无目夜游，动致颠殒。（千金方）

10. 凡为医者……广收方论，博通义理，明运气，晓阴阳，善诊切，精察视，辨真伪，分寒热，审标本，识轻重。（小儿卫生总微论方）

11. 今之明医，心存仁义。博览群书，精通道艺，洞晓阴阳，明知运气。药辨温凉，脉分表里。治用补泻，病审虚实。因病制方，对症投剂。妙法在心，活变不滞。不为虚名，惟［唯］期博济。不计其功，不谋其利。不论贫富，药施一例。起死回生，恩同天地。如此名医，芳垂万世。（龚信明医箴）

12. 医之为道非精不能明其理，非博不能至于约……非素问无以识病，非本草无以识药，非脉经无以诊视，而知寒热虚实之证。（喻昌医门法律）

13. 用针之要，在于知调阴与阳，调阴与阳，精气乃光，合形与气，使神内藏。故曰上工平气，中工乱脉，下工绝气危生。故下工不可不慎也。必审五脏变化之病，五脉之应，经络之实虚，皮之柔粗，而后取之也。（灵枢根结篇）

14. 观今之医，不念思求经旨，以演其所知，各承家技，始终循旧，省病问疾，务在口给。相对斯须，便处汤药，按寸不及尺，握手不及足，人迎趺阳，三部不参，动数发息，不满五十，短期未知决诊，九候曾无仿佛，明堂阙庭，尽不见察，所谓窥管而已。夫欲视死别生，实为难矣。（伤寒论原序）

15. 故五脏六腑之盈虚，血脉荣卫之通塞，固非耳目之所察，必先诊候以审之。而寸口关尺有浮沉弦紧之乱，腧穴流注有高下浅深之差，肌肤筋骨有厚薄刚柔之异，唯用心精微者，始可与言于兹矣。（千金方）

16. 胆欲大而心欲小，智欲圆而行欲方。诗曰："如临深渊，如履薄冰。"谓小心也，纠纠［赳赳］武夫，公侯干城，谓大胆也。不为利回，不为义疚，行之方也；见机而作，不俟终日，智之圆也。（千金方）

陈敬业给子女的书信（节选）[1]

我幼时家庭贫穷，父亲陈有禄和两个哥哥（文明、文秀）以踩布为业。伯父陈有福以锋刀磨剪为业。家里只有自耕地一斗五升，后被川汉铁路路基所压，得地价，到应城城内开过陈长生乡户染坊，卖过土布。我读应城高等小学时是走读，在家吃饭。读武昌勺庭中学时，每月伙食费三串六百文，这个学校是武昌区立中学，有很多学田收租课，对学习成绩好的学生，免收学杂费，并奖给文具、

[1] 书信资料来源：王昌厚，梁邦奎，熊邦桢．陈敬业先生纪念集 [Z]. 荆州：湖北省水文地质工程地质大队印刷厂，2001:241.

课本等用品，我是学习成绩好的学生，因为费用轻，得受中等教育。1918年(22岁)考入国立武昌高等师范（即今武汉大学）博物地学部（全校有国文史地部、英语部、数理化部、博物地学部）。当时全国只有六个高等师范（武昌、北京、南京、沈阳、广州和成都），预科一年，本科三年，学年和程度与大学同。学生是公费待遇，伙食、衣服、书籍等都是学校发给的。我侥幸考入博物地学部得以毕业，所以，我以贫寒家庭的子弟，得受大学教育。

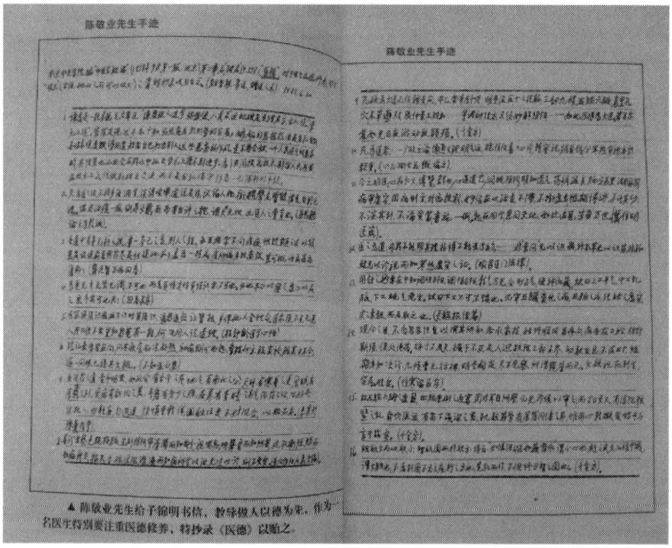

陈敬业书信

图片来源：王昌厚，梁邦奎，熊邦桢．陈敬业先生纪念集 [Z]. 荆州：湖北省水文地质工程地质大队印刷厂，2001.

（三）书信解读

第一封信是陈敬业先生写给其子陈锦明的，书信中，陈敬业先生用抄录的《医德》来提醒他，做一名人民的好医生，要特别注重医德修养。其中，很多语录出自孙思邈《千金方》《素问》《黄帝内经》等耳熟能详的中医著作。

陈锦明，陈敬业先生的第三子，中共党员，1960年毕业于中国医科大学，后在荆州市第一人民医院参加工作。陈锦明的医生事业，与陈敬业是分不开的。首先，陈敬业长期担任生物学（曾称博物学）老师，加上他对中华传统文化理解上十分深入，态度上十分重视，因此，在他家里有十分浓厚的中医氛围。受父亲影响，陈锦明也对中医产生了兴趣。陈锦明长大后，常听父亲上课，渐渐对人体的奥秘和医学基本知识产生了浓厚的兴趣。

陈锦明在纪念父亲的文章《不忘父亲教诲，做人民好医生》中提到了父亲对自己从事医学事业的大力支持。其中，他记述到，1960年他面临工作分配，年迈的陈敬业毅然鼓励他到边疆地区从事医务劳动，肩负“天下兴亡，匹夫有责”的使命，为国家建设尽绵薄之力。后来陈锦明来到了青海医学院，这封书信就写就于此期间。

陈敬业抄录了南京中医学院编写的《中医学概论》中的“医德”部分，寄给在青海工作的陈锦明，这封书信，没有过多陈老先生自己的话，但字里行间，对儿子德才兼备的心愿却体现得淋漓尽致。其中提到医生的品德修养可以“攻玉”，这后来成了陈锦明的座右铭。

陈敬业对医德的重视，与他一心一意对待教育事业的态度是分不开的。陈敬业大力赞扬大教育家陶行知的名言：“捧着一颗心来，不带半根草去。”医德与师德都源于陈敬业对自身与家庭品德建设的重视，也源于他将中华优秀传统文化与职业操守内化于心。

第二封书信片段选自陈敬业给子女的信，在信中，陈敬业主要讲述了自己的求学经历，尤其是如何接受大学教育的。他幼时家境贫寒，一家开支全靠父亲和两个哥哥踩布得来。后来，陈敬业以优异的成绩考取武昌勺庭中学，由于成绩优秀，学校对其免收学杂费。大学期间，伙食、衣服、书籍都是学校所发。概括起来，他求学的成功离不开两个方面：自身努力和教育资助。因此，受过贫寒之苦的陈敬业对教育资源的合理分配是深有感触的，这也对他的教育观念产生了深远的影响。

真正的唯物主义者在进行批判或论战时，首先应该根据事实

——杨献珍

（一）人物简介

杨献珍，原名杨奎廷，曾用名杨仲仁，1896 年 7 月生于湖北十堰郧县安阳镇的一个手工业者家庭，当代中国马克思主义哲学家、理论家、教育家，中共中央高级党校原党委书记兼校长。17 岁考入湖北省立第八高级中学（现郧阳中学），20 岁考入国立武昌商业专门学校。1926 年 11 月，在何世昌和王省的介绍下，杨献珍加入中国共产党，担任武汉第三区区委委员。1927 年，他任湖北省第二中学（汉口）训育主任、党总支书记，曾带领部分师生和武汉广大群众一道，开展收复英租界的游行示威活动。1927 年，在白色恐怖的武汉，他被敌人关入湖北第一模范监狱，直到 1929 年 7 月在党组织的营救下才得以出狱。1931 年，杨献珍在华北从事党的地下工作。由于叛徒出卖，同年 7 月，他在北平被捕，被关进草岚子监狱。在狱中他坚持斗争、不屈不挠，和狱中党支部办起了狱中红色党校，翻译了《共产党宣言》《反杜林论》《家庭、私有制和国家的起源》《国家与革命》《帝国主义论》

《卡尔·马克思》等许多经典著作。1936 年 9 月，经党组织的大力营救，杨献珍结束了长达 5 年之久的监狱生活。随后，他奉中共中央北方局的派遣，奔赴抗日前线山西太原，开展抗日民族统一战线活动，发动 34 名同乡参加“抗敌决死队”，和广大爱国将士一起用血肉之躯抗击日本帝国主义的侵略。1939 年，他发表著名的《论山西十二月政变》，揭露蒋阎罪行；1945—1948 年致力于党的建设工作；1948 年 11 月，任中共中央马列学院教育长。

新中国成立后，杨献珍始终坚持真理，写下唯物主义哲学重要著作。1978 年以后党中央任命他为中央党校顾问，此时，82 岁高龄的杨献珍不顾年老多病，又投入到理论研究工作中，为解放思想、拨乱反正奋笔疾书。1992 年 8 月 25 日，一代哲人杨献珍在北京逝世。

（二）书信原文

真正的唯物主义者在进行批判或论战时，首先应该根据事实。

——致《哲学研究》编辑部[1]

《哲学研究》编辑部：

贵刊 1978 年 1 ~ 2 期合刊上登有吴江的《哲学上两条战线的斗争》一文。在本期第 45 页，他说杨献珍讲哲学根本问题时，“当涉及到哲学基本问题的第二方面的时候，多数话就不能听了，不仅不能听，还要批判。比如他讲，思维和存在没有同一性”，又在同页上说我提出“综合基础论”认为五种经济成分是“平行发展”的，等等。请贵刊编辑部代问吴江：他在什么地方看到我讲

[1] 书信资料来源：杨献珍 . 杨献珍文集：第 3 册 [M]. 石家庄：河北人民出版社，2002:125−141.

过“思维和存在没有同一性”和“平行发展”？请吴江举出确实证据，尽快在报刊上公开答复。并请把我的这封信也在贵刊发表。

此致

敬礼!

杨献珍

1978年12月19日[1]

《哲学研究》编辑部：

贵刊1978年第1—2期合刊登有吴江的《哲学上两条战线的斗争》一文。在这篇文章中说我有一本讲稿，其中有专门一节讲“主观能动作用问题”。吴江说：“值得注意的是，他在讲这个问题的时候，把人的意识的反映作用和能动作用割裂开来，说人的意识‘于反映作用之外还包含了能动作用’，好像反映作用和能动作用是两回事，好像没有能动作用也能够反映事物。这是错误的。”（着重点是吴江加的）首先要声明一下，我在这里是讲的认识论问题，不是讲的生理学问题。吴江若是不把问题扯到生理学问题上，而是放在认识论问题的范围内，吴江说：“反映本身也有能动作用，是能动的反映。”那末［么］按照这种说法，费尔巴哈的反映论也是能动的反映论了。不仅费尔巴哈，在马克思主义哲学以前的一切唯物主义的反映论，也都是能动的反映论了。这样一来，哲学史就需要重写了。马克思在《关于费尔巴哈的提纲》第一条，莱维说：“马克思认为遗憾的是：唯物主义曾经让唯心主义去评价能动力（即人的实践）的作用。”“马克思认为：应该把这些能动力从唯心主义手中夺过来，也把它导入唯物主义的体系中，但是，当然必须把唯心主义所不能承认的那种实在的和感性的特质给予这些能动力。”按照吴江的哲学观点，列宁在这里引用一个资产阶级哲学家的话，岂不是“多此一举”吗?

[1] 原载于人民出版社1981年出版的《我的哲学“罪案”》一书。

列宁在其《哲学笔记》中还说过，人的意识不仅反映客观世界，并且创造客观世界。似乎列宁这样说也是把反映作用与能动作用看做［作］两回事，把二者“割裂”开来了。按照吴江的说法，列宁这样说，当然也是错误的了。

普列汉诺夫听说1903年以前也是一位马克思主义哲学家。他曾说过这样的话：“马克思的《关于费尔巴哈的提纲》第一条指出了费尔巴哈的唯物主义的缺点。马克思还说，费尔巴哈的唯物主义〈之〉所以会有这种缺点，是因为费尔巴哈在《基督教的本质》一书中仅仅把理论的活动看做［作］是真正人的活动。换句话说，费尔巴哈说我们的‘我’只是因为受客体的影响才认识了客体。马克思反驳道：我们的‘我’因为对客体的影响才认识了客体。”（着重点是原有的）普列汉诺夫在这里也是说反映作用，不全是能动的，也还有被动的。在实际工作中也有这种情形。极简单的例证，就是那些辛辛苦苦的官僚主义者，对他们工作的周围环境的具体情况、干部情况等等，不主动地去作［做］认真的调查研究，只是坐在办公室里，靠看文件、听汇报，甚至于看假报告，听取谎报去办事，这种官僚主义者，你能说他一点情况不了解吗？那也未免太冤枉了。但是像这样的情况，也能说是“能动的反映”吗？很明显，在认识论的发展史上，说反映作用与能动作用是一回事，是站不住脚的。革命的能动的反映论，是19世纪40年代初马克思第一次创立的。这也是马克思主义哲学史上的常识。

吴江说：“杨献珍始终没有弄清楚这个问题，他没有真正读懂《实践论》和《关于费尔巴哈的提纲》。”这也就是说，吴江是精通了这些哲学文献的。吴江说的反映作用和能动作用是一回事，反映本身也有能动作用，在认识论中似乎同马克思、列宁、普列汉诺夫说的［得］有点不大一样。这个问题涉及哲学根本问题的一个方面。贵刊是全国哲学刊物的权威刊物，发表了像吴江这样的伟言高论，对全国的哲学工作者影响很大。在这个问题上，人们究竟应当相信马克思、列宁、普列汉诺夫说的正确？还是应当相信吴江说的正确？希望贵刊，并请吴江予以澄清。

再者，吴江说我没有读懂《实践论》和《关于费尔巴哈的提纲》，还说我“讲授列宁的《唯物主义和经验批判主义》一书，许多地方严重歪曲了列宁阐明的认识论原理”。（附带声明一下：我没有“讲授”过《唯物主义和经验批判主义》一书，我只是同原高级党校的学员们一起学习时，“领读”过这本书。）吴江的这些话说的［得］都有点太笼统，对受批判者没有教益。我的水平很低，没有读懂这两本书，我愿恭恭敬敬地执弟子礼，拜吴江为明师，请吴江有以教我，将不胜感激。至于说我歪曲了列宁阐释的认识论原理，希望吴江说得具体一点。明确指出究竟我是在列宁的哪本书中，哪些章节和怎样歪曲了的。

吴江指出我讲唯心主义者都是不可知论者，是违反哲学史的常识的。我那时没有提明黑格尔是彻底地批判过康德的不可知论的。承吴江指出我的这个疏忽，特在此声明向吴江表示感谢。

希望贵刊发表吴江的答复时，也把我的这封信作为附件一并发表。我希望全国的哲学工作者对我的错误严格地予以指正，使我能有改正错误的机会，我将衷心地感谢同志们的教诲。

此致

敬礼！

杨献珍

1979年1月9日

《哲学研究》编辑部：

贵刊1978年第1～2期合刊本第46页上载有吴江的这样一段话：“否认真理是一个过程，要求在认识上、行动上不发生任何错误。毛主席针对这种倾向指出：社会主义革命的真理不是一次可以认识的，机械唯物论就是一次完成真理。又说：对于建设社会主义的规律的认识，必须有一个过程。世界上没有一次完成真理的天才，认识真理总要经过实践的反复。要求一次完成对真理的认识，这是形而上学的机械论，不是辩证唯物论的认识论。”

请问吴江，是谁否认真理是一个过程，要求在认识上、行动上不发生任何错误？我从来没有否认真理是一个过程，要求在认识上、行动上不发生任何错误。我也没有听说过谁否认真理是一个过程，谁要求在认识上、行动上不发生任何错误，谁要求过一次完成真理的认识。我只听到另一位大哲学家批判过所谓“一次反映论”，其说法和吴江说的都一样，吴江只是把“一次反映论”换成“一次真理论”。批判所谓“一次反映论”的历史背景是这样的：1958 年，有那么一个省，样样工作都好的［得］了不得，号称全国第一，又号称“千斤省”，即全省每个县小麦都是亩产超过千斤。有一个人民公社的党委书记写了一篇文章，题为《揭开 7320 之谜》，登在一个哲学刊物《自然辩证法研究通讯》上。这位党委书记还被从他所在的那个省请到北京来作［做］“科学”经验介绍报告。1975 年我被“四人帮”流放到陕西潼关，听那里的人们说，这个党委书记还到潼关宣传过“7320”，即亩产 7320 斤。这个省还放了好多卫星，什么钢铁卫星、小麦卫星、玉米卫星等等。一个地方，什么设备都没有，竟然一天一夜炼出 130 万吨钢，登在《人民日报》上。一个生产大队的支部书记以亩产玉米 1 万斤的“成绩”，来北京参加劳模大会，获得“劳动英雄”的称号。如此等等，几天也说不完，我就不再说下去了。那时，前面提到的那位哲学家在那个省的某个县，住了七八个月，对这种种情况熟视无睹。1964 年时，有人议论某省的领导有主观主义，那位同志听了，说某省没有主观主义，说他要挺身而出，为某省辩护，说谁要是说某省有主观主义，那就是“一次反映论”，也就是吴江说的“一次真理论”。那时，我也曾到那个省去看过。我们学校（原高级党校）有几十个教学干部，都在基层住了几个月，把下边的真实情况，摸的［得］清清楚楚，他们向我汇报了很多骇人听闻的弄虚作假的事情，我听了不胜惊异。《聊斋·考城隍》有几句话：“有心为善，虽善不赏；无心为恶，虽恶不罚。”我当时不禁慨叹地续了两句：“有意作假，当如之何？”

这里要请问吴江：弄虚作假，放假卫星，究竟需要几次反复，几次试验，才能认识那是“真理”？弄虚作假，放假卫星就是社会主义革命的真理吗？这难道就是你们的辩证唯物论的认识论吗？只许州官放火，不许百姓点灯。只许“长官”弄虚作假，不许小民说个“主观主义”。主观主义还不是我说的，要是叫我说，那就是不折不扣的主观唯心主义。

真正的唯物主义者在进行批判或论战时，首先应该根据事实，而不应该根据凭空捏造的材料或主观的魔断。尤其是在哲学理论上，更应该严肃谨慎从事。应该调查研究，弄清真实情况，实事求是地进行批判或论战。那个所谓的“理论权威”，是惯于搞无中生有，任意捏造，断章取义，随便篡改等手法，胡乱给人扣帽子，诬蔑陷害坚持唯物主义的革命者的。正因为他们是一帮彻头彻尾的唯心主义者、实用主义者，是别有用心和怀着不可告人的目的的坏家伙，所以把哲学界搅得乌烟瘴气、混乱不堪。而吴江在“四人帮”倒台后，说要“从各个思想理论领域批判林彪、‘四人帮’，澄清被他们搞乱的许多基本理论问题”，但他写的这篇文章，在有些地方，根据不可靠的材料（如他说我说过“思维和存在没有同一性”“平行发展”及前一封信和这一封信中所提到的一些问题，就他批判的“综合基础论”和“合二而一”问题，也有许多不符合实际情况的），对我进行所谓的“批判”，这究竟是为了什么呢？

此致

敬礼！

杨献珍

1979年2月8日

革命转变的惟［唯］一条件是阶级力量对比。

——致林涧青同志[1]

林涧青同志：

看到理论工作座谈会资料第二辑，又提起关于我国社会性质问题，那些说我国现在还不是社会主义社会的文章，当然都是胡说八道。邓力群同志关于这个问题的观点我都同意。去年他关于说明如何写作《决议》的过程的讲话，讲得很好。在讲我国从新民主主义革命胜利后转变到社会主义革命，关于经济条件，讲得很充分，我完全同意，但有一个很重要的条件没有提到，显得对我国革命转变的理由的说明，不够有力。这个条件是列宁说过的，即革命转变的惟［唯］一条件是阶级力量对比。在 1949 年的时候，中国共产党领导的人民解放军消灭了蒋介石的八百万军队，那时候中国工人阶级和中国资产阶级的力量对比，是一种什么样的情况？中国共产党领导的人民革命发展到这种地步，进一步还要发展，向何处发展？那时人民革命从民主革命向社会主义革命转变，按照中国革命发展规律，岂不是势所必然吗？民主革命向社会主义革命转变的惟［唯］一条件是阶级力量对比，这个道理，50 年代在马列学院我们是经常讲的。请你将这个意见告诉邓力群同志，请他再讲这个问题时，把这一点充分说明一下。列宁的这个论点，请你们翻书找一下，在列宁讲革命转变问题的地方就可找到。

[1] 书信资料来源：杨献珍．杨献珍文集 第 3 册 [M]. 石家庄：河北人民出版社，2002(12):299. 据原编者介绍这是杨献珍同志的一封来信。邓力群同志看了这封信后说："杨献珍同志的这个意见很好。过去我在解释《关于建国以来党的若干历史问题的决议》中有关这个问题时疏忽了这一点。很有必要专门写篇文章，就这方面的基本理论和我国的实际情况，作充分的补充和发展。"当然，我国新民主主义革命取得胜利以后，工人阶级已经成为统治阶级，而资产阶级的主要部分官僚资产阶级已被消灭，所以，工人阶级同资产阶级的阶级力量对比问题，实际上已经解决。但对于我国实现从新民主主义革命到社会主义革命的转变，仍然是一个十分重要的问题。

我精力不及，翻找材料很困难，请原谅。

此致

敬礼！

杨献珍

1982年3月20日[1]

文艺工作者必须具有坚定的马克思主义哲学基础。

——致孟一川同志[2]

一川[3]同志：

4月12日《光明日报》第三版胡绳[4]同志写的《致友人书》，希望你看一下。特别是该文第十三、十四、十五段，讲“历史研究者须要学习哲学，学习马克思主义哲学，学习辩证唯物主义理论和方法……”这几段文章是指研究历史的人说的。把“历史”换成“文艺”，我觉得这几段话也完全适用于研究文艺的人。胡绳同志说，历史研究必须有一个坚定的哲学基础……同样的，文艺研究也必须有一个坚定的哲学基础。搞文艺批评或评论，更必须有坚定的哲学基础。文艺界某些思想混乱，根源在于没有马克思主义哲学作基础，这样就没有共同语言。你们可以大声提倡文艺工作者、作家，都要学习马克思主义哲学，学习辩证唯物主义与历史唯物主义。

敬礼！

杨献珍

1982年4月13日

[1] 此信曾载于《调查和研究》第119期。

[2] 书信资料来源：杨献珍．杨献珍文集 第3册[M]．石家庄：河北人民出版社，2002:300−302.

[3] 一川：孟一川，时任文化部党校的副校长，与杨献珍关系甚好，为莫逆之交。

[4] 胡绳：原名项志逖，是享有盛誉的马克思主义理论家、哲学家和史学家，中国近代史研究的拓荒人，主编的《中国共产党的七十年》对党史研究影响深远。

（三）书信解读

1978年十一届三中全会胜利召开，恢复和发扬了中共一贯坚持的实事求是的马克思主义路线，杨献珍同志的冤案因此得到昭雪。为了澄清过去不怀好意者对自己的曲解，1978年12月19日，杨献珍写下了致《哲学研究》编辑部的第一封信，并致函《哲学研究》编辑部要求发表。但被《哲学研究》以“刊物只登纯学术性质的文章，不登涉及政治性质的文章”为由拒绝。就此，杨献珍发问道：曾经以大量版面刊发在《哲学研究》上的吴江的那篇《哲学上两条战线上的斗争》一文难道只是纯学术性质而不涉及政治性质的文章吗？在这种情况下，杨献珍将他的信寄给了富于党性，没有派性的陕西《汉中师范学院学报》编辑部，该编辑部冲破“大刊物”的封锁和阻力，最终以“杨献珍同志给《哲学研究》编辑部的一封信”为题，将这封信发表了出来。1979年，此时的杨献珍已83岁高龄，担任中央党校顾问职务，为了更好地阐述自己的立场与观点，他先后于1979年1月、2月写下了第二封和第三封信。

“思维和存在的同一性”问题的论战是新中国成立初期哲学界三次大论战中一次极其重要的论战。在致《哲学研究》编辑部的3封信中，杨献珍对他人对自己的歪曲做了有力的回应，面对别人的指责首先要求对方拿出充足的证据，要靠事实说话，而不是主观臆断随意评价。在信中，杨献珍坚定地表明自己的唯物主义立场，认为“真正的唯物主义者在进行批判或论战时，首先应该根据事实，而不应该根据凭空捏造的材料或主观的臆断。尤其是在哲学理论上，更应该严肃谨慎从事。应该调查研究，弄清真实情况，实事求是地进行批判或论战”。这些话展现了他的哲人风范与人格魅力。

第四封信是写给林涧青同志的，是对邓力群同志在解释《关于建国以来党的若干历史问题的决议》的一个补充，认为其对我国从新民主主义革命到社会主义革命转变的理由说明不够有力，还缺少阶级力量对比。这一建议得到了邓力群同志的认可，对从哲学角度解释我国的社会转型问题提供了重要参考。

1982 年 4 月 12 日，胡绳在《光明日报》发表了《致友人书》，批评历史学界有一种轻视理论思维的倾向，提出历史研究要有一个坚定的哲学基础。第二天，杨献珍就此给文化部党校副校长孟一川写了一封信，强调指出文艺研究也应有一个坚定的哲学基础。杨献珍之所以重视这个问题，是因为一个时期以来文艺界特别是文艺理论界对“文艺从属于政治论”有诸多议论，同时文艺界还面临着在“伤痕文学”的热潮逐渐冷却之后向何处转型的问题。在这个时期，西方的种种哲学思潮，如存在主义、虚无主义等乘虚而入，在青年学生中找到了土壤，对我国当代文学界造成不容忽视的影响。杨献珍在信中提倡文艺工作者、作家，应学习马克思主义哲学，学习辩证唯物主义与历史唯物主义。这为我国当时的文艺发展指明了道路。当今社会，随着流量的盛行，文艺界出现“吸睛则吸金”的扭曲价值观，“流量乞丐”乱象丛生，如何让“流量”更有“质量”，让“网感”更具“美感”，从“网红”到“长红”，杨献珍的这封信仍给我们较大的启示。

杨献珍同志的一生，是致力于马克思主义理论研究、马克思主义中国化研究的一生。他对真理不懈的追求，对各种唯心主义、主观主义的坚决斗争，以及为党和人民的利益敢讲真话的品格，表现出一位马克思主义理论家坚定的党性原则和共产党人的高风亮节。

永远保持青春的活力，在祖国的现代化的建设中多贡献力量

——张文秋

（一）人物简介

张文秋，1903年12月出生于湖北省京山县孙桥镇青树岭村谢家湾。1917年，考入湖北省立女子师范学院，在陈潭秋和董必武的影响下开始投身革命。1919年参加了五四运动。1922年参加了湖北女师学潮。1923年参加武汉学生联合会，担任女师学校联合会分会副主席，兼武汉工团联合会主任,从事工人运动和妇女运动工作，并参与组织了学生声援汉阳兵工厂的罢工斗争和汉口纱厂棉花厂及汉口黄包车工人的罢工斗争，参加了武昌粤汉铁路的罢工斗争及京汉铁路的“二七”罢工斗争。1924年3月加入中国共产主义青年团。1925年，在女师担任教务处秘书及学生联合会主任兼团支部书记，开始从事党的秘密工作，成为一名职业革命者。1926年1月转为中国共产党党员，长期从事地下工作。土地革命时期，先后担任湖北京山县委妇女部部长、组织部部长，县总工会秘书及党支部书记。抗日战争与解

放战争时期为党的革命工作作出重要贡献。在长期的革命生涯中，张文秋与毛泽东一家建立了深厚的革命情谊，两个在牢房里长大的女儿刘思齐（又名刘松林）与邵华先后与毛泽东的儿子毛岸英、毛岸青结为伉俪，成为毛泽东的“双重儿女亲家”。张文秋堪称世纪老人，她几乎经历了中国革命全过程，又是一位名副其实的革命老人，她一生经历坎坷，曾两次坐过国民党的大牢。新中国成立后，她先后任中国银行人事室副主任、中国盲人福利会总干事；1982 年 9 月离职休养。2002 年 7 月 11 日，中国共产党的优秀党员、久经考验的忠诚的共产主义战士、中国妇女运动的先锋战士张文秋同志在北京逝世，享年 99 岁。

（二）书信原文

张文秋给高朗的两封信

把精神寄托在事业上，这也是一种进步的想法。[1]

高朗妹：

你好。

你的来信我已收到，请勿念。接到来信后非常高兴。你所提的建议是很需要的，可是说起来很不容易。第一，经费困难；第二，没有地址；第三，教师缺乏；第四，教育部不会承认。这是几个基本问题。同时现在各种大学都有，谁还来学习毛泽东思想。现在一切都讲究经济效益，做生意买卖，搞科学研究，学技术。不过我也很想筹备基金办这样的学校。你这种想法、这种希望是值得称颂的，只要我们有目标、有决心，各方面想想办法，克服困难，也不是毫无办法的。我的病已基本痊愈，准备过元旦后，一月初回家，收拾收拾，预备

[1] 书信资料来源：高朗. 中共一大党员董锄平 [M]. 北京：中央文献出版社,2006:322-327.

到一月末到广州去休养，到时候我找你共同研究办学的问题，好好商量一下再说吧。前些时，在家里看到一本刊物，其中有董锄平的历史，介绍他参加革命的经过情况。可惜现在我没有带到医院，如果在的话我就会寄给你了，等我到广州时我一定找到带给你看。

关于你的定居问题，你幸喜有几个侄儿侄女，可以跟他们住在一起，精神上和生活上得到一些安慰和照顾，也是你晚年的幸福，否则你更加困难了。人老了，就是要靠后代，没有后代的安慰和照顾，孤独的生活也是使人很难忍受的。你要办学校，把精神寄托在事业上，这也是一种进步的想法。我赞成你这种志愿，也想法支持你，使这个学校办成功，这样你的精神生活都有所寄托了。好了，不多说了，等我到广州去，我们从长计划。专此函复。祝你身体健康！长命百岁！

张文秋

1987.12.30

张文秋书信原件

图片来源：高朗．中共一大党员董锄平 [M].

北京：中央文献出版社 ,2006:324.

亲爱的高朗妹：

你好！

你一月十日的来信，我已收到，请勿念。我现已出了医院回家两三天了。当我接到你和鸿智女儿的来信后，非常高兴。现我已准备向中组部写报告申请赴香港一游，到时候如蒙允许，我将先赴广州，和你们见见面，商量商量办大学的问题。然后经过深圳到香港。去参观一下香港后，就回北京了。

因我的三女儿张少林已由美国回国后，在中国银行总行工作。现在她在香港分行，进行检查改革工作。需要半年才得回国。因此她来信给我，要我带她的女儿小李杰去香港玩玩。小李杰今年十一岁，刚考进初中，也想在此寒假时期，去看看她的母亲。因此我们只等组织批示下来，而进行办手续赴广州。到时候一定通知你们，来见见面。

我预备回京时，将高朗妹带回北京，我想请高朗妹来京，共同筹划办大学的问题。我现在正在应中央党史委员会的邀请，已在写自己的回忆录，准备今春完稿。我已写了五十多万字了。是由我的二女儿邵华在负责整理。目前她不到广州去，她的毛毛今年高中毕业，准备考大学。是以她要在家监督孩子学习，不能离开北京。因此今冬她不来广州度寒假了。我去广州也只是路过一下，也不准备多住，因为北京等着我办事。我到香港只准备过十天。

关于高朗妹急于要看董锄平的传略，我已让人给高朗妹抄了一份，现在先寄给你一阅，看是否寄写对了。书中写了许多别的同志，是以未将全书寄给你，因为别人也要看。等我去时，将书带来你看看好了。现在你要准备来北京一游，至于你要定居北方南方，等来后再商量。到北京办大学较困难，到湖南办大学倒容易。我已同人谈过，在湖南的原有大学改个名字就行了。今年我想在北京成立一个筹委会，筹备筹备再说吧！你说对吗？

我若得到批准，大概在春节前后，就可到广州了，不过听说到香港，出海关的那一段路很难走，因为我行动不便，坐轮椅，推不过去。上飞机也很困难。

是以我尚在忧虑。不过等批下来了再说吧？

斐南、泳芬和我们有来往，前些时曾来医院看过我，现已回港去了，已有信来。

周颖同志现在身体不太好，她很少出门，她已搬了家，新居告诉过我，没有电话，我未去过。也无法与她联系。陈友松处我和他经常在电话来往。他愿意介绍人帮我们的忙，他很赞成办大学。专此告知，祝你冬安！

文秋书于家中

88.1.20

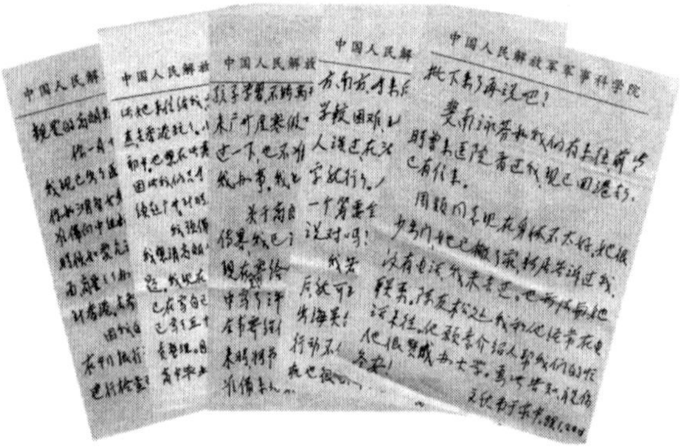

张文秋书信原件

图片来源：高朗 . 中共一大党员董锄平 [M]. 北京 : 中央文献出版社 ,2006:327.

张文秋给李鸿智的两封信[1]

永远保持青春的活力，在祖国的现代化的建设中多贡献力量。

鸿智女儿：

我接到你的来信，看完后非常高兴！高兴的是我又有了一个像你这样热

[1] 书信资料来源：高朗 . 中共一大党员董锄平 [M]. 北京 : 中央文献出版社 ,2006:328-333.

情亲切的好女儿，我感到自豪，你叫我那一声亲爱的妈妈，使我高兴得热泪盈眶。你三十多年没有妈妈叫了，你现在已经是当了妈妈，儿孙满堂，这也是人生的乐事。

你要知道你的妈妈高启淑，是我很好的同学和知己朋友。她的遭遇所受的折磨和我差不多，可惜她虽奋斗出来了，却不幸去世得太早了，要是她活着看到你今天的成就，一定是非常高兴的！好了，不回忆这些了，向前看吧，努力奋斗，建设未来吧。你今天的处境还是幸福的，希望你保重身体，使身体永远健康，永远保持青春的活力，在祖国的现代化的建设中多贡献力量。这样来弥补你妈妈的遗憾。

女儿！女儿！我们不谈了。等我们见面好好叙谈，现寄给你一张我最近的照片，留作纪念。现在你对你姨母的关怀照顾，也等于孝顺你妈妈。好了，女儿，不谈了，等见面后再谈。

祝快乐。

妈妈文秋

1982.12.30

亲爱的鸿智女儿：

你的来信我看到后，得到无限的［地］安慰和高兴。我感到我的干女儿虽多，但都没有你对我这样亲切。你大概是因为你的妈妈是我青年时期的老同学之故，我对你倍感亲切。现在我好多话，都在你姨母信上谈过了，我对你不重复了，就此搁笔，你看她的信就可知道我今后的行动了。此复祝你健康快乐。

你的妈妈文秋书于家中

问女婿和孩子们好！

88 年 1 月 20 日

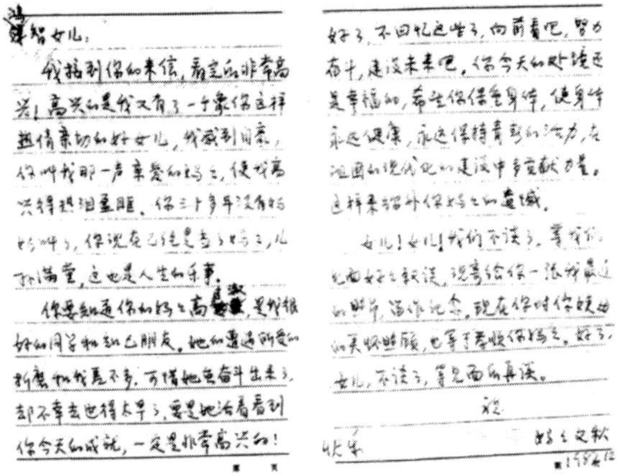

鸿智女儿：

我接到你的来信，看完后非常高兴！高兴的是我又有了一个象你这样热情亲切的好女儿，我感到自豪，你叫我那一声亲爱的妈妈，使我高兴得热泪盈眶，你三十多年没有妈妈叫了，你说自己总是要有妈妈，儿孙满堂，这也是人生的乐事。

你要知道你的妈妈高鑫，是我很好的同学和知己朋友。她的遭遇所受的折磨和我差不多，可惜她没奋斗出来了，却不幸去世得太早了，要是她活着看到你今天的成就，一定是非常高兴的！

好了，不回忆这些了，向前看吧，努力奋斗，建设未来吧，你今天的处境还是幸福的，希望你保重身体，使身体永远健康，永远保持青春的活力，在祖国的现代化的建设中多贡献力量。这样来弥补你妈妈的遗憾。

女儿！女儿！我们不谈了。等我们见面好好的谈，现寄给你一张我最近的照片，留作纪念，现在你对你姨母的关怀照顾，也等于孝顺你妈妈。好了，女儿，不谈了，等见面后再谈。

祝

快乐

妈妈文秋

1986.12.30

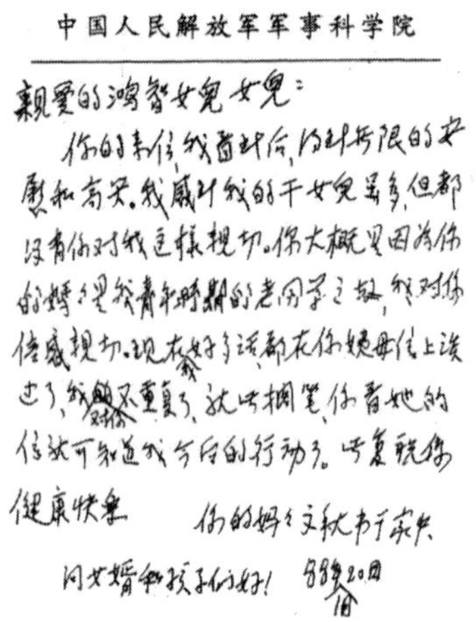

中国人民解放军军事科学院

亲爱的鸿智女儿女儿：

你的来信我当时收到，给我无限的安慰和高兴。我感到我的干女儿虽多，但都没有你对我这样亲切。你大概是因为你的妈妈是我青年时期的老同学之故，我对你倍感亲切。现在好多话都在你姨母信上谈过了，我就不重复了，就此搁笔，你看她的信就可知道我今后的行动了。此复，祝你健康快乐

你的妈妈文秋书于家中

问女婿和孩子们好！ 8月20日

张文秋书信原件

图片来源：高朗．中共一大党员董锄平 [M].

北京：中央文献出版社，2006:331−333.

（三）书信解读

以上收录的是张文秋于20世纪80年代写给高朗、李鸿智的几封书信。1978年12月，十一届三中全会的召开，标志着社会主义中国迈开了改革开

放的历史性步伐。僵化的体制被逐渐突破，平均分配逐渐被共同富裕所取代，改革开放给中国人民带来了富裕，成为新中国的基本国策，成为中国强国之路和社会主义建设事业的强大动力。

张文秋写下这些书信的时候，新中国的改革开放已进行了10年左右，旧有封闭僵化的体制和思想被充满活力与生机的新事物所取代，中国大地呈现出一片欣欣向荣的景象，此时的张文秋早已离职休养。为新中国的革命、建设和改革事业奋斗一生的张文秋老人，终于能够回到自己的家庭安享晚年。可是一心牵挂祖国改革建设与发展，张文秋依然四处奔波操劳。

前两封书信是张文秋对高朗的回信，高朗在来信中向张文秋吐露自己想办学校的心情，希望得到她的帮助，而张文秋也从现实出发，通过分析经费困难、选址问题、师资条件以及官方认可情况等向高朗传达了自己的打算，并肯定高朗的想法。同时高朗正在搜寻有关中共一大党员董锄平的资料（也就是后来出版的《中共一大党员董锄平》），遂向张文秋寻求帮助。张文秋恰好了解相关资料，遂在信中给予回复与鼓励。张文秋明白董锄平的牺牲对高朗的打击，因此对高朗通过创办学校来寻找精神寄托的行为表示深深的理解，为此也向她伸出了援助之手，并在第二封信中做了说明与安排。第二封书信除了对办校事宜与董锄平材料的告知，更多的是朋友之间温情脉脉的寒暄，朴素无华的语言读来却使人心头一热。

后两封信是张文秋写给李鸿智的书信。挚友高启淑离去后，张文秋便将高启淑的女儿当作自己的亲女儿，给予她母亲般的疼爱，亲切地唤李鸿智为“女儿”。张文秋将自己的慈祥与温情倾注给了自己的家庭，也倾注给了身边的人，更倾注给了祖国和人民。她用女性坚韧、温情的力量刻画了中国妇女运动先锋战士的光辉形象，践行了一名共产党人的初心与使命，体现了一名共产党人的责任与担当。

共产党员为革命奋斗一生，其目的也不是为了光宗耀祖

——秦基伟

（一）人物简介

秦基伟，1914 年 11 月生于湖北黄安七里坪镇秦罗庄。1927 年 11 月参加黄麻起义。1929 年 8 月参加红军，任战士、排长。1930 年 4 月加入共产党。1931 年任红四方面军经理处监护排长、总部手枪营连长。参加了鄂豫皖革命根据地反“围剿”战斗。1932 年 10 月随部西征入川。1933 年起，任四川红江县指挥部指挥长、红四方面军少共国际团连长、西北革命军事委员会警卫团长。1934 年任红三一军九二师二七四团团长。1935 年春任红四方面军总参谋部补充师师长，率部参加了创建川陕革命根据地和长征。1936 年任红四方面军总部四局参谋，随部西渡黄河作战。抗日战争全面爆发后，任八路军一二九师正太游击支队司令员、太行军区

第一分区司令员，率部在正太铁路南侧开辟抗日根据地。1939年5月后，任晋冀豫军区司令部作战科长、参谋处处长。1940年任一二九师新编第十一旅副旅长，参加了磁武涉林战役和百团大战。1941年3月任太行军区第一分区司令员兼中共太行一地委书记，率部参加了太行区1942年夏季反“扫荡”和1944年、1945年攻势作战。抗战胜利后任太行军区司令员。率部攻克赞皇、临城、沙河、邢台等城镇。1947年8月任晋冀鲁豫军区九纵队司令员，指挥所部南渡黄河，参与开辟豫西解放区。后参加平汉、陇海路破击战和洛阳、郑州、淮海等战役。1949年3月任第二野战军四兵团十五军军长。参加了渡江、广东、广西和滇南等战役。

1951年3月参加抗美援朝战争，任志愿军三兵团十五军军长。参加了第五次战役，参与指挥了上甘岭战役。1953年回国后，任云南省军区副司令员兼参谋长、昆明军区副司令员。1955年9月被授予中将军衔，获二级八一勋章、一级独立自由勋章、一级解放勋章。1957年在云南军事学院战役系毕业后，任昆明军区司令员兼中共云南省委书记。1973年起任成都军区司令员，北京军区第二政委、第一政委、司令员。1977年8月任中共中央军委委员。1981年组织指挥了华北某地实战演习。1984年组织指挥了国庆35周年阅兵。1988年4月任中华人民共和国中央军委委员、国务委员兼国防部部长；9月被授予上将军衔。1965年任第三届国防委员会委员。1959年、1965年、1975年、1978年、1983年和1988年被分别选为第二、三、四、五、六、七届全国人大代表。1956年被选为中共八大代表。1973年、1977年、1982年和1987年被分别选为中共十、十一、十二、十三届中央委员，十二届中央政治局候补委员，十三届政治局委员。1992年10月被选为中共十四大主席团常委。1993年3月被选为第八届全国人大常委会副委员长。1997年2月2日因病在北京逝世。

（二）书信原文

矩昌：

你好！

前几天收到你的来信，我们全家都非常高兴。家乡在三中全会以后能〈有〉这样大的变化的不同是让人高兴的。这一靠党的路线方针和政策的威力，二靠家乡人民的实干精神，有路线做保证，又有踏实的劳动和辛勤的汗水，富裕起来是必然的。前几年由于极左的东西束缚了人们的手脚，你要干也不成，想富也富不起来，现在我们的农业才真正有了飞跃的可能。

你信中所说的事情现在不要再弄了，随着社会的前进，人们思想水平的提高，对这些事情都会有一个正确的认识的，57 年回家乡时我是说过修坟的事情，如今又隔了几十年，且不论坟还在不在，就现在的情况来说，提这个事也是不合适的，共产党员为革命奋斗一生，其目的也不是为了光宗耀祖，这些道理我想你和乡亲们是懂得的，也是可以谅解的，总而言之，我不赞同现在来搞这样的事，请你和大家解释解释，如果有县上的领导问到此事也请你向他们转述我的意见。

党的十二大刚刚结束，各项工作都要按□□的标准和更高的要求去做，我的工作是非常忙的。北京你已经来过了，现在是冬季也没有什么好观的。农村实行责任制，你走也会影响家里的生产，所以你不要来了，我也不需要什么东西，如果需要的话会告诉你们的。当然，你们的心情我是完全理解的，但以后机会还很多嘛。上次矩德来时我也和他说过，不论你们谁来都应该取得我的同意，望你们按此执行。你们□□的问题有机会我告诉县里。

我身体很好，请你们放心。

祝大家工作顺利。

秦基伟

10.5[1]

秦基伟书信原件

图片来源：红安这 4 位开国将军的书信写了啥？一起来看看 [EB/OL].（2019-11-03）.https://www.sohu.com/a/351385109_100084054.

（三）书信解读

在红安县文物局里，静静地躺着 1982 年 10 月 5 日秦基伟写给远房侄子秦矩昌的一封亲笔信。3 页泛黄的信纸，娟秀整齐的蓝色字迹，让人遥想到当年手握长缨、饮马长江、挥戈华南、鏖战上甘岭的一代战将。

1978 年 12 月十一届三中全会召开，冲破了长期“左”倾错误的严重束缚，彻底否定“两个凡是”的错误方针，高度评价关于真理标准问题的讨论，重新确立了党的实事求是的思想路线。同时做出了改革开放的重大决策，把全党的工作重点和全国人民的注意力转移到社会主义现代化建设上来，开启了我国改革开放和社会主义现代化建设的新时期，我国社会各方面开

[1] 书信资料来源：红安这 4 位开国将军的书信写了啥？一起来看看 [EB/OL]（2019-11-03）.https://www.sohu.com/a/351385109_100084054.

始向好向快发展。秦矩昌便致信秦基伟，告诉了他家乡在十一届三中全会后的巨大变化，同时提出要翻修祖坟，光宗耀祖。秦基伟收到信后于 1982 年 10 月 5 日给侄儿回了这封书信。

听闻家乡的可喜变化，秦基伟非常高兴，并表示“这一靠党的路线方针和政策的威力，二靠家乡人民的实干精神”。同时，秦基伟也直接拒绝了侄儿修祖坟的提议，指出“共产党员为革命奋斗一生，其目的也不是为了光宗耀祖，这些道理我想你和乡亲们是懂得的，也是可以谅解的”。对于一位常年征战的老红军来说，参军打仗，领受军衔早已超越了对家族荣誉的追求，更不必谈是对个人荣誉的追求。战争的磨砺也是对思想的洗礼、信仰的坚持。提枪为国，在秦基伟看来是一个军人为国为民的责任，是一位共产党员对马克思主义信仰的坚定追求，因此即使有幸能身居要职也应对党和人民继续奉献，而不必夸耀。相比起那些稍有成就便大张旗鼓的人来说，秦基伟的低调含蓄、淡泊名利让人心生敬畏。在信中，除拒修祖坟外，秦基伟也教导侄儿要在家安心生产，脚踏实地为家乡的建设出力，暗示侄儿不能借自己的特权谋脸面之利，可见将军的清正廉洁。

这封书信不长，但句句都能读出秦基伟将军的英雄本色，对今天的廉政文化建设无疑是生动的教材。

要群众做到的，党员自己首先要做到

——秦光远

（一）人物简介

秦光远，1913—2002，湖北黄安七里坪镇观音阁村人。1931 年，秦光远加入中国共产主义青年团，同年参加中国工农红军。1933 年由团转入中国共产党，参加了长征。曾任红四方面军卫生部副部长，武汉军区文化学校政治委员，武汉军区后勤部副政治委员、顾问等职。1955 年荣获二级八一勋章、二级独立自由勋章、二级解放勋章。1964 年晋升为少将军衔。1988 年获一级红星功勋荣誉章。2002 年因病在武汉逝世。

（二）书信原文

遵礼：

你好！

据秋平电话中说，村里和组里同意你家免交提成，不能这样做，万一交不起，我给你们想办法。遵照党章规定，支部堡垒作用，党员模范作用，要群众做到的，党员自己首先要做到，要求群众不能做的事，党员自己首先不做。再就是告诉本村组的领导，春节不用来看望我。

春节快到了，今天给你汇去一百四十元，作为过年用。

就春节来临之际，向你们表示祝贺！祝你身体健康，万事如意！

袁家洼两个小姑娘，表现不错。做事认真，肯干、肯学习，一教就会。

祝你全家春节快乐！

你这次关于搞“家谱”的事，做得好，没有盲目同意。搞“家谱”是错误的，我们社会主义新中国，是个大家庭，不论姓什么都是一家人，搞家谱是封建的落后的东西。

光远

元月 25 日

遵礼：

你好！今天秋平来汉办事，给我们带来绿豆粑 25 个和散酒 5 斤（是给旭平的）。

快过春节，今天给下述四个同志汇款，遵怀一百元，方家畈朱氏一百二十元，二屋方四秃一百三十元，秦家畈秦昌义一百五十元。

过春节时大年三十或初一，你煮半斤米饭，多烧一斤猪肉，再加二两酒，请孝松的岳父吃一顿好饭。那也是个可怜人，给他钱，他也拿不到手，吃不到口。

我的身体还行，你嫂子还是腿痛，行走不便。旭平、秀云、民和小孩都好。据秋平说他的孩子感冒，现可好些。

学校是个穷地方，你不可去学校打电话。

祝你过好春节！身体健康！

光远

元月 27 日

遵礼：

你好！前信我已收到。

小梅妈妈的病现在如何？好些了吧？

今天给你汇去人民币三百元，望收到后回信。

秋平在电话中说，村和组的负责人同意你家免交提成，前信我已说过，不能免，还是要交，这样做正大光明。

袁家洼的两个小姑娘，在这里做事，表现很好，她们能干，很勤快，做事认真细致。请你有空去跟她们的爸爸妈妈讲下，我们想留她们在这里长期干。至于待遇，逐渐增加，不会亏待她们。

对村和组的负责人，对他们尊重是应该的，不可巴结他们。用巴结的办法，去求得他们的照顾是不好的，是不正确的。

你去袁家洼，不在他们家吃饭、喝酒。

春节快到了，祝愿你全家春节快乐！

光远

2月2日

遵礼：

你好！修建红军烈士纪念碑，给你添麻烦，向你表示感谢！这件事办的［得］不错，没想到你很快就办成了，我感到高兴。修建纪念碑的费用，再给你二百元由秋平带去，请收。

另外给你带去好酒一瓶，香烟一条。

请你告诉祖清，应将本村的自来水修好，让大家生活方便些。我给本村修理自来水的钱，可能还没有用完。

好吧！下次再谈。

光远

2月15日

（三）书信解读

在第一封信中，秦光远拒绝对方家中免交提成，这是出于党章规定，这也表现出了秦光远严格遵守党章规定，自觉承担党员义务，在人民群众中积极发挥先锋模范作用，纵使有功劳，也不贪恋“特殊化”。可见，在党性修养上，秦光远严格要求自己，同时也监督他人。他对于搞好党的作风十分重视。在信中，秦光远表示：“要群众做到的，党员自己首先要做到。”这不仅仅是秦光远高尚人格与纯洁党性修养的写照，也向我们展现了秦光远时刻将人民群众的利益放在首位的端正作风与昂扬精神。

在其他信中，秦光远更多是话家长里短，比如散酒多少、绿豆粑多少，无不透露着伟岸英雄的平凡一面，正是这种伟大中的平凡，更加衬托出平凡中的伟大。家长里短，是秦光远对家人无尽之爱的细微表达；字里行间，透露着他对家庭的关心，体现着他的责任与担当。

在这些信里，我们直观地感知了秦光远的党性修养，以及他对社会主义事业的坚定信念。他始终将人民群众摆在首位，始终坚持一名共产党员的应有之义。不仅如此，从信里，我们仿佛看见了“袅袅炊烟”，平凡的烟火里，映射出他从不脱离人民的伟岸人格。

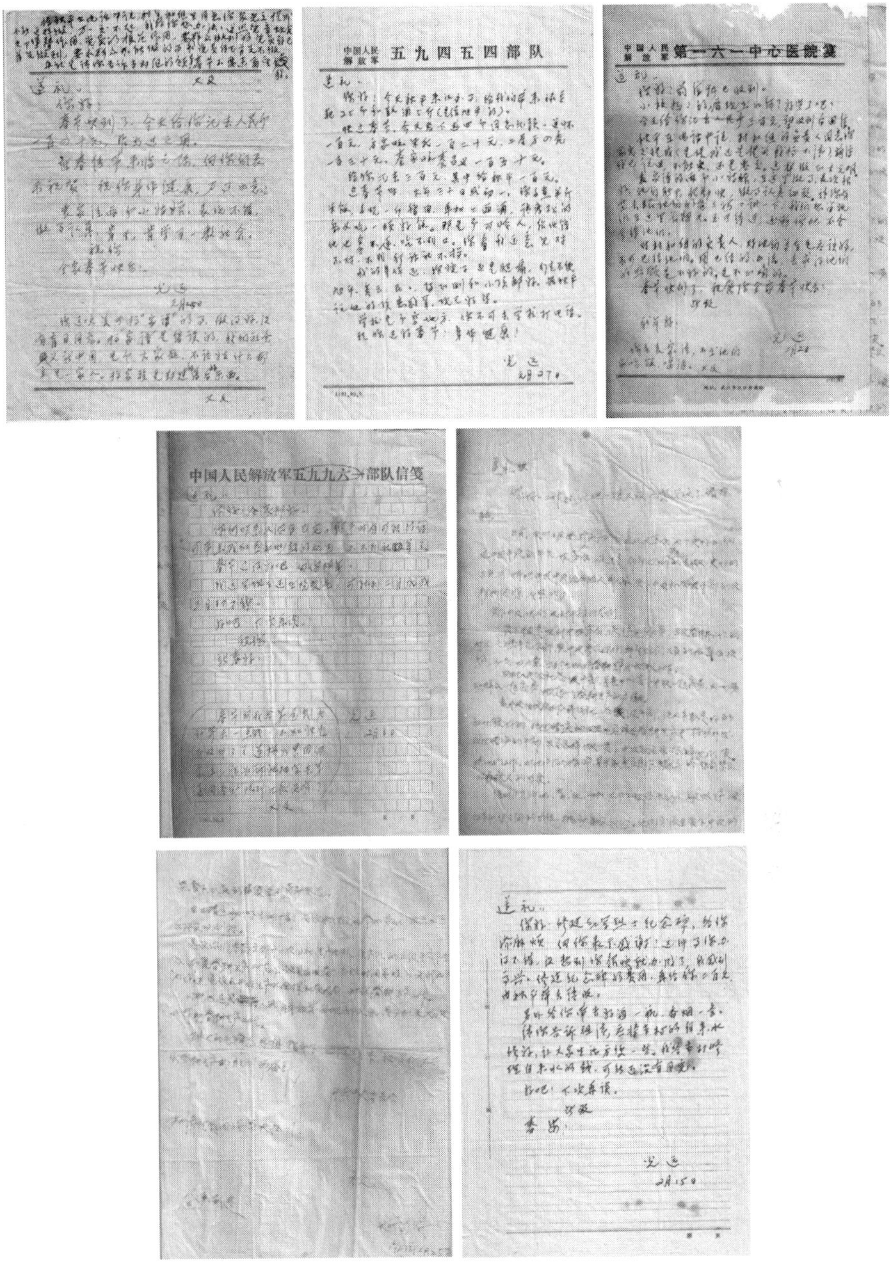

秦光远将军书信原件

图片来源：红安县档案馆

乃慰牺牲者之灵，随幸存者之愿

——周希汉

（一）人物简介

周希汉，1913年8月27日生于湖北省麻城市顺河镇周家坳村。1927年11月13日参加黄麻起义。1928年参加中国工农红军，加入中国共产党。在革命生涯中，历任红军作战科长、八路军旅参谋长、解放军军长、海军参谋长、海军副司令员、海军顾问等职，参加了黄麻起义、鄂豫皖革命根据地第一至第四次反“围剿”斗争、川陕革命根据地反三路围攻和反六路围攻、长征、百团大战、神头岭战斗、林南战役、同蒲战役、临浮战役、汾孝战役、洛阳战役、豫东战役、挺进中原、淮海战役、渡江战役、解放大西南等。中华人民共和国成立后，历任解放军第四兵团十三军军长、海军副司令员兼海军参谋长等职，参与领导和组织建造核潜艇、导弹驱逐舰等工作，为建设一支强大的人民海军倾注了全部心血。1955年被授予中将军衔。1988年11月7日在北京逝世，享年75岁。

（二）书信原文

我对革命贡献很小。

——致麻城的侄子[1]

汝江侄：

信收到，得知麻城历史博物馆中展出了有关我的革命史实，我对革命贡献很小，希望他们在我生前，不要展出我的什么革命历史。

1927年秋末（大概是九、十月间），我县的刘文玉、蔡际簧领导麻城农民暴动[2]（我十四虚岁），被卷入参加了打土豪（刘瑞亭）的行动，暴动失败后，家里房屋被烧毁，我家共用的一头耕牛被抢走，全家四处逃难，家贫如洗。我先跑到城内（藏在祁金三爷的菜园内），感到不安全，又逃往桂家河，给人种地。1928年8月中秋节后，我与麻城特务队取得了联系，参加了特务队，他们看我年岁小（十五虚岁）但能干，便要我在桂家河大路草棚内卖油条（作掩护当坐探），两个月后我就随特务队一起出发到福田河打反动的“红枪会”去了，之后回到蔡家湾隐蔽休整，特务队队长邓判楚、党代表于茂贤介绍我加入共产党。

这个特务队到1929年便扩编为麻城独立连，1930年冬扩编为独立营，营长汪德球（我当营部传令兵班班长），后又称为独立团，开赴黄安七里坪，与黄安、黄皮等独立团（营）混编为红军十三师团，师长徐向前任前任团长，后任陈赓，我先任团委书记，后任三营七连政治教习（即指导员）。我营营

[1] 书信资料来源：周希汉纪念文集编委会．周希汉纪念文集 下[M]．北京：解放军出版社，2000:918–919.

[2] 麻城农民暴动：1927年11月13日，中国湖北省黄安、麻城3万余名农民自卫军和义勇军在党的“八七”会议精神指引下和中共湖北省委领导下，攻打黄安县城，打响了鄂豫皖地区武装反抗国民党右派的第一枪，正式成立了黄安农民政府，组建了工农革命军鄂东军，史称“黄麻起义”。

长徐海东。在攻打黄安县城的战斗中，我营担任西南面的攻击任务，打得很英勇，战后我团进驻黄安八里湾休整，这时张国焘等人来到鄂豫皖苏区，夺取了领导权。1930 年春，清洗富农，我连被杀过半，我被戴上富农的帽子被开除，给我开的路条（证明）称：“周希汉系富农出身，开除回乡生产，请沿途放行。”（大意）[1]我回家（桂家河）后，心底很苦恼，我父亲周祁耀、我母亲周李氏很高兴，不让我再走了，他（她）们为了不让我再走，再三劝我结婚，我不从，他（她）们避着我要我的嫂嫂（你的母亲）周胡氏，代我把周郑氏接来。新婚晚上，我趁他（她）们不防〈备〉逃出家门，拿着舒乃贵（麻城县苏维埃的领导人）给我归队的证明信：“红军的负责同志，周希汉家名义上分了家，实际上未分家，全家 13 口人，自田五亩、佃田十七亩三分，靠佃田为生，是贫农，不是富农，他要求回红军，特此证明（大意）麻城县苏维埃政府（印章）。”我身上带着苏维埃的证明信，高兴地跑到黄安县城找到红军，但这时（1931 年 5 月）红军已扩编为红四方面军了，我找到军部，整天无人接待，我就在军部伙房帮厨，有一天徐向前来伙房找锅巴吃，看到了我，问了我的情况，看了证明信，便决定要我跟他当秘书（当时称书记）。从此后，我一直在他身边工作，一直到四川。这就是我参加革命初期的概况，待我参见马克思时，可交县领导写县人民革命斗争史时作参考。祝县的领导同志和你们全家春节愉快！

三叔

周希汉

1983 年 2 月 5 日于北京

[1] 1931 年 3 月，张国焘等人来到鄂豫皖，成立了中共鄂豫皖中央分局，开始了党内“大清洗”。有人揭发周希汉是个混进红军队伍的富农，大约 1 个月后，周希汉被收缴包括军服在内的所有物品，只剩一身便衣，还有 1 张证明。上书：“周希汉系富农出身，开除回乡生产，请沿途放行。”

乃慰牺牲者之灵，随幸存者之愿。

——致麻城市委、市政府[1]

中共麻城市委、麻城市政府领导同志：

值此黄麻起义60周年之际，我谨以麻城赤子黄麻起义参加者的名义向你们，并通过你们向我麻城全体人民致以衷心的问候和一个老红军战士的敬礼！

建国后多年来，希汉受到麻城党政组织的多方照顾和关怀，不胜感激，乃更视为故乡的温暖和故乡人民的亲情，愿借此机会表达我的谢意。希汉久存返乡一睹麻城新貌、厮见乡中父老之念。今本欲赴鄂与家乡人民共同纪念这一伟大的日子，不幸日前骨折住院，虽已初愈，尚难行走，不能前往，实为憾事。

60年弹指而过,希汉乃自少年忽介古稀,暴动的枪声犹在耳际,战友的英[音]容亦时常浮现眼前，感慨之至。当年暴动参加者而今多已作古，为新中国的诞生而前赴后继的麻城儿女难以计数。我麻城人民是英雄的人民，是具有光荣的斗争历史和优良的革命传统的人民。麻城人民对中国革命做［作］出的贡献将与山河同在。近来多见老革命根据地党政组织积极修史立传，总结革命经验，宣传光荣历史，激发今人建设社会主义祖国的革命热情。此事意义重大非常。

我麻城的近邻红安，此项工作十分出色，一部《红安县革命史》，序言登载在《人民日报》上，给人印象颇深。想我麻城革命斗争的历史，抑或尚未编纂，抑或即将修成。望诸位麻城父母官，以较多的精力关注此事，乃慰牺牲者之灵，随幸存者之愿。

祝我麻城人民在黄麻起义精神鼓舞下，奋发图强，使麻城日新月异，为祖国社会主义建设做［作］出更多贡献！

周希汉

1987年9月于北京

---

[1] 书信资料来源：周希汉纪念文集编委会．周希汉纪念文集 下[M]. 北京：解放军出版社，2000:920-921.

再继续为党的事业做此力所能及的工作。

——致叶副主席、邓副主席[1]

叶副主席、邓副主席：

很久没有见到您了。甚为想念。多次想去看望，又怕打扰工作，故没有前往。今特函祝您身体健康。

我手术前和手术后[2]，承蒙关照和亲切的关怀，使我的手术作［做］得很顺利，同时给了我同疾病作［做］斗争以很大的力量。我有今天，非常感恩毛主席、党中央，也非常感谢您对我的关怀和爱护。

由于我的手术作［做］得很好，挽救了我的生命，在极度高兴之下，个人大意了，总想多做点工作，以报答主席、中央对我的期望。但是，我的身体没有恢复过来，结果体质越拖越弱，致使恢复情况走了一段弯路。从今年7月份起，经海军党委批准，我离开工作到北戴河疗养了两三个月，体质恢复得很快，经复查癌症没有转移，手术后的许多症状，现在有的消失了，有的减轻了。我以喜悦的心情向您汇报我的病情，请放心。

最近接到中央军委的命令。承蒙毛主席、党中央关心，要我“挂职休养”，虽我内心有不安之处，我会遵照中央军委的安排，抓紧治疗，加强锻炼，努力争取早日恢复体力，再继续为党的事业做些力所能及的工作，不辜负您对我的期望和多年的信任。

特此报告并致

敬礼！

周希汉

1975年10月22日于北京

[1] 书信资料来源：周希汉纪念文集编委会．周希汉纪念文集 下[M]．北京：解放军出版社，2000:920−922.

[2] 由于长期操劳，1973年周希汉查出了胃癌，周恩来总理得知此事，亲自点名要各个医院最好的专家帮周希汉做手术。周希汉卧病在床时，周恩来总理忙里偷闲，经常来看望他。手术过后，周希汉身体大不如前，却仍然时刻关心祖国的海军建设事业。

（三）书信解读

“立身有傲骨，打仗如绣花”“军中赵子龙”，连周总理在对外介绍周希汉时都忍不住赞美说：海军专家周希汉，少有的英雄。从土地革命时期的黄麻起义到新中国成立后的海军建设，回顾周希汉中将的戎马一生，60余载，转战南北，鞠躬尽瘁，再瑰丽悲壮的语言也无法描绘出这位铁血豪杰为我国革命与国防建设所作出的贡献。

周希汉晚年述而不作，他说：“兵是兵，将是将，帅是帅。光杆司令打不了仗，一群兵也打不了仗。是兵不能讲是将，是将不能讲是帅，有多少功劳是靠自己讲的？”“历史不是写出来的。”所以在自己的革命生涯中，周希汉一直是一位低调含蓄之人，当得知麻城历史博物馆中展出了有关他的革命史实时，他在写给侄子的信里说道：“我对革命贡献很小，希望他们在我生前，不要展出我的什么革命历史。”肩挑苦难而不屈，战功卓越而不夸，相比于那些邀功自居的人，周希汉的铮铮铁骨跃然纸上。

写第二封信时周希汉还躺在医院的病床上。周希汉 1973 年被查出胃癌后，在周总理的悉心关照下，病情有所好转。所以当一位曾经征战沙场的老将回想起年轻时的意气风发，便不禁感慨：“60 年弹指而过，希汉乃自少年忽介古稀，暴动的枪声犹在耳际，战友的英［音］容亦时常浮现眼前，感慨之至。”遥想公瑾当年，雄姿英发，令人钦佩。在信中，周希汉一直关怀着家乡麻城的党政建设工作，所以即使疾病缠身也于病榻写下这封信，想为麻城的革命史作出力所能及的贡献，因此写下“麻城人民对中国革命做［作］出的贡献将与山河同在”，“乃慰牺牲者之灵，随幸存者之愿”。

写第三封信的时候，周希汉刚做完胃癌手术，身体还在康复之中，信中满是对党的感谢与对继续工作的决心。周希汉卧病在床时，周恩来总理前来探望，对其夫人周璇交代：“我们能活着走过战争年代不容易，如今不是我们要多活，是革命事业需要我们多做纪念工作嘛……”一席话，一片情，令人潸然泪下。

从意气风发的少年到身经百战的勇猛战将，再到鞠躬尽瘁的海军专家，一个始终和人民站在一起的人，一个始终甘愿默默耕耘的英雄，周希汉同志与山河同在。

在祖国的南疆长眠着你的一位朋友

——刘亮华

（一）人物简介

刘亮华，湖北武穴人，1982 年入伍，是“硬骨头六连”一排二班战士，1984 年随部队赶赴守卫祖国南疆的老山战场。刘亮华参加了无数次战斗。1985 年 3 月 8 日打响的夺回敌占小尖山战斗，是“硬骨头六连”在南疆保卫战中最为艰巨、激烈、残酷的一场战斗。刘亮华因善战被选入“16 勇士”敢死队。战斗进行得异常激烈残酷，“16 勇士”敢死队冲在第一波，有 4 名勇士壮烈牺牲，连里另有 3 名战友牺牲在支援掩护他们的战斗中。刘亮华机智灵活，有勇有谋，毙敌 6 人，身负重伤，第一个冲上了小尖山主峰。全连在兄弟单位的支援配合下，以牺牲 7 人、歼敌 241 人的战绩，夺回了敌占小尖山阵地，为连队创建了新的辉煌。战后评功时，刘亮华却执意将一等功让给为掩护自己冲锋而身负重伤的战友，自己立二等功。他说，没有战友们的拼死掩护，他不可能第一个冲上顶峰，军功章里的荣誉不能归他一人，也有战友们的功劳。走下战场后不久，刘亮华与其他战友一样，退伍回到老家。

（二）书信原文

在祖国的南疆长眠着你的一位朋友。

——战士刘亮华致未婚妻[1]

当你接到这封信的时候，我已经离开了人世。再过几天，我就要杀上还击越寇的战场。说心里话，我不想死，也舍不得离开你。你知道，到了五月五日，我就满二十岁了。二十岁是人生最美好的年华，我还没有报答养育我的父母，我还没有为我的祖国做出更多的事情，我还没有和你建立幸福美满的家庭，我怎么能死呢？但我懂得，保卫祖国安宁富强、人民幸福生活、千千万万和我一样大的同龄人的爱情美满，是我们军人义不容辞的职责。全国著名战斗英雄刘四虎是我们班的老战士，我要向他学习，多杀敌，争当英雄。假如我死了，你不要过分地难过，有时间就到我家多多劝劝我的父母，我真心实意地希望你找一个称心如意的伴侣，幸福一辈子。如果问我还有什么要求，那就请你记住，在祖国的南疆长眠着你的一位朋友。

（三）书信解读

这封信是刘亮华在出征前的誓师大会上念出来的，之后，1985 年 3 月 8 日，“硬骨头六连”便血战小尖山，与越军展开殊死搏斗，最终全连在兄弟单位的支援配合下，以牺牲 7 人、歼敌 241 人的战绩，夺回了敌占小尖山阵地。

“清澈的爱，只为中国。”刘亮华同无数个守卫边疆的战士们一样，拥有铮铮的爱国之心，还未满 20 岁的他就做好了奔赴战场、牺牲于战场的准备。

[1] 书信资料来源：中国人民解放军 35351 部队政治部 . 前线将士书信日记抄 [M]. 杭州：浙江文艺出版社 ,1986:22–23.

他害怕：“说心里话，我不想死，也舍不得离开你。”他正值最美的青春年华，但他没有退缩：“我懂得，保卫祖国安宁富强、人民幸福生活、千千万万和我一样大的同龄人的爱情美满，是我们军人义不容辞的职责。”他爱家人，更爱自己的祖国。幸存下来的刘亮华荣誉加身，但他率先想到的是牺牲的战友们。退伍回家后，他仍然心系战斗后打下的那一片土地。这片土地对于刘亮华来说意味着什么？意味着一段刻骨铭心的经历；守卫这片土地对于中国意味着什么？意味着它成为中国 960 万平方千米土地上更加坚实的一部分。

“全国著名战斗英雄刘四虎是我们班的老战士，我要向他学习，多杀敌，争当英雄。”在信中，他还向自己的未婚妻介绍自己的榜样。这封信早已不局限于儿女情长，更多的是家国情怀。刘亮华将大量笔墨用在陈述远大的志向上，这也是 20 岁的他内心的真实写照，无畏且热烈。

在这场战役中，活着的战士是幸运的，但死去的战士并非不幸，因为他们的去世彰显着无限的光荣。那些在这次战役中英勇牺牲的战士们应该被铭记，他们分别是：谢关友、林祖武、谢晓富、王健、秦德本、欧阳林、范敬年、魏永明、金德荣、冯伟兴。这封信代表着战士们在战前最后一刻的内心独白，无数封像这样的信在出征前的誓师大会上被念出，它们隔着生与死，它们熠熠生光，恰如一座座通向繁荣与希望的桥梁，活着的我们在桥的这一端，牺牲的战士在那一端。我们要做的便是向他们致敬，也向光明的未来致敬。

艰苦、牺牲、流血我都不怕，最怕不被人理解

——赵怡忠

（一）人物简介

赵怡忠，1960年9月生于湖北鄂州。1978年3月应征加入中国人民解放军，1980年2月加入中国共产党，先后担任班长、排长、副连长等职。1979年2月，赵怡忠参加了对越自卫反击战，并荣立三等功。1986年10月，老山收复战打响，云南老山地区面临防御作战任务，而此时，赵怡忠的父亲身患癌症卧床不起，妻子怀孕，领导决定让他留守后方。但他再三请战，坚决要求上前线，并担任了主攻突击队长。1986年10月两山（老山与者阴山）战役打响，战斗中，赵怡忠3次身负重伤，双臂被炸断，但他以惊人的毅力，坚持战斗，继续指挥，击毙越军40余人，最后壮烈牺牲。徐向前元帅得知赵怡忠牺牲后，热泪盈眶，亲自题写“赵怡忠烈士永垂不朽！”1987年5月12日，时任中央军委主席邓小平签署命令，授予云南边防某部九连副连长赵怡忠烈士“战斗英雄”称号，并追记一等功。1987年，湖北省委、省政府、省军区做出在全省开展向赵怡忠同志学习的决定。

（二）书信原文

艰苦、牺牲、流血我都不怕，最怕不被人理解。

——赵怡忠致妻子的信[1]

我心上的人：

你现在身怀有孕，应该多加注意自己的身体。我们的孩子应该是美丽可爱的，这就需要你多加保重身体，心情一定要愉快，不能操心过度和受刺激。

我现在面临战争，你一定是不安的，把战争想得太可怕，是吗？请我的爱妻不要为我日夜操心，我这里的一切都好，就是上战场作战也没有什么可怕的，我们现在打的是防御战，正义在我们这边，真理在我们这边，越军理亏是怕我们的，听见枪响就跑得没有影了。所以请你放心，不要成天为我担忧。请多加注意自己的身子，为我们未来的小天使着想吧，不要悲伤和难过……

孩子的名字，就按商定的办，如果生的是男孩就叫“宁”，是女孩就叫“静”，因为我们需要一个宁静的和平环境，我们的孩子更需要一个安宁的国家。不知是否妥当，请来信告知。

你叫我不要为孩子操心，我能不操心吗？我未尽好一个丈夫的责任，难道说你还要我不尽好一个父亲的责任吗？我对你和孩子是有愧的，但是，作为一个军人，首先应该考虑的是国家的安全，人民的幸福安宁，所以我只能这样，请你能谅解我！……

我爱我的孩子，更爱我的妻子，我相信我们的爱会更真诚和更纯洁，是能够经受得住任何考验的，因为我们俩的心是相通的。爱得越深，爱之路越漫长，也就越艰险，只有经过多磨多难，爱的美酒就越甜，家庭生活就越幸福，你说

[1] 本节6封书信资料来源：中共鄂州市委员会．无私奉献为祖国：记战斗英雄赵怡忠烈士[M]．武汉：湖北人民出版社，1987:46–53.

是吗？

夜已深，在这边陲宁静的夜晚，你我都在思念，我深知你对我的爱、对我的思念、对我的依恋之情，我感谢你，我的爱妻。愿我俩的爱常青、童心永存。

时间已晚，就不多谈了。

祝新年快乐！

你的夫

元月三十一日晚

我的妻子：

你好！

今天是年初三，你在何处呢？估计你现在大概在船中吧？

情绵绵，相思之意更浓，爱无限，想你之心更切！人说“每逢佳节倍思亲”，我在这南疆边陲，更是思念家中的亲人和我们尚未出世的小天使。

你想，在这万家团聚之时，我是何等的心情？年三十的晚上，我望着空中的点点繁星，听着别人家的欢歌笑语，当时思绪万千，不是滋味，但一细想，又觉得这值得，正如我抄回的那副对联上所说的，“一家不圆”正是为了“万家圆”。你说对吗？

我可以想象得到，在这传统的春节之际，你的孤独和思念，亲人都在为我操心，我深深地感谢你们！我对不起你，是我连累了你，使你不能象［像］其他的姑娘那样和爱人欢欢乐乐在一起。我更对不起两家的双亲，我没有尽到儿子和女婿的职责，但自古以来，忠孝不能两全，我深信你是能体谅我的，是吗？

我在这南疆边塞，再次求求你我的贤妻，请你谅解我的粗心和没有尽到一个做丈夫的责任，不要为我操心烦恼，多想想我们的爱和孩子。

夫字

2.21 号 13 点 5 分

亲爱的妻子：

你好，你在我的心中！

今天下雨，连队未外出训练，趁此机会给我的爱妻写几句。

前几天给你发的电报和信不知收到了没有？这几天我一直在焦急和不安中度过。

说实话，我这个做丈夫的是不够格的，可以说根本未尽到一个做丈夫的责任，作为儿子、女婿更未尽好孝心，我深感内疚和难过。我是对不起你的，在你需要我照顾、体贴、安慰的时候，我却远离你赴边陲作战，不仅没有照料你，还要你为我操心，给你增加了精神上的负担，这使我感到不安。

给你发的那么多信，不知收到否，更不知你现在的处境怎样，心情如何？希望你能理解我。艰苦、牺牲、流血我都不怕，最怕不被人理解，我相信你是能理解我的……你现在身怀有孕，需要有良好的环境和愉快的心情，但为了战争的需要，我不能回到你的身边，只能用我这颗赤诚的心和纯洁正直的爱，在这远方——南疆边陲默默地为你祝福，愿我的妻子能原谅我，愉快地工作和生活，保重好自己的身体。我的良心、我的人格、我的感情告诉我：不管是现在还是将来，我永远爱你，至死不渝……

现在已经是三月份，估计马上就要上阵地了，在这上阵地之前，我有好多话要对你讲。我记得，我俩自通第一封信到第一次见面，我们的感情就如胶似漆，难舍难分，爱情的基础是牢固的，感情是纯洁的，虽说我们不能象［像］其他的夫妻那样形影不离，但是我们的心是相通的，俗语说得好："有情若是长久时，又岂在朝朝不离分。"你以前也来信说过："长相知，才能不相疑；不相疑，才能长相知。"我想夫妻之间只有做到相互信任、理解，才能永葆爱的青春，不论是远隔千里，还是形影不离，都是如此。我相信我们的爱的春天将永存，爱之花将永远鲜艳、永不凋谢！

祝好！

你的夫宇

3月2日

如果我在战斗中牺牲了，你应当感到光荣和自豪。

——赵怡忠致儿子

我可爱的孩子，当你能看懂这封信的时候，你的爸爸已离开你很久了，你不要怨恨爸爸的无情，在这次出征前夕，我拿着你的百日照片，看了又看，吻了又吻，晚上睡觉的时候，还把它放在枕头边上，准备明天就上阵地，我是多么爱你啊！如果我在战斗中牺牲了，你应当感到光荣和自豪。以后你妈妈改了嫁，你不要怨恨你妈妈，你妈妈才二十四岁，我想你懂事的时候会懂得这个道理的。只要你妈妈能幸福，你爸爸也会含笑九泉之下，你出世没见过爸爸，爸爸也没见过你，你长大了，别忘了你是革命烈士的儿子，不要做有损于党和人民的事情……

爸爸：赵怡忠

一九八六年十月十八日于老山前线

我绝不会给亲人丢脸，做对不起党和国家的事。

——赵怡忠致哥嫂

哥嫂：

你们好！近来好否？

每逢佳节倍思亲，在这春节即将来临之际，临近作战之机、对家人特别思念，心中有说不出的滋味，多想与家人团聚、举家欢乐啊！可是不能，我只能在这边陲祝亲人新年快乐，一切如意，生活平安。

你的来信已收到，本想早日回音，无奈何时间紧张、训练任务繁重，故未及早回音，请谅解小弟的手懒和大意。

第二次参战，对我来说是比第一次更为严竣［峻］的考验，但是作为一个党员、现役军人，也是自己的义务和职责，何况自己是一个干部呢？请兄嫂放心，我绝不会给亲人丢脸，做对不起党和国家的事，这一点我是有把握的，也是很自信的，请放心为盼！

我现在的一切均好，请勿念。

我这次作战不知父母知道了没有？我一直未给家中写信，我确实对不起二老，使他们日夜为我操心和难过。如果二老问起我的情况，请哥嫂为我隐瞒，不要如实相告。

侄儿女们现在已经都放假了吧，不知他们的学习怎样，请教育好他们，多学知识，学好文化。

今不多谈，祝兄嫂新年好，向兄嫂拜年。

祝　万事如意！

弟字

元月三十日

愿你做搏击长空的雄鹰。

——赵怡忠致侄儿

吾侄：

你好！学习好否？

你给我写的信我已收到，心中实乃非常高兴，更使我想到了你那天真、可爱的性格，看到了你抓紧时间学习的刻苦精神和毅力，我将更加思念你。多想回家看看你们啊！可是不能，望吾侄能谅解。好否？

寒冬已去，春天已悄悄地来临，随着时间的流逝，你又长了一岁，你可知道你现在正是长身体长知识的黄金时代，从你的来信和你的语气看，好象［像］你的学习不很理想，你自己也认识到了这一点。人说：学习的敌人就是自己的满足。你认识到了自己的弱点和差距，这就是前进的开始，是成功的前提，但是这还不够，更重要的是加倍努力，迎头赶上。我相信你是会做到的，更会象［像］你信中所讲的那样，是吗？从我的几次休假观察到，你的头脑是够用的，只是没有全部用在学习上，你说对否？我感觉到你还没有压力。你现在是初中的学生了，但是同别的中学生相比，你还差得太远。我们这次来云南参加作战，各地的学生有不少在和我们通信，从他们的信可以看到他们的语文知识是相当高的了，对各种事物的分析、看法都有自己的观点和主张。当然我的这种看法有一点偏［片］面性，可能低估了你的真实水平，但是对于你的性格我是可以了解的，愿你从你自己所走过的短短的人生旅途中总结和发现自己的不足，在你的黄金时代中拼搏，努力攀登科学的高峰，在知识的海洋中搏击，更愿你做搏击长空的雄鹰。

你现在的学习环境是相当优越的，社会需要知识，时代需要知识，你更需要知识来丰富自己的头脑，没有知识将会寸步难行，最终会被社会淘汰，努力学习吧，愿你成为我们家的第一个大学生，你是会做到的，我相信你一定能。

在学校要做一个品学兼优的好学生，在家要做听话懂事的孩子，你爸爸经常不在家，对你们教育和照顾是不全面的，你妈妈的教学任务繁重，又要做家务活，还得教育和辅导你们的学习，这些工作是艰苦和劳累的，所以你一定要听妈妈的话，抓紧时间学习，不要整天都是顾着玩。当然，适当的业余生活应该安排，但要适量。总之，应听妈妈的话。以上的说法也不一定对，只供你参考，好吗？

我的一切都好，望勿念，望你努力学习。

今不多谈，愿你学习优异，静候你学习上的佳音。祝你学习进步！名列前茅！

叔字

3月10日

（三）书信解读

以上收录的是赵怡忠烈士在两山战役期间写给家人的书信。

20 世纪 80 年代，中国的边境依旧动荡不稳。1979 年 2 月对越自卫反击作战后，越军不断对中国云南省文山州边境一线进行挑衅、袭扰、蚕食，进而入侵老山、者阴山、八里河东山等地区，对边疆群众生命财产安全构成严重威胁。为了驱逐入侵的越军，保卫领土和边境人民生命财产安全，1984 年 4 月，老山收复战打响，两山轮战也拉开序幕。此时，曾经参加过 1979 年对越自卫反击战的士兵们，也都纷纷响应，决定奔赴前线战场，保家卫国。赵怡忠就是其中一位。

男儿有志奋长缨，血染征袍壮国魂。生与死的考验，大我与小我的抉择横在战士的眼前。自古忠孝难两全。“作为一个党员、现役军人也是自己的义务和职责，何况自己是一个干部呢？”“作为一个军人，首先应该考虑的是国家的安全，人民的幸福安宁”，在这样的信仰与责任的驱动下，即使爱妻有孕在身，父亲重病在床，赵怡忠仍然身着戎装，提枪为国。身处边陲，对亲人的思念愈发强烈。万籁俱寂之时，相思之苦愈发折磨，这种思念只能通过简短的书信传达给爱人。从本节收录的书信中，我们看到一位铁骨铮铮为国而战的勇士，更读到一位柔情似水的丈夫、父亲、兄弟、儿子、叔叔。他小心地关怀有孕的妻子，期待即将出生的孩子，问候年老的父母，嘱托尊敬的哥嫂，关爱年幼的侄子，用一颗真心爱着所有人。当然，对自己征战边陲不能尽责之事，他心怀愧疚：“艰苦、牺牲、流血我都不怕，最怕不被人理解。”他向爱人吐露心声，渴望得到理解：“别忘了你是革命烈士的儿子，不要做有损于党和人民的事情。”他向儿子报以叮嘱，将党和人民放在心尖。正是在这样纯洁而坚定的信仰下，即使被敌人炸断双臂，身负重伤，生命垂危，他也毫不退缩，视死如归。

马克思在《青年选择职业时的考虑》中写道：“如果我们选择了最能

为人类福利而劳动的职业，那么，重担就不能把我们压倒，因为这是为大家而献身；那时我们所感到的就不是可怜的、有限的、自私的乐趣，我们的幸福将属于千百万人，我们的事业将默默地、但是永恒发挥作用地存在下去，面对我们的骨灰，高尚的人们将洒下热泪。”枪林弹雨中，铁血英雄保家卫国无惧粉身碎骨，为正义而战的勇士，面对他们的骨灰，高尚的人们也将洒下热泪。

我随时做好牺牲准备，一切为了“长江漂流成功”

——孔志毅

（一）人物简介

孔志毅，1953年5月出生于湖北武汉，中共党员。中国人民解放军总后勤部青藏兵站部汽车第三十八团管理员。1986年7月27日在长江漂流科学考察中牺牲。1987年2月，由中国人民解放军总政治部批准追认为烈士。中国人民解放军总后勤部领导机关为他追记一等功。

吴祖光，1917年出生于北京，原籍江苏武进，现代剧作家、导演。又名召石、韶。1934年孔德学校毕业，入中法大学文学系。1935年肄业后，任南京国立戏剧专科学校校长室秘书。抗日战争全面爆发后随校迁湖南、四川承担语文和中国戏剧史教学工作。1937年创作话剧《凤凰城》，由此步入戏剧创作道路。随后相继创作话剧《正气歌》《风雪夜归人》《牛郎织女》《少年游》《林冲夜奔》等。其剧作跌宕有致，富于诗意，又有幽默感，语言自然流畅，兼具北京特色。1945 年主编的《新民报》重庆版晚刊，率先发表毛泽东词《沁园春·雪》。1946 年在上海创办《新民报》、《夜光杯》副刊和《清明》，创作《捉鬼传》和《嫦娥奔月》剧作，声讨国民党的反动统治。因受当局威胁，赴香港任大中华影片公司编导，编导《国魂》《莫负青春》《山河泪》《春风秋雨》《风雪夜归人》等电影。新中国成立后，任中央电影局、北京电影制片厂导演，拍摄了《红旗歌》等六部电影。1960 年冬任中国戏曲学校、中国戏曲研究院北京京剧院编剧，创作电影、京剧作品《花为媒》《武则天》《凤求凰》《三打陶三春》等。1979 年调文化部艺术局从事专业创作，著有剧本《闯江湖》、戏剧集《风雪集》、散文集《艺术的花朵》等，并执导多部艺术影片，其中《梅兰芳舞台艺术》《洛神》《荒山泪》为后世留下京剧艺术大师梅兰芳、程砚秋的珍贵资料。性格坦荡豁达，虽经历坎坷却始终热爱戏剧。曾任全国政协委员，中国剧协常务理事、副主席等。

（二）书信原文

我随时做好牺牲准备，一切为了“长江漂流成功”。

——孔志毅致吴祖光[1]

吴祖光老前辈：

您好！

我于 86 年 6 月 14 日 11 点 30 分从温泉兵站乘车行走 50 公里后，开始

[1] 书信资料来源：吴祖光 . 吴祖光选集 第 6 卷 [M]. 石家庄 : 河北人民出版社 ,1995:569-572.

步行向格拉丹冬雪山姜古迪如冰川进发，前后十三天时间。其中从纳钦曲开始漂流四天半时间在内。已于6月26日晚11时58分安抵沱沱河沿。完成第一阶段任务。下一站青海省通天河旁——马场。

遥祝夏安

学生孔志毅

1986.6.27

尊敬的老前辈吴祖光同志偕夫人：

您们好！

6月28日从沱沱河沿桥下续漂，受到当地政府以及驻军的热情欢送。下午7时25分因天气突变，误入“雅兴错”，整整耽误了七个小时的漂流，对我们的漂流带来了一定的影响。7月4日深夜12时整到达通天河畔——曲麻莱县马场，下一地点直门达。我于6日上午离此地续漂，12日左右到达直门达住水文站。我已经历千辛万苦，但更要注意用科学的态度、实事求是的方法，更要注意“安全第一”，我将以临战的姿态迎接通天河以下——金沙江水的挑战！任何艰险和困难我都将排除和战胜！我非常非常地想念您们和我所有的同志们！

小孔

86.7.5

尊敬的老前辈吴祖光同志：

您好！

敬请向您夫人同志问好！

我于7日从曲麻莱马场下水，经三天三夜通天河的大叠坎和险滩激流，于今日上午11时45分到达直门达通天河大桥下，通天河与金沙江接壤之处险滩叠坎较多，但我一一征服。我随时做好牺牲准备，但更保持着高度警惕，一切为了“长江漂流成功”，为国争光！为中华民族争光！我从格拉丹冬雪山、姜古迪如冰川下、纳钦曲下水，已安全漂流 1138 公里保安全。我下一阶段面临着金沙江水的挑战，我有必胜的信心和获得长江漂流探险成功的勇气！我迎接金沙江水的挑战！

老前辈，请相信我一定会取得漂流长江全程的成功！请听我的消息吧。

10 日上午在通天河大桥下，遇到从北京赶来的中国新闻社——罗小运同志，她为我拍了不少照片。她已回北京，您知道她吗？您可向她要我的照片作纪念吗？

遥祝夏安

孔志毅

86.7.10

（三）书信解读

本节信件收录于《吴祖光选集　第 6 卷》，3 封信均写于 1986 年夏季。在写这三封信之前，孔志毅给吴祖光打过 4 个电话，本来都是孔志毅想要打给贺黎的，孔志毅与贺黎相识于青海格尔木解放军部队驻地，但恰巧贺黎都没有接到电话，吴祖光都接到了，所以孔志毅就与吴祖光熟络了起来，后来就给吴祖光寄了这三封信来表述自己所处的境况。

在青海省人民解放军玉树军分区里，孔志毅以勤劳、勇敢、聪明、好学、先人后己、无私忘我的优良品质而成为知名人物，当选为省人大代表。他牺牲后，他的父亲——一位可敬的解放军领导同志，他的妻子——一位带着年幼的小女儿的年轻售票员，都没有说一句伤心话。他父亲说：“孩子们的牺牲遂了报国初衷。”他妻子说：“本应当和丈夫一同去漂流长江，今后愿和女儿共同去完成死者的未了之愿。”对于孔志毅来说，选择这条路一定离不开家人的支持，他能够拥有积极昂扬的斗志，有赖于家人作为他身后坚强的后盾。对于孔志毅的家人们来说，他们其实是担心孔志毅的，但他们同样拥有着崇高的理想信念，希望孔志毅在为祖国作贡献的这条路上走得更远。在小家与大国之间，孔志毅一家人做到了舍小家为大家，让人感动。孔志毅是中国长江漂流探险队队员。通过这三封信，我们脑海中浮现出了一个热情勇敢的小伙子的形象。“我随时做好牺牲准备”，这是孔志毅对吴祖光说的，其实也是他对自己暗暗下的决心。长江漂流的凶险绝非一切顺利，前进的路途不是一帆风顺，但是孔志毅并没有退缩，这给当代年轻人树立了一个良好的奋发向上的形象。他最后的牺牲是壮烈的，他激励着当代青年多一些朝气，少一些稚气；多一些吃苦耐劳的精神，少一些懒惰松散的态度。

不仅仅是孔志毅，这几封信也成了无数在长江漂流探险中牺牲的队员的寄托。有一些队员在死后还没有留下任何遗物，有一些队员尸骨无存，还有的队员甚至没有留下自己的姓名。他们是英雄，拥有超凡的胆量，更有一颗为国效力的赤子之心；他们是战士，拥有豪迈的气魄，更有一寸开拓未知的热血之志。身在和谐幸福的小家中的我们，要关注壮烈牺牲的英雄们，为他们献上赞歌，给予他们应有的尊重，更应该以他们为榜样，让自己也能成为平凡的英雄。

不管时代变化始终保持艰苦的生活作风

——涂锡道

（一）人物简介

涂锡道，1916年生于湖北黄安华河镇涂湾村。1930年，参加中国工农红军。1934年加入中国共产党。土地革命时期任红四军宣传干事、特务队队长、工农干部学校校长、支队队长、交通队队长、政治协理员。参加了鄂豫皖革命根据地历次反“围剿”斗争。西征转战，参加了川陕革命根据地反“三路围攻”、反“六路围攻”和长征。抗日战争时期任八路军第一二九师政治部民运干事，第一二九师驻山西沁县工作团团长、太南军分区政治委员、中共太西地委军事部部长、第一二九师卫生部模范医院政治委员、八路军卫生学校政治委员、抗日军政大学第三大队政治部主任、东北军政大学东满分校校长。参加了百团大战和反“扫荡”斗争。解放战争时期任东北军区军工部驻辽东办事处政治委员、沈阳兵工总厂厂长、东北人民政府军工局副局长。参加了辽沈、平津等战役。中华人民共和国成立后，任东北军区军械部部长、军委军械部副部长、总军械部副部长、总后勤部军械部副部长。1955年，被授予少将军衔，荣获二级八一勋章、二级独立自由勋章、二级解放勋章。1988年，荣获一级红星功勋荣誉章。1989年4月23日在北京逝世，终年73岁。

（二）书信原文

继生中秋[1]：

接到军的来信，我很高兴，看来他会有出息，我已给他寄了回信，望你们要支持、鼓励，帮助他争取考上中专。

继生作差回来了吗？我给你们和长江的信都看过没有？长春考上了那［哪］个学校？长江看了我的信有何表示？大概到何处去做临时工作？望一一告诉我。

我对原生家里的用心，也许是多余的，或者是枉费心机，但愿是多余的，不是枉费心机。不管怎样，你们对他四个孩子要多下些功夫帮助他们，把他们拉扯成人。

原生如能做到浪子回头金不换，那是他晚年的光荣，是他和他全家人的幸福，是你们当兄嫂的功劳，是给我最大的安慰。望你们对这几句作深刻的领会，告诉原生，并把他对这几句的态度告诉我。他的态度是好是坏都如实的［地］告诉我。

况家□，你们的叔伯，表叔况步才最近从南昌来我这里住了十天，他是保持红军时代的艰苦朴素的作风，他家除了一台电视外，其他一切现代家具都没有，非常感人。他和我与你婶妈谈了很多，除了历史、国事外谈了不少家常事。他去看他堂兄况玉纯时本想在那里住三两天，可是人家不留他，晚上连饭也没有吃饱人家用汽车把他送回来了。此外也谈了许多人情之事。他还和我们谈了他老两口养活八个儿女的艰难，他们受了许多困难之苦。总之他把我们当做［作］最知心的人，把他从不向别人说的苦处，都告诉我们了。使我和你婶妈非常感动，使我们的感情远超出表兄弟。表示出诚挚的同志之友谊。你

[1] 本节书信资料来源：红安这 4 位开国将军的书信写了啥？一起来看看 [EB/OL].（2019−11−03）.https://www.sohu.com/a/351385109_100084054.

况表叔参军比我还早两年，你表婶是四川的老红军。八个儿女都工作了，可是他老两口还过着非常简普［朴］的生活，还在给别人做好事。自己从事家务劳动，还喂了很多鸡。我告诉你们这些是为了向他学习。学习他对党、对革命忠心耿耿，毫不利己专门利人，不管时代变化始终保持艰苦的生活作风。此外我希望你们除学习他外更要以他的精神帮助原生。帮助原生不在物而在于心。对帮助物多于付［负］作用，帮助思想的变好，他什么都会有。办法：除了当前处的严肃性外要做好他几个儿女们的工作，要他儿女从正面去做他的工作。帮了心还要帮助他发家致富的好办法。

给长江信社寄去一百元钱已汇出，如何用法我前信里已说了，究如何用，你们决定后告诉我就行了。

叔父

一九八七年八月二十二日

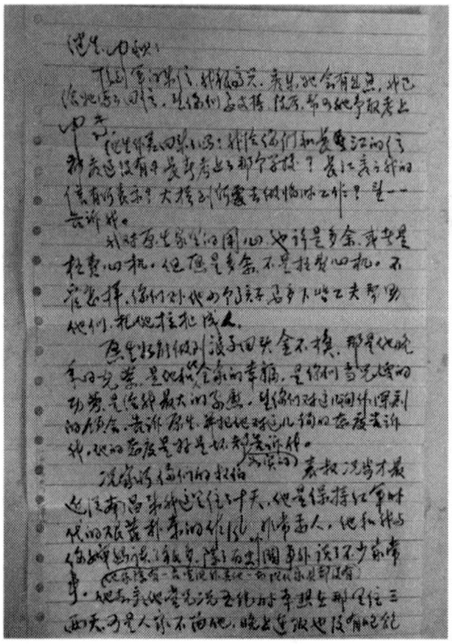
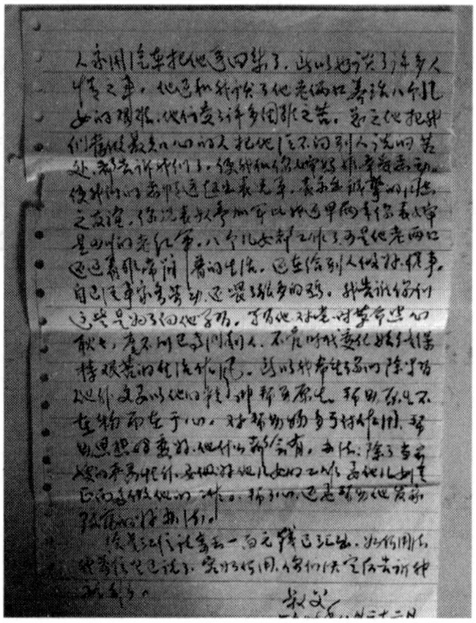

涂锡道书信原件

图片来源：红安这4位开国将军的书信写了啥？一起来看看[EB/OL].（2019-11-03）.https://www.sohu.com/a/351385109_100084054.

继生中秋：

关于你们盖房子要用钢材我给你们去给李辉同志的信，请求他帮忙解决一千九百公斤钢材的事，这几天越考虑越认为不妥当，是我办了一件错事。因为你们有三间房子就够住了，有四间房子就很宽敞，而你们是要盖六间房子的楼房。这样，花钱多，材料困难，影响不好，特别是我出面，要能求政府帮助解决材料问题，影响就更坏了。如果你们还没有去找李辉同志就好，如果已去辽［了］，应即向他申明不要那么多，只要求盖三间平房的（包括前拨给的四百公斤）。如果已经批拨了应立即退回，我已同时寄信告诉李辉同志了。

我希望你们仍要保持艰苦简普［朴］为荣，千万不要和人家比宽敞、比阔气，前信已给你们说过红安有些人，因盖房子不顾影响为违犯［反］纪律犯错，如果因盖起房子发生影响不好，受到人们的谴责，住的［得］再好精神也不会痛快，难受。党的十三大又强调艰苦奋斗，你们要以此为荣。何况你们现在还不富裕，更不要打肿脸充胖子，比宽敞，比阔气。应该只求住下，质量盖好一点就行了。

接我这信时如果还没有去找李辉同志就算了，如果已经去找辽［了］，不管事办成或没办成，都要把我这个信送给他。并一定照我这封信办，挽回影响，对你们好处多，千万照办。

叔

十月二十九日

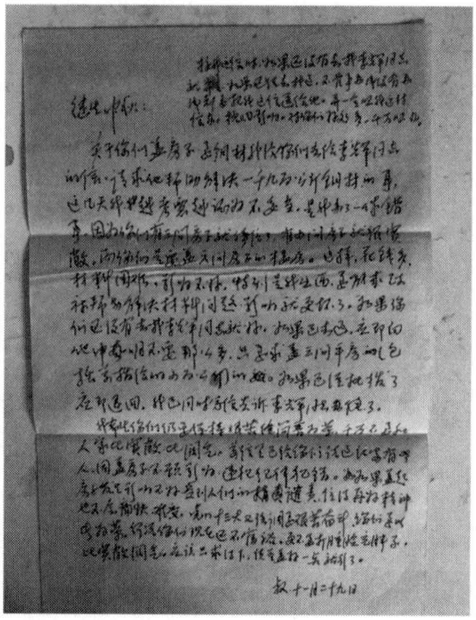

涂锡道书信原件

图片来源：红安这4位开国将军的书信写了啥？一起来看看[EB/OL].（2019-11-03）.https://www.sohu.com/a/351385109_100084054.

宏真：

前次给你寄的回信寄到华河去了，因为我以为你回华河去，接到宗秋的回信才知道你们的通信地址。

粮食局部局长托刘方科同志给我送来两斤火连畈的茶叶，我已按价（3.67元一斤）付给了钱。刘是来京买汽车的，顺便托他给你们带去一旅行包新旧衣服。

接宗秋来信看来你对现在的工作比较满意，如果你对现在的工作有兴趣，对你身体有好处时你安心干，尽最大努力干出成绩，对红安的建设事业作些贡献来。宗秋说，你对化符号等有些困难，是吗？如果需要什么书来信我给你买。

我是在烟宝地认识易项的，他在我的映象里比较踏实，欢迎他来信。

国务对收购经销茶叶问题有新归［规］定。买茶叶可一定按政策办。如果有困难时就不要买，也不要违犯［反］政策和有损集体或国家利益的事。

你现在工作情况如何望常来信。

叔父

一九八一年五月五日

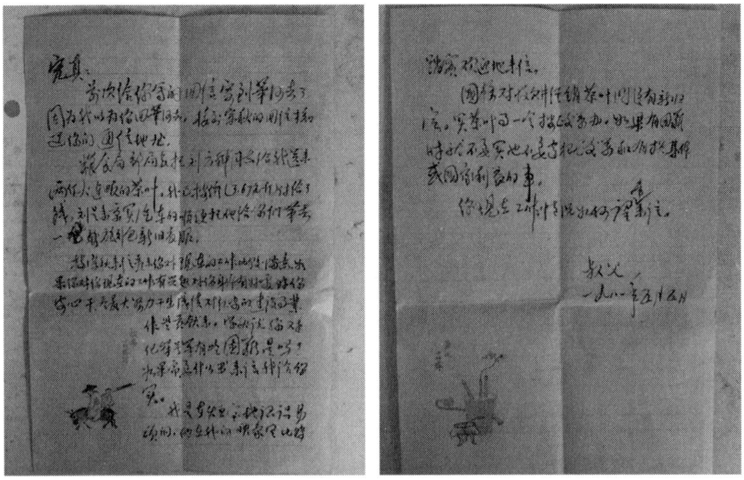

涂锡道书信原件

图片来源：红安这 4 位开国将军的书信写了啥？一起来看看 [EB/OL].（2019-11-03）.https://www.sohu.com/a/351385109_100084054.

（三）书信解读

在湖北红安，84 岁的涂宏真家保存着一大札涂锡道的来信。本节收录的这几封信只是其中的一部分。

涂锡道是涂宏真的叔叔，同时也是他的养父。虽然涂锡道是我国开国少将，但是涂宏真并没有利用叔叔的特权为自己谋私利，而是在涂锡道的教导下始终保持艰苦朴素的作风，在家乡过着清贫的日子。涂锡道一生也始终保持清正廉洁、刚正不阿，这些可贵的品质在上面几封信中都能感受得到。

1981年5月，涂锡道就买茶叶问题给涂宏真寄了一封信，叮嘱他“买茶叶可一定按政策办。如果有困难就不要买，也不要违犯［反］政策，做有损集体或国家利益的事”，同时自己也以身作则，给帮忙送茶叶的同志支付了买茶叶的费用，购买茶叶只是很平常的一件小事，但在涂锡道眼中，再小的事情也坚决不能违反国家政策、损害集体利益，这样高尚的党性在当时也是非常难得的。1987年8月，涂锡道就后代子女的教育问题给涂宏真寄了一封长信，希望他不仅能在物质条件上多帮助原生，同时要引导原生的思想，可见涂锡道对后辈及亲属的关心与关爱。在信中，涂锡道通过列举自己及宏真表叔婶的朴素生活，希望宏真能“学习他对党、对革命忠心耿耿，毫不利己专门利人，不管时代变化始终保持艰苦的生活作风”。这无疑体现了老一辈革命家崇简杜奢、不怕吃苦的精神面貌。

1987年10月，中国共产党第十三次全国代表大会在北京举行。此时涂宏真在县城靠租房子蜗居了4年，便打算修房子，并且想把房子盖得气派一些，想盖6间房子的楼房，便想托涂锡道的关系找李辉同志解决钢材的问题。涂锡道思前想后还是觉得过于铺张奢华，影响不好，便给宏真写了封信，叮嘱他要保持艰苦朴素，千万不要和人家攀比。信中还说，“党的十三大又强调要艰苦奋斗，你们要以此为荣。何况你们现在还不富裕，更不要打肿脸充胖子”。涂锡道是从革命岁月走过来的人，见证过战争岁月的艰辛，因此对当下的生活格外珍惜。他始终保持一颗知足常乐的心，并且对后辈一直强调要艰苦朴素，不铺张浪费，不搞面子建设。这样质朴的人格令人肃然起敬。

杨家忠厚传家，为祖国，为人民服务

——杨秀山

（一）人物简介

杨秀山，原名杨木森，1914年生于湖北省沔阳县峰口镇万宝村一个佃农家庭。8岁入私塾读书。10岁起给地主放牛。1929年冬加入中国共产主义青年团。曾担任儿童团团长。1930年5月参加中国工农红军，被编入红六军军部特务大队第二中队。1934年夏加入中国共产党。1948年在西北野战军蒲城永丰战役中，率部完成主攻任务。1949年2月起，先后任第一野战军第二军第四师师长兼政治委员、副军长，参加陕中、扶眉等战役并进军新疆。新中国成立后，1958年始，先后任中国人民解放军训练总监部院校部副部长、中国人民解放军总参谋部军校部副部长、国防工业委员会政治部主任。1963年9月任武汉军区副司令员，主管全区部队装备、编制和行政管理工作。2002年11月27日在北京逝世。

（二）书信原文

杨秀山留言[1]

悦先和孩子们：

人到七十古来稀，我已八十了，现在身体尚好，但不知哪天突然而去。如果倒下了，丧事从简，不搞遗体告别或变相送别，家里不设灵堂。骨灰不要保留，分别洒［撒］到湘鄂西（洪湖）和娄烦米峪镇战斗烈士林［陵］园树下。掩埋一下，当作肥料，使那些树长得更高大，让后人好乘凉，让我仍为人民服务，是我最大愉快。

不要对我作［做］什么评价，只要说我是个老共产党员和一名解放军的老战士就满足了。

子孙们要记着：杨家忠厚传家，为祖国，为人民服务。

一九九四年元月二十六日

绝对遵照

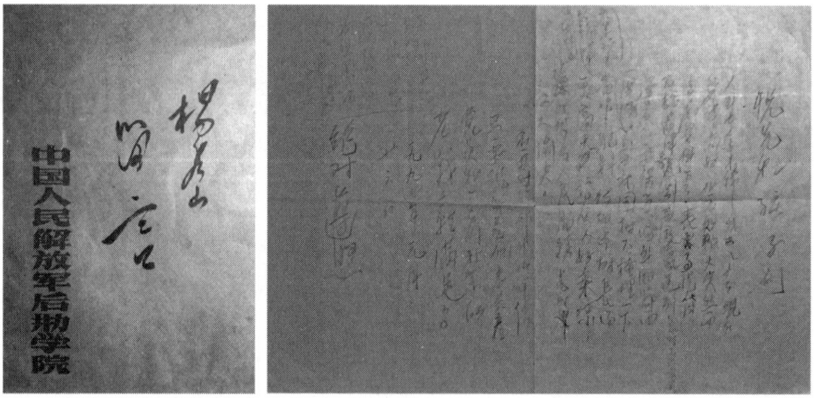

杨秀山留言原件，现保管于杨秀山子女处

[1] 书信资料来源：晓哲.杨秀山留言[EB/OL].（2018–01–26）.https://mp.weixin.qq.com/s/OZkDr–IJMMC1MjwFJ7_7wg.

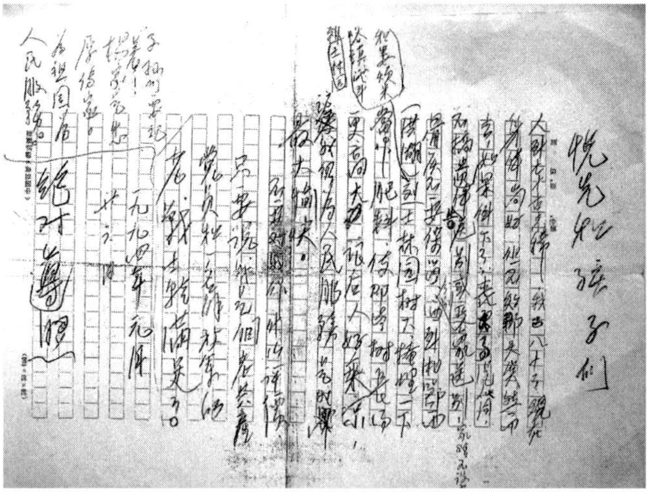

杨秀山留言复印件

图片来源：晓哲.杨秀山留言[EB/OL].（2018-01-26）.https://mp.weixin.qq.com/s/OZkDr-IJMMC1MjwFJ7_7wg.

致中共娄烦县委、县人民政府及米峪镇乡亲们[1]

中共娄烦县委、县人民政府、敬爱的米峪镇乡乡亲们、同志们：

娄烦县委在领导全县人民脱贫致富、发展经济尚有不少困难的情况下，动员全县共产党员，筹集一笔特殊的党费，整修“米峪镇战斗烈士陵墓”，这使我们八路军 358 旅老战士心情十分激动。

“米峪镇战斗”已经过去 57 年了。可是至今回忆起这段历史，战友们浴血奋战的情景，仍然历历在目。

[1] 书信资料来源：政协娄烦县委员会文史资料委员会.娄烦文史资料 第5辑[M].1999(1):3-4.此为廖汉生、张宗逊、杨秀山将军致中共娄烦县委、县人民政府及米峪镇乡亲们的信。1997 年 4 月 5 日，中共娄烦县委在米峪镇乡国练村举行米峪镇战斗烈士陵墓落成暨墓碑揭幕仪式，3 位将军派出秘书李德金大校代表解放军总后勤部办公厅在会上宣读了此信。

1940年初夏，晋西北的日军纠集兵力20000多人，进行所谓“夏季扫荡”，妄图寻找我军主力作战，摧毁晋西北抗日根据地。

6月14日，驻静乐的日军村上大队700余人，由静乐县城出动，经娄烦镇、米峪镇，配合文水、交城的敌人向对久、东坡里“扫荡”。我军及时转移，敌人扑了空，村上大队退到米峪镇。

358旅决心利用娄烦地区敌人增援困难和地形有利等条件，在敌人返回静乐途中将其歼灭。

16日拂晓，716团、第4团和2大队在王光塔地区集结完毕，分两路向米峪镇推进。经过12小时的激烈战斗，敌人被击溃在米峪镇以北的大川之内。天黑之后，我军发起新的攻击，将其大部歼灭，只剩残敌百余人退守国练村和国练山顽抗。当晚我两支部队同时攻击国练村。18日下午，我主力由旅直率716团和2大队向罗家岔转移。翌日，第4团用火攻，将残敌全部肃清。总计歼灭敌村上大队700余人。

米峪镇战斗中，我军将士英勇杀敌，个个奋勇争先，一些同志为夺取胜利流尽了最后一滴血，长眠在这里。他们的精神与日月同辉，与山川共存。抗日英烈们永垂不朽！

晋西北的人民，在抗战中给予八路军的大力帮助，特别是娄烦人民在米峪镇战斗中对子弟兵的大力支援，永远铭记在我们心里。几十年来我们总想回来看望乡亲们，可是因公务缠身，一直未能成行。借此机会，我们这些老战士，郑重地向娄烦人民表示衷心的感谢和诚挚的问候！

娄烦人民是英雄的人民。在8年抗日战争[1]中为了打败日本侵略者，作[做]出了巨大牺牲。娄烦人民每年为我军筹集400万公斤军粮，先后有4000人参军，有民兵、干部1000多人牺牲，有1000多名群众惨遭敌人杀害，英雄的娄烦人民擦干了身上的血迹，掩埋了亲人的遗体，又义无反顾地投入新的战斗。

---

[1] 8年抗日战争：此处是指1937年七七事变后的全民族抗日战争时期。

我们说，米峪镇战斗的胜利，也是米峪镇人民的胜利，是娄烦人民的胜利，是中华民族精神的体现！

今天我们缅怀革命先烈的英雄业绩，就是要继承他们那种勇敢奋斗、舍身为人民的革命精神。尽管娄烦目前由于自然和历史等多方面的原因，经济文化发展还比较缓慢，广大群众尚未完全脱离贫困状况，但我们深信，具有光荣革命传统的娄烦全体共产党员和广大人民群众，在县委、县政府的领导下，抓住机遇，广开资源，艰苦奋斗，奋发图强，再加上各级政府的帮助和多方的支援，一定能够把这块洒有烈士鲜血的热土，建设得富裕起来。让我们紧密地团结在党中央的周围，坚持邓小平同志创建的有中国特色的社会主义理论，努力奋斗，用双手创造一个繁荣昌盛、欣欣向荣的新娄烦。

廖汉生　张宗逊　杨秀山

1997 年 4 月 5 日

（三）书信解读

本节收录的是杨秀山将军的两封书信。杨秀山的一生是为党的事业和人民的解放奋斗奉献的一生。光辉的人生也终有衰老的一天，当杨秀山将军拖着 80 岁的身体情真意切地写下第一封给后人的信时，不难想象他当时心情之复杂。杨秀山将军在生命的最后仍然贯彻一名优秀共产党员的作风，“丧事从简，不搞遗体告别或变相送别，家里不设灵堂”，他生怕自己的离去麻烦了后人。他信中只提到了一个要求，那就是将他的骨灰撒在湘鄂西和娄烦米峪镇的树下。湘鄂西和米峪镇是杨秀山一生中挥洒血泪的地方，是他为党和人民的事业拼命战斗过的地方，承载了杨秀山将军的过往。杨秀山说：“骨灰不要保留，分别洒［撒］到湘鄂西（洪湖）和娄烦米峪镇战斗烈士林［陵］园树下。掩埋一下，当作肥料，使那些树长得更高大，让后人好乘凉，让我仍为人民服务，是我最大愉快。”在生命的最后，杨秀山将军仍不忘身为共产党员的底色——为人民服务，他用自己的一生，践行了一名共产党员的初心与使命，并以此告诫后人“为祖国，为人民服务”。

从第一封信中我们知道，除了湘鄂西以外，娄烦米峪镇是杨秀山将军另一个在耄耋之年无比牵挂的地方。

1940 年 6 月，日军由于久久寻找不到八路军主力部队，发动了对晋西北抗日根据地的夏季“扫荡”，侵华日军以 20000 余人分两路向晋西北根据地双龙镇进犯，妄图合力歼灭我军主力，将晋西北根据地彻底摧毁。我军在日军返回据点途中设伏，双方在山西省米峪镇展开激烈交火，著名的米峪镇战役正式打响。在八路军将士的英明指挥和英勇战斗下，在米峪镇人民群众团结抗日的帮助下，日军多次冲锋都被成功击退，自知彻底失败的日军慌忙逃离，残余部队藏匿在程家大院的木楼之中，隐秘击杀我八路军战士。八路军在村民们的帮助下，放火点燃木楼，将残余日军全部歼灭，米峪镇战斗胜利结束。廖汉生在此次战斗中率领 716 团英勇抗击敌军，打退日军多次进攻，在国练村战斗中彻底打垮了日军村上大队，取得了赫赫战功。

人民的军队离不开人民，米峪镇战斗的胜利离不开米峪镇人民和娄烦人民的帮助与牺牲。新中国成立后，杨秀山、廖汉生、张宗逊等一直希望着能够回到曾经战斗过的地方，再去看望一回那里的乡亲父老，去感谢米峪镇人民的帮助，却由于公务缠身，始终未能得到机会。在得知娄烦县委筹集党费修建米峪镇战斗烈士陵墓后，杨秀山等人再难压抑激动的心情，与战友张宗逊、廖汉生饱含着对米峪镇人民的感激，满载着对娄烦发展的期望，联名写下了这一封给中共娄烦县委、县人民政府及米峪镇乡亲们的信，托大校李德金将信件带至娄烦，参加米峪镇战斗革命烈士陵墓建成暨墓碑揭幕仪式。正如廖汉生、张宗逊、杨秀山将军在信中所说，娄烦人民是英雄的人民，英雄的历史不应该被遗忘。勇敢奋斗、舍身为民的米峪镇战斗精神，将永远激励着我们前行；伟大的新中国，将在新时代的奋斗中更加走向繁荣富强。

每封书信都见证着英烈的生命时刻，哪怕是简短的留言。透过杨秀山将军的书信，我们读到一位戎马一生的沙场战士坦然面对生死的豁达，对名与利的淡泊，只留下款款深情，刚正不阿。

我最后的话

——徐深吉

（一）人物简介

徐深吉，曾名徐深鹊。1910年1月31日生于湖北黄安七里坪镇徐家河村。1916年入私塾，3年后，放牛务农。1926年冬参加农民义勇队。1927年11月参加黄麻起义。1929年3月参加农民自卫队。1930年8月参加红军后，任红一军交通队传令兵班长、红四军交通队排长、十一师三一团连长。1931年10月加入中国共产党；11月任红二十五军七十三师二一七团营长、副团长，二一八团副团长、团长。参加了鄂豫皖革命根据地反“围剿”和西征入川战斗。1933年1月任红七三师师部参谋；7月任红四方面军总指挥部参谋。1934年春兼办总指挥部教导大队。1935年1月任红四方面军红军大学军事主任；5月参加长征；10月入红军大学高级科学习。1936年1月任红三十一军九十一师师长，转战川康边。同年秋率部完成了掩护红三十一军胜利北上的任务。抗日战争全面爆发后，任八路军一二九师三八六旅七七一团团长，独立旅旅长，青年抗日游击纵队副司令员、司令员兼政委。参加了创建冀南抗日根据地和反“扫荡”斗争。1940年春任讨伐军中央纵队司令员。参加了讨伐叛军和磁武涉林战役。同年夏起，任新编四旅旅长兼冀南军区分区司令员。1943年1月任抗大六分校校长；9月到延安入中央党校学习，并参加整风运动。1945 年被选为中共七大代表，任晋冀鲁豫军区军政大学副校长兼党委书记。1947 年夏兼任冀南军区司令员。1948 年夏奉命离职治病。1954 年 3 月任华北军区副参谋长。1955 年 3 月起，任解放军空军副司令员；9 月被授予空军中将军衔，获一级八一勋章、一级独立自由勋章、一级解放勋章。1956 年被选为中共八大代表。1973 年 3 月任北京军区副司令员。1975 年夏任北京军区顾问，并被增选为第五届全国政协委员。1978 年 11 月在十一届三中全会上被选为中纪委委员。1979 年春任北京军区纪检会副书记。1982 年 9 月列席中共十二大，再次当选为中纪委委员。1985 年 9 月参加了中共全国代表会议；12 月按大军区正职待遇离休。1987 年 10 月列席了中共十三大。1988 年 7 月获一级红星勋章。与罗应怀组织编写并出版了红四方面军革命回忆录选辑《艰苦的历程》，与王政柱、罗应怀组织领导修改了红四方面军战史，为《长征丛书》《八路军丛书》撰写了回忆录。2000 年 8 月 8 日在北京逝世。

（二）书信原文

徐深吉将军的来信[1]

（委托秘书）

建国路小学少先队：

你们送给徐爷爷的红领巾、照片、营员证及致敬信均已收到，我们专程到医院向徐爷爷做了汇报，宣读了你们的致敬信。徐爷爷听后非常高兴，对你们的问候表示衷心的感谢。

徐爷爷历来关心和重视儿童的学习、成长和进步，但因健康原因，不能亲笔给你们回信和题词，特嘱咐我们寄上他的照片和回忆录，希望你们树立远

[1] 书信资料来源：张家口市关心下一代工作委员会 . 火炬之歌 [Z]. 张家口：张家口市印刷总厂，2000:60.

大的共产主义理想，热爱祖国，勤奋学习，勇于实践，有意识地从各方面锻炼自己，不断提高自身素质。从小做党和人民的好孩子，长大成为社会主义事业合格的建设者和接班人。

祝你们学习进步！特此函复。

徐深吉同志处

1999年10月13日

最后的话[1]

我死后丧事从简。

一、不开追悼会。

二、不搞遗体告别。

三、身上的有用器官献给需要者，遗体献给医学作［做］解剖用，火化后不留骨灰，就地处理不留痕迹。

徐深吉

一九九三年九月

我死后丧事从简，
一、不开追悼会，
二、不搞遗体告别。

徐深吉书信

图片来源：红安这4位开国将军的书信写了啥？一起来看看[EB/OL].（2019−11−03）.https://www.sohu.com/a/351385109_100084054.

[1] 书信资料来源：红安这4位开国将军的书信写了啥？一起来看看[EB/OL].（2019−11−03）. https://www.sohu.com/a/351385109_100084054.

（三）书信解读

本节收录的两封书信，第一封是 1999 年徐深吉将军卧病在床时托秘书写给建国路小学少先队的一封回信，此时将军的身体条件恶化严重，只能由秘书代笔。第二封书信写于 1993 年 9 月，病榻上的他深知自己的身体情况，便特意找来一张信封写上“我最后的话”，交给妻子徐化民。徐化民将这短短的一纸留言复印给每位家庭成员，嘱咐子女们必须按此执行。2000 年徐深吉将军逝世后，其子女遵照他的遗嘱婉言谢绝了八宝山烈士陵园和红安县烈士陵园安放父亲骨灰的安排，一切从简。

2000 年 8 月 26 日，遵照徐深吉将军的遗嘱，他的家人将他的骨灰撒在北京西山八大处巅峰——虎头山，这位战功卓越、朴实无华的红军老战士就这样安静地躺在山林深处，与日月同辉。

徐深吉的一生是充满坎坷的一生，他自幼务农，饱尝农民生活的辛酸，于是加入了中国共产党，端起钢枪为人民的利益而战，这一战便是一生。徐深吉即使蒙冤也不卑不亢，一直为党和人民默默耕耘，重病在身仍应邀编写红四方面军战史，关心青少年的成长。早在 1997 年 1 月，徐深吉将军就曾寄语青少年：“发扬青年冲刺精神，勇担新长征突击手。”在第一封书信中更是强调青少年要树立远大理想，争做社会主义事业的建设者和接班人。迟暮之年初心不改，仍为国事操劳，难能可贵。而第二封书信微言大义，不仅要求丧事从简，还将自己的身体贡献给祖国的医学事业，充分展示了一位红军将领两袖清风、一生至简的质朴品格与高尚情操。

祖国没有忘记你们，人民没有忘记你们

——张富清

（一）人物简介

张富清，1924年出生于陕西洋县，1948年3月加入中国人民解放军，同年8月加入中国共产党。张富清同志在解放大西北系列战斗中英勇善战、舍生忘死，荣立西北野战军特等功1次、军一等功1次、师一等功1次、师二等功1次和团一等功1次，并被授予军“战斗英雄”称号、师“战斗英雄”称号和“人民功臣”奖章。1955年转业到湖北省恩施土家族苗族自治州来凤县，先后在城关粮油所、县粮食局、县纺织公司、三胡区、卯洞公社、县外贸局、县建设银行工作，1984年12月离休。2019年6月，中宣部授予张富清“时代楷模”称号，中共中央授予张富清“全国优秀共产党员”称号；7月，张富清被表彰为全国模范退役军人。2019年9月29日，中共中央总书记、国家主席、中央军委主席习近平向张富清颁授“共和国勋章”。2020年5月17日，张富清被评为“感动中国2019年度人物”。

（二）书信原文

张富清给永丰战役烈士的信[1]

在永丰战役中牺牲的战友们，你们为了新中国用自己的命换来了国家的命。你们是共和国的英雄。祖国没有忘记你们，人民没有忘记你们。老兵张富清永远怀念你们。

2019 年 6 月 15 日于病房

（三）书信解读

1948 年是解放战争在全国取得关键性胜利的重要一年。当年 11 月，根据中央军委的统一部署，华东野战军与中原野战军汇合，联合发动了淮海战役。政治上被孤立、军事上失利的蒋介石不甘心于失败，紧急调派胡宗南部队增援中原战场。为配合淮海战役，粉碎胡宗南和蒋介石集团的图谋，彭德怀指挥解放军西北野战军发动冬季攻势，打响了著名的永丰战役。在此次战役中，张富清所在的六连担任突击连，张富清同两名战友组成突击组，攀爬上永丰城墙。张富清率先跳下城墙，同城内的敌人展开殊死搏斗。在击退敌人之后，张富清迅速匍匐前进到敌人的一处碉堡下，埋下炸药包，炸毁了敌人占据的碉堡，牵制住了敌人的进攻，为我军的进攻创造了极为有利的条件。那一夜，张富清炸毁了敌人的两座碉堡，缴获了数箱弹药和两挺机枪，打退敌人数次反扑，坚持至第二日天明，后被授予一等功。

永丰战役的胜利彻底粉碎了胡宗南所谓“重点的机动防御的新战术”，拖住了胡宗南部队的进攻，配合了淮海战役，为日后的冬季整训创造了有利条件。张富清在永丰战役中屡创战功，而与他同行的突击小组的两名战

[1] 书信资料来源：参看《本色》纪录片、《功勋》电视剧。

友却永远倒在了永丰的土地上。

张富清深藏功与名，却从未忘记曾经与他一同并肩战斗的战友。在被授予“共和国勋章”这样的极高荣誉后，张富清却说这项荣誉并不是属于他一个人的，应该属于为党和人民、为共和国牺牲了的那些战友，“新中国来之不易，和我以前并肩作战的战友们，千千万万的战士们都倒下了，我今天获得这么高的荣誉，却没有跟他们在一起分享的机会。很想拿着这枚勋章去祭奠那些为人民、为共和国牺牲了的烈士……”在谈及那场战役和他当年的战友时，张富清老人眼中闪过了点点泪光。70 多年来，张富清一直牵挂着永丰的战友们，可去往永丰烈士陵园的心愿却一直未能达成，于是 2019 年 6 月 15 日，张富清老人在病房中，用颤颤巍巍的手写下了这一封给永丰战役烈士的信。

祖国不会忘记，人民不会忘记。无数革命烈士们为了祖国的解放，为了人民的幸福，献出了自己的鲜血，有一些战士倒在了新中国成立的黎明前，更有一些战士如今依然不知姓甚名谁。尽管如此，他们的功绩依然会永远写在共和国的史册上，被后世一代又一代地传颂，并将这一份不惧牺牲、甘于奉献的精神一直延续下去。

只要你能找到自己存在的意义，爸爸都支持

——汪勇

（一）人物简介

汪勇，男，汉族，1985 年 12 月出生，湖北顺丰速运有限公司分部经理。新冠病毒疫情来袭后，他瞒着家人带领志愿者服务团队为武汉金银潭医院战疫一线医护人员提供后勤保障。2020 年 2 月 26 日，汪勇被国家邮政局授予“最美快递员”称号；同年 3 月 2 日，汪勇成为中国共产党预备党员；2020 年 8 月 26 日，当选“疫情防控最美志愿者”；2020 年 9 月，被评为“全国抗击新冠肺炎疫情先进个人”。2021 年 2 月 17 日，汪勇被评为“感动中国 2020 年度人物”；6 月 15 日，被中共湖北省委组织部列入“全省优秀共产党员拟表彰对象”名单；11 月 5 日，荣获“第八届全国见义勇为模范”称号。

（二）书信原文

汪勇给女儿的信[1]

亲爱的女儿：

首先，期望未来的你有健康的体魄、爽朗的笑容，乐于助人的习惯，强大的内心。在得知你来到这个家庭的一瞬间，我和你妈妈非常激动开心。在你出生之前，我曾幻想过该怎么做好一个父亲，要尽量花时间陪你玩，尽量赚钱，给你好点的生活，想得很好很好，可惜你出生后，为了生活，我花掉了大部分时间，能抽出来陪你的时间太少，抱歉！

一转眼你两岁半，武汉这座城市遇到了严峻的挑战，作为家庭的支柱，作为你的父亲，我选择了去帮助那些医护人员，希望你能理解。爸爸的选择，并不是认为你不重要，而是爸爸需要去做更重要的事情。这段时间爸爸结识了很多医护朋友，知道他们走 4 个小时上班，是为了患者能得到最好的救治。爸爸看到 20 多岁的护士，依旧坚定不移地坚守岗位、尽职尽责，生死排在神圣的职责之后，心底深深地敬佩这样比我小太多的英雄。我在心里说，以后你想学医，爸爸一定支持你，无论你做什么，只要你能找到自己存在的意义，只要对社会、对国家有益，爸爸都支持。

我亲爱的宝贝，希望爸爸从现在开始，能有更多的时间陪你，未来可期，我们一起加油！

爸爸

（三）书信解读

“最美快递小哥”汪勇在新冠病毒疫情来袭后，瞒着家人带领志愿者

[1] 书信资料来源：汪勇．愿你做个有温度的普通人：疫情期间写给女儿的一封信 [EB/OL]. (2020-08-17).https://jyj. huang shan.gov.cn/ztzl/msgzs/cymgzs/8619479.html.

服务团队为武汉金银潭医院战疫一线医护人员提供后勤保障。除夕夜，汪勇看到由于公交停运，金银潭医院夜班医护人员下班后只能步行回家的信息，于是开车到金银潭医院门外，志愿接送金银潭医院医护人员。随着医护人员对车辆需求越来越多，汪勇便开始在网络上招募志愿者，约30人的接送医护人员志愿服务队火速成立。在政府开通医院到医护人员住所通勤车后，交通问题得到根本性解决。汪勇毅然继续为医护人员做好饮食起居等后勤保障工作。

2017年7月，汪勇的女儿出生了，女儿的到来对于汪勇来说是莫大的欢喜，可是由于工作繁忙，汪勇始终难以抽出足够的时间来陪伴女儿。在2020年新冠病毒疫情暴发后，汪勇义不容辞为医护人员提供后勤保障，秘密地忙碌，不让妻子、女儿担心，却让其陪伴家庭的时间变得更少了。经过全体中国人民的努力，新冠病毒疫情终于得到了有效控制，汪勇便将对女儿的爱和愧疚之情倾注在这封信中，他对女儿的未来充满期待，也坚定支持女儿的每一个选择。

致 谢

滚滚长江东逝水，浪花淘尽英雄。在中国革命和建设的艰苦时期，荆楚大地涌现了无数为党和人民的事业艰苦奋斗和无私奉献的英雄模范。湖北共产党员英雄模范书信整理研究的意义在于使湖北省人民铭记，在我们脚下的这片广袤的荆楚大地上，曾经也有过筚路蓝缕的岁月。我们需要让更多人了解到在我们生活的家乡曾经出现的英雄们，我们需要作为发现者和传递者，挖掘发现湖北地区的红色资源，领悟先烈们的革命精神，将荆楚红色革命者的光荣事迹与英雄的一生以及社会主义建设者的精神传播给更多的人，传承湖北的红色血脉。“讲好湖北故事，传播好湖北声音”，我们所做的整理和研究，就是为了能够将革命者和建设者的故事讲述出来，让那些被历史与岁月匆匆抹去的英烈，长久留存在我们的记忆里。

作为历史的“传信人”与“回信人”，我们非常感谢大家倾听我们的声音。同时也特别感谢在本书编写的过程中，长江大学本科生洪尘、高思睿的全力支持，他们跋山涉水前往湖北各地博物馆、纪念馆调研，搜集书信资料，撰写书信解读。特别感谢为本书的撰写提供帮助与支持的冯传武先生、监利博物馆李毅馆长、荆州市史志办公室王刚主任；长江大学马克思主义学院的涂江波教授、彭孝光老师、徐骆教授、王金洲教授等，以及监利博物馆、潜江市博物馆、石首博物馆、荆州市档案馆、红安县档案馆、荆州市史志办等机构及其工作人员的大力支持。笔墨不才，不能细数，总之，由衷感激参与湖北省红色书信整理研究工作中的每一个人。

红色书信的搜集渠道多样，有的书信原文字迹不清，加之编者水平有限，对书信的来源标注、内容解读或许存在不足之处，在此希望读者海涵并提出宝贵的修改意见。我们一定虚心接受并修改。与此同时，也借此机会向各位读者发出邀请，期待各位读者提供宝贵的书信信息、书信资源。

湖北省红色书信的整理研究工作任重道远，到目前为止，我们所做的工作、所贡献的力量还很微小，期待与各位一同感受信笺里湖北儿女的红色追寻。